COROA DE SOMBRAS

TRICIA LEVENSELLER

COROA DE SOMBRAS

tradução
Débora Isidoro

Planeta minotauro

Copyright © Tricia Levenseller, 2020
Copyright © Editora Planeta do Brasil, 2022
Copyright da tradução © Débora Isidoro
Todos os direitos reservados.
Título original: *The Shadows Between Us*

Preparação: Ligia Alves
Revisão: Andréa Bruno e Tamiris Sene
Projeto gráfico e diagramação: Márcia Matos
Imagem de capa: Nekro
Capa: Liz Dresner
Adaptação de capa: Beatriz Borges

Dados Internacionais de Catalogação na Publicação (CIP)
Angélica Ilacqua CRB-8/7057

Levenseller, Tricia
  Coroa de sombras / Tricia Levenseller; tradução de Débora Isidoro. - São Paulo: Planeta do Brasil, 2022.
  288 p.

  ISBN 978-85-422-1958-6
  Título original: The Shadows Between Us

  1. Ficção norte-americana 2. Literatura fantástica I. Título II. Isidoro, Débora

  22-5566   CDD 813

Índice para catálogo sistemático:
1. Ficção norte-americana

MISTO
Papel | Apoiando o manejo florestal responsável
FSC® C005648

Ao escolher este livro, você está apoiando o manejo responsável das florestas do mundo

2024
Todos os direitos desta edição reservados à
EDITORA PLANETA DO BRASIL LTDA.
Rua Bela Cintra, 986 – 4º andar
01415-002 – Consolação
São Paulo-SP
www.planetadelivros.com.br
faleconosco@editoraplaneta.com.br

Para Becki
Não consigo pensar em ninguém que mereça
mais este romance Sonserina.
Obrigada por ler antes de todo mundo!

É LEGAL NÃO ENVELHECER.
EU GOSTO DE SER O ETERNO GARANHÃO.
— Damon Salvatore, *The Vampire Diaries*,
Temporada 1, Episódio 4

CAPÍTULO 1

Nunca encontraram o corpo do primeiro e único garoto que partiu meu coração.

E nunca encontrarão.

Enterrei Hektor Galanis em uma cova tão funda que nem os diabos da terra conseguiriam chegar lá.

Estava sonhando com ele, com o dia em que ele me disse que foi divertido, mas tinha acabado. Alguma outra garota tinha despertado seu interesse. Nem lembro o nome dela. Todo o tempo, eu só conseguia pensar que tinha dado tudo a Hektor: meu primeiro beijo, meu amor, meu corpo.

E, quando falei que o amava, tudo que ele respondeu foi:

— Obrigado, mas acho que é hora de seguirmos cada um com sua vida.

Ele tinha outras coisas para falar. Quando enfiei a faca em seu peito, as palavras se derramaram quase tão depressa quanto o sangue.

Ele não conseguia entender. Eu também não. Mal me lembrava de ter pegado a faca que ganhei de meu pai quando fiz quinze anos, três meses antes, com seu cabo de pedras preciosas e brilho prateado, mas lembro que o sangue de Hektor era da cor dos rubis incrustados nela.

Também lembro o que ajudou minha cabeça a alcançar o coração disparado, finalmente: a última palavra a sair da boca de Hektor.

Alessandra.

A última palavra que ele disse foi meu nome. Seu último pensamento foi para mim.

Eu venci.

Saber disso provoca em mim agora a mesma reação de três anos atrás. Aquele sentimento de justiça, de paz.

Levanto os braços e me espreguiço como um gato, antes de me virar de lado na cama.

Tem um par de olhos castanhos a poucos centímetros dos meus.

— Diabos, Myron, por que está olhando para mim? — pergunto.

Ele beija meu ombro nu.

— Porque você é bonita.

Myron está deitado de lado, com a cabeça apoiada em um punho fechado. Meu lençol cobre seu corpo da cintura para baixo. É surpreendente que ele caiba na minha cama, porque é muito alto. Cachos soltos cobrem sua testa, e ele joga a cabeça para trás para tirar o cabelo dos olhos. O cheiro de sândalo e suor flutua à minha volta.

Com uma das mãos, seguro o lençol contra o peito enquanto me sento.

— A noite foi divertida, mas você precisa ir embora. Tenho muita coisa para fazer hoje.

Myron encara meu peito, e eu reviro os olhos.

— Talvez mais tarde? — pergunto.

Ele me encara, depois olha de novo para o meu peito com uma expressão significativa.

Não, espera. Não é para o meu peito. É para a mão que segura o lençol e para o peso extra que agora sinto nela.

Tem um diamante no meu dedo. É bonito, lapidado em formato oval e incrustado em ouro. Ele cintila à luz da manhã quando viro a mão de um lado para o outro. O anel é, de longe, a bugiganga mais cara que ele já me deu.

— Alessandra Stathos, eu te amo. Quer se casar comigo?

A gargalhada explode no quarto, e Myron hesita. Cubro rapidamente a boca com a mão livre.

— De onde você tirou essa ideia? — pergunto um momento depois. — É claro que não. — Olho para o anel maravilhoso mais uma vez. Com esse presente, Myron esgotou sua utilidade. Por algum motivo, meus amantes param de me dar presentes caros assim que recuso suas propostas.

Que pena.

— Mas somos tão felizes juntos — ele diz. — Vou cuidar de você todos os dias. Vou dar tudo o que merece. Vou tratar você como uma princesa.

Se ele soubesse o que estou interessada em coisas um pouco maiores que isso...

— É uma oferta muito generosa, mas ainda não me sinto preparada para me casar.

— Mas... nós dividimos a mesma cama — ele dispara.

Sim, ele e mais três, só este mês.

— E agora é hora de sair dela. — Estou levantando quando a porta do meu quarto se abre com um estrondo.

Myron se vira, paralisado, a mão estendida para mim, e meu pai, Sergios Stathos, Lorde Masis, olha para o que pode enxergar de nossos corpos nus.

— Saia — ordena com um tom mortalmente contido. Meu pai é mais baixo que meu um metro e sessenta e sete, mas tem o porte de um touro com o pescoço grosso, os ombros largos e os olhos firmes que penetram até a alma.

Myron tenta levar o lençol, mas eu o seguro com firmeza em torno do corpo. Quando não consegue arrancá-lo de mim, ele estende a mão para a calça que deixou no chão.

— Saia agora — meu pai determina.

— Mas...

— Obedeça, se não quiser ser chicoteado!

Myron fica em pé. Mais ou menos. Encurva as costas, como se pudesse esconder o corpo alto. Está na metade do caminho para a porta quando olha para trás.

— E o anel?

— Certamente vai querer que eu fique com ele, não? Para poder me lembrar do tempo que passamos juntos?

O rosto de Myron se contorce. Ele tem um pé apontado para a porta, o outro para mim.

Meu pai rosna.

Myron sai correndo e quase tropeça nos sapatos de meu pai a caminho da saída. Assim que ele vai embora, meu pai olha para mim.

— Essa história de ser pega com um rapaz diferente todas as noites complica minha missão de encontrar um bom partido para você.

— Não seja ridículo, pai. Foi a quinta vez que Myron dormiu aqui.

— Alessandra! Você tem que parar com isso. É hora de crescer. Construir uma vida com alguém.

— Chrysantha arranjou um marido, então? — Meu pai sabe muito bem que a lei me proíbe de casar antes de minha irmã mais velha. As coisas são feitas de acordo com uma ordem.

Ele se aproxima da cama.

— O Rei das Sombras dispensou várias moças solteiras do palácio, inclusive Chrysantha. Eu esperava que sua irmã chamasse a atenção dele, com aquela beleza rara.

Ah, sim, Chrysantha tem uma beleza rara. Mas é burra como uma pedra.

— Mas não aconteceu — meu pai conclui.

— Myron está disponível — aviso.

Ele me encara.

— Ela não vai se casar com Myron. Chrysantha será uma duquesa. Já conversei com o Duque de Pholios. Ele é um homem idoso e quer uma jovem para desfilar a seu lado. Está acertado. Portanto, agora é sua vez.

Finalmente.

— De repente se interessou pelo meu futuro? — pergunto, só para ser difícil.

— Sempre pensei no que é melhor para você.

Uma completa inverdade. Meu pai só se incomoda comigo quando me pega fazendo alguma coisa que acha que eu não deveria fazer. Chrysantha foi seu foco durante toda a minha vida.

Ele continua:

— Vou procurar o Conde de Oricos para discutir o enlace entre você e o filho dele, que um dia será herdeiro. E não vai demorar, considerando o estado de saúde de Aterxes. Acho que isso vai deixar você feliz.

— Não vai.

— É claro que você não vai ser problema meu para sempre.

— Muito tocante, pai, mas estou interessada em outro homem.

— E quem seria?

Levanto da cama e levo o lençol comigo, ajeitando-o embaixo dos braços.

— O Rei das Sombras, é claro.

Meu pai ri alto.

— Acho que não. Com a sua reputação, vai ser um milagre se eu conseguir convencer o filho de algum nobre a casar com você.

— Ninguém sabe da minha reputação, exceto aqueles a quem ela diz respeito.

— Os homens não costumam fazer segredo de suas aventuras no quarto.

Sorrio.

— Comigo é diferente.

— Como assim?

— Não sou boba, pai. Conheço algum segredo de cada homem que esteve neste quarto. Myron tem um lamentável problema com jogo. Perdeu uma joia de família em uma mesa de carteado. Culpou um criado pelo sumiço do pingente e ordenou que ele fosse chicoteado e queimado. O pai dele não vai gostar de saber disso. E Damon? Acontece que eu sei que ele faz parte de um bando de contrabandistas que importa armas ilegalmente para a cidade. Ele seria preso se alguém descobrisse. E não vamos esquecer Nestor, que adora uma casa de ópio. Eu poderia mencionar todos os meus amantes, um por um, mas acho que você já entendeu.

A feição dele não muda, mas seus ombros ficam um pouco menos tensos.

— Vejo que só se relaciona com cavalheiros vitoriosos, querida.

— O que interessa, pai, é que eu sei o que estou fazendo. E vou continuar fazendo o que quiser, porque sou dona de mim. E você? Vai me mandar para o palácio com o próximo grupo de mulheres para visitar o rei? Porque se tem uma coisa em que sou eficiente é fazer os homens me pedirem em casamento. — Mostro o anel de diamante em meu dedo.

Meu pai estreita os olhos.

— Há quanto tempo está planejando isso?

— Há anos.

— Não disse nada quando mandei Chrysantha para o palácio.

— Pai, Chrysantha não despertaria o interesse de um cachorro raivoso. Somente a beleza não é suficiente para chamar a atenção do Rei das Sombras. Ele passa o ano assistindo a um desfile de mulheres bonitas. Mande-me para lá. Eu consigo um palácio para nós — concluo.

O quarto fica silencioso por um minuto.

— Vai precisar de vestidos novos — meu pai responde finalmente —, e ainda vou levar semanas para receber o dinheiro do dote da sua irmã. Não teremos tempo.

Tiro o anel do dedo e olho para ele com carinho. Por que ele acha que tenho tantos amantes? São divertidos, é claro, mas o mais importante é que vão financiar minha estadia no palácio.

Levanto o anel para que meu pai possa vê-lo.

— Tem muito mais de onde saiu este aqui.

Costurar sempre foi um hobby para mim, mas é impossível terminar todas as roupas novas para a realização dos meus planos em tão pouco tempo.

Junto com minha costureira favorita, desenho e encomendo dez novos trajes para o dia, cinco vestidos de noite e três camisolas bem indecentes (mas essas eu mesma faço, pois Eudora não precisa saber como pretendo passar minhas noites).

Meu pai não participa do planejamento, porque está ocupado demais com o novo contador, se preocupando com seus bens. Ele está falido e tenta desesperadamente esconder essa condição. Não é culpa dele. Meu pai é muito competente, mas a terra não é mais produtiva como foi um dia. A doença que se espalhou sobre ela há alguns anos matou a maior parte do gado. Todos os anos, as safras vão ficando menores. Um poço já secou, e cada vez mais colonos vão embora.

O patrimônio Masis está chegando ao fim, e meu pai precisa garantir dotes decentes para minha irmã e para mim se quiser manter suas terras produzindo.

Apesar de saber da situação, não me preocupei com ela. Todos os meus amantes sentem a necessidade de me dar coisas boas. Coisas muito caras. Tem sido um jogo divertido. Descobrir os segredos deles. Seduzi-los. Obrigá-los a me cobrir de presentes.

Mas francamente?

Já me cansei disso.

Estou pensando em um novo jogo.

Vou encantar o rei.

Desconfio que não vai levar mais de um mês para ele estar completamente apaixonado por mim. E, quando ele me pedir em casamento, vou dizer sim pela primeira vez.

E quando o casamento for oficializado e consumado?

Vou matar o Rei das Sombras e tomar seu reino para mim.

Só que, dessa vez, não vou precisar enterrar o corpo. Vou encontrar um bode expiatório conveniente e abandonar o Rei das Sombras para que alguém o encontre. O mundo vai precisar saber que sou a última sobrevivente da realeza.

Sua rainha.

CAPÍTULO 2

Meu pai sai da carruagem primeiro e estende a mão para mim. Eu a seguro com uma das mãos enluvadas, uso a outra para levantar a sobressaia e desço os degraus.

O palácio é grande, todo pintado de preto. Sua aparência é gótica, com criaturas aladas no alto das colunas. Torres redondas se erguem nas laterais e terminam em coberturas de telhas, em um estilo arquitetônico recente.

Todo o território do palácio é construído perto do topo de uma montanha, com a maior parte da cidade descendo sinuosa a partir dele. O Rei das Sombras é um grande conquistador e, como o pai antes dele, espalha lentamente sua influência pelo mundo. Como os reinos no entorno tentam retaliar de tempos em tempos, uma cidade bem protegida é fundamental, e o grande palácio é considerado impenetrável. Guardas patrulham a propriedade com rifles pendurados nos ombros, mais uma maneira de intimidar nossos inimigos.

— Não sei se preto é a melhor cor para nossas roupas — meu pai diz ao me conduzir em direção à entrada principal. — Todos sabem que a cor favorita do rei é verde.

— Todas as garotas vão estar vestidas de verde. O objetivo é se destacar, pai. Não se mesclar ao grupo.

— Acho que você pode ter pecado pelo excesso.

Eu acho que não. Depois que o rei conquistou Pegai, algumas damas da corte experimentaram o estilo pegainense de calça larga com bainha incrustada de pedras e túnica ajustada. Depois de um tempo, o estilo desapareceu. Era diferente demais, e a maioria não se adaptou.

Criei uma combinação do estilo pegainense com nosso estilo naxosiano de saias pesadas. Estou vestida com uma calça justa sob uma sobressaia longa, com uma fenda frontal para deixar a calça à vista. Botas de salto alto me dão três centímetros extras. O corpete do vestido tem mangas curtas, mas uso luvas compridas que se sobrepõem a elas. A blusa tem uma amarração nas costas, por baixo do vestido, e um decote que termina logo abaixo da clavícula. Modesto, mas nada matronal.

Um pingente em forma de rosa negra enfeita uma gargantilha em torno do meu pescoço. Brincos combinando com o pingente adornam minhas orelhas, e o cabelo está preso em um coque frouxo meio alto.

— Presumo que tenha um plano depois que for apresentada ao rei. — supõe meu pai. — Ele vai receber cada jovem no trono. E mal olhou para Chrysantha quando foi a vez dela. O Rei das Sombras nunca desce do trono para interagir com as pessoas na festa. Ele não convida ninguém para dançar.

— É claro que eu tenho um plano — respondo. Não se vai para a batalha despreparado.

— Vai me contar qual é?

— Não envolve sua participação. Portanto, você não precisa saber.

Os músculos de seu braço se contraem ligeiramente.

— Mas posso colaborar. Ajudar. Você não é a única que quer que isso dê certo.

Paro no alto da escada.

— Você já seduziu um homem?

O rosto de meu pai fica vermelho.

— É claro que não!

— Então não sei por que eu haveria de precisar da sua colaboração. Fique tranquilo, pai. Se houver alguma maneira de me ajudar, eu aviso. Por ora, posso cuidar de tudo.

Sigo em frente sem pressa. O porteiro nos cumprimenta com um aceno de cabeça quando passamos, e meu pai me conduz até o salão de baile.

Mas não conseguimos chegar a menos de cento e cinquenta metros dele, porque uma fila de roupas verdes se estende quase até a parede do fundo. Cerca de uma centena de meninas tagarelam com seus familiares e entre si, todas esperando serem apresentadas ao rei. Estou certa de que não podem ser adequadas ao casamento. Muitas parecem irmãs mais novas das moças mais velhas na fila. No entanto, caso o rei demonstre algum interesse nas mais jovens, tenho certeza de que os pais não farão objeção.

Meu pai tenta me levar ao fim dessa fila, e, embora ela pareça se mover em ritmo relativamente rápido, não me conformo.

— Não, não vamos esperar na fila — digo.

— Esse é o único jeito de ser apresentada ao rei.

— Vamos ao salão de baile primeiro.

— Lá você vai se perder em um mar de gente. Não vai conseguir chamar a atenção dele.

Solto o ar pelo nariz antes de me virar para encarar meu pai.

— Se não pode seguir instruções, é melhor ir embora. Lembre-se, pai, não conseguiu nada aqui quando acompanhou Chrysantha. Seu método não funciona. Eu estou no comando deste plano e vou executá-lo como achar melhor. Não vamos conseguir nada discutindo lá dentro, na festa, então é melhor tomar sua decisão agora.

Meu pai comprime os lábios, formando uma linha fina. Ele não gosta de receber ordens, muito menos de sua filha mais nova. Se minha mãe estivesse viva, talvez ele fosse mais brando e gentil, mas ela foi levada por uma enfermidade quando eu tinha onze anos.

Finalmente, meu pai assente e estende a mão livre, me convidando a tomar a frente.

É o que faço.

A música animada de uma orquestra escapa pela porta aberta mais adiante. Mas essa porta parece ser usada principalmente por quem sai da festa. Vejo meninas segurando lenços sobre o nariz para esconder o choro, e mães furiosas advertindo-as por terem, apressadamente, batido em retirada.

O rei rejeitou sem disfarçar as mulheres que foram em busca de uma apresentação? Sorrio ao pensar em sua franqueza. Isso é exatamente o que eu faria se estivesse no lugar dele.

Meu pai e eu passamos por mais alguns nobres que estão indo embora, antes de finalmente entrarmos na festa.

Casais dançam juntos na pista. Cavalheiros bebem vinho de taças, e mães conversam nas laterais do salão. Grupos de garotas riem baixinho por trás de leques ou xales, olhando para o trono.

Para o Rei das Sombras.

Nunca tinha visto o homem antes, e agora tenho liberdade para observá-lo o quanto quiser, enquanto estou momentaneamente escondida entre os outros convidados.

Tudo indica que seu nome é merecido e faz jus aos boatos que ouvi. Fios de sombras criam um halo em torno de sua silhueta. Esses fios se movem como se tivessem vida, acariciando sua pele e se dissolvendo em nada, antes de aparecerem de novo.

É fascinante.

Dizem que o Rei das Sombras tem algum tipo de poder, mas ninguém sabe qual. Alguns afirmam que ele pode comandar as sombras, que pode usá-las para matar – sufocar os inimigos até expulsar deles a vida. Outros dizem que elas são um escudo. Que nenhuma lâmina pode penetrar sua pele. E outros ainda afirmam que as sombras falam com ele, sussurrando os pensamentos dos que estão à sua volta.

Espero que o último grupo esteja enganado.

Saber o que planejo para ele depois da noite do nosso casamento não vai ser nada bom.

Assim que me adapto ao contorno de sombras, consigo ver os outros traços. O cabelo é negro como a escuridão que o cerca. As laterais são bem curtas, mas a parte de cima tem algum volume e é jogada para o lado. Uma testa forte obscurece os olhos. As linhas da mandíbula são tão pronunciadas que poderiam cortar vidro, e uma saudável porção de barba por fazer as cobre. Nariz reto, lábios cheios...

Ele é a coisa mais bonita que já vi, mesmo quando sua expressão fica entre o tédio e a irritação.

Seduzir o rei vai ser uma tarefa muito agradável, realmente.

Estudo suas roupas e percebo que estamos combinando. Enquanto todos os trajes à nossa volta variam do verde-menta ao oliva, nós dois estamos de preto da cabeça aos pés. O Rei veste uma calça preta elegante. Camisa preta, gravata, colete e sobretudo. Botões prateados brilhantes fecham o casaco. Uma corrente pende do ombro até o bolso do lado esquerdo do peito, sem dúvida segurando um relógio. Luvas de couro preto cobrem suas mãos, que repousam sobre os braços da cadeira. Um florete embainhado repousa contra o trono, mas é só estilo, tenho certeza, não para ser utilizado.

Ele não usa coroa, mas não há dúvida nenhuma sobre seu status.

— Ele é impressionante — digo finalmente. E é jovem. Sei que foi coroado há cerca de um ano, mas não pode ser muito mais velho que eu.

— Lembre-se: se chegar perto dele, não pode ficar a menos de um metro e meio.

Sim, conheço a lei. Ninguém tem permissão para tocar no rei. Essa é uma infração passível de condenação à morte.

Ah, ele é um mistério delicioso que mal posso esperar para resolver.

— Vamos dançar, pai.

Obedecendo, ele enlaça minha cintura para me conduzir em uma dança lenta sem questionar minha ordem. Dançamos na beirada da pista, mas digo a meu pai para me levar para mais perto do centro.

À nossa esquerda, dois cavalheiros dançam juntos. O mais alto gira o mais baixo com perfeição. À nossa direita, um homem e uma mulher dançam tão colados que chega a ser indecente, e torço em silêncio para que permaneçam assim. A rebelde em mim adora jogar terra na cara do decoro.

Depois de um minuto, vejo alguns homens olhando por cima da cabeça das parceiras em minha direção. Meu traje preto está cumprindo seu papel esplendidamente.

Mas o principal, acho, é que minhas pernas na calça comprida são uma raridade na sala. A maioria dos homens não está acostumada com o estilo. E escolhi uma calça justa, que exibe minhas curvas da melhor maneira.

— As pessoas estão olhando — diz meu pai.

— Esse é o objetivo, não é?

Imagino como deve ser a cena para quem a vê de cima da plataforma – o miolo preto de uma margarida entre pétalas verdes.

Mais e mais moças saem do salão de baile depois de serem apresentadas. Espero que a fila acabe logo. Não pode haver tantas jovens de sangue nobre assim.

Uma repentina centelha de calor esquenta minha nuca e se espalha até os dedos dos pés. Estou sendo observada.

— Pai, já atraímos a atenção do rei?

Meu pai olha para o trono pelo canto dos olhos. E os arregala.

— Creio que sim.

— Excelente. Continue dançando.

— Mas...

— Pai... — insisto.

Eu me deixo perder nos passos. Adoro dançar. Amo como meu corpo fica leve e fluido quando executo os movimentos, como minha cabeça se move sobre os ombros com as piruetas, como a saia se movimenta em torno de minhas pernas.

Quando a canção está quase no fim, pergunto:

— Quantas mulheres restam na fila?

— Dez.

A música termina, e a orquestra começa a tocar outra.

— Devemos...? — meu pai tenta.

— Estou morta de sede. Vamos pegar alguma coisa para beber.

— Mas...

Meu olhar o faz segurar meu braço mais uma vez e me conduzir à mesa repleta de taças cheias de vinho tinto e bandejas com pequenas porções de comida.

Escolho uma taça, seguro-a pela haste entre os dedos e a levo à boca.

— Lorde Masis — diz uma voz animada do outro lado da mesa estreita.

Levanto a cabeça. Vejo diante de nós um nobre de cabelo dourado e mais velho que eu. Uns trinta anos, talvez. Ele ainda tem um rosto jovem, mas tem ombros muito mais largos que os homens que estou acostumada a entreter.

— Lorde Eliades! — Meu pai o cumprimenta e me esquece por um momento. — Por onde andou? Faz semanas que não o vemos no clube.

Nem imagino a que clube ele está se referindo, mas acho que devia saber que meu pai não estava passando as noites com uma amante. Ele nunca deixou de amar minha mãe.

Meu pai estende a mão para cumprimentar Eliades, e noto que o cavalheiro mais jovem tem a mão direita muito calejada. Incomum para um lorde. No entanto, quando observo os músculos delineados pela calça de alfaiataria, concluo que estou diante de um exímio cavaleiro.

— Infelizmente as propriedades exigiram toda a minha atenção durante esse período. Tive que...

Já entediada com a conversa, não me preocupo em continuar ouvindo. Em vez disso, eu me viro para ver as pessoas dançando. Um cavalheiro pisa no pé de sua parceira ao fazer um movimento porque está olhando para minhas pernas.

— Ai — ela protesta.

Sorrio com os lábios na taça e bebo mais um gole, sempre tomando o cuidado de não olhar para o trono. Juro que ainda posso sentir um raio de calor se projetando sobre mim, vindo daquela direção.

— Perdoe-me pela grosseria! — Meu pai de repente exclama. — Orrin, esta é minha filha Alessandra. Agora que Chrysantha está comprometida, permiti que ela comparecesse a um evento no palácio.

Sufoco um grunhido antes de me virar. Suponho que será útil à minha causa ser vista interagindo com outros convidados, sem demonstrar nenhum interesse no rei. Mas também tenho certeza de que vai ser difícil tolerar qualquer amigo de meu pai.

Seguro a saia com a mão livre e faço uma reverência.

— É um prazer.

Os olhos de Eliades brilham antes de ele se curvar em resposta.

— Ela é tão bonita quanto a mais velha. Seu temperamento é igualmente doce?

Antes que meu pai tenha que inventar uma resposta para essa pergunta, Eliades acrescenta:

— Ainda estou desapontado por não ter me dado a mão de Chrysantha. Meu dinheiro é tão bom quanto o do duque!

— Como conde, certamente entende que eu tinha que dar a ela o melhor título disponível. Por mais que aprecie sua amizade, minha querida Chrysantha...

Fecho os olhos. Chrysantha é o último assunto que quero que as pessoas discutam. Esta noite é minha.

— Pai, está começando outra música. — Deixo a taça vazia sobre a mesa e o puxo pela manga.

Lembrando o propósito do passeio, meu pai pede licença e me leva à fila de dançarinos. Tento disfarçar a fúria. Mesmo em uma festa onde Chrysantha não está e na qual meu pai tem o objetivo de me ajudar a atrair o olhar do rei, ele não consegue deixar de falar sobre a favorita. A filha parecida com a mãe e com o mesmo temperamento brando.

— A fila acabou — meu pai avisa quando executamos os primeiros passos, voltando a se concentrar no rei.

— Continue dançando. Não olhe mais para o rei.

— Mas ele está olhando para nós.

— *Ignore-o*.

Pelo canto dos olhos, vejo o rei se ajeitar na cadeira, como se tivesse permanecido muito tempo na mesma posição por ter se distraído.

Distraído comigo.

Minha raiva é banida por esse pensamento. A música atual, mais rápida, requer mais destreza e concentração. Com o rosto do meu pai se movendo na frente do meu, consigo esquecer o rei. Não há nada além do ritmo que acompanha as batidas do meu coração e da sensação dos meus pés deslizando no chão.

A música é interrompida bruscamente antes do fim. Os casais à nossa volta se afastam, e meu pai suspende nossa dança.

O rei está se aproximando, as sombras tremulando atrás dele a cada movimento. Tento acalmar minha respiração arfante, depois da dança agitada, enquanto meu pai segura meu braço e se vira para cumprimentar nosso soberano.

— Majestade — meu pai diz, curvando-se.

Eu o acompanho na reverência.

— Lorde Masis — diz o rei, com um aceno de cabeça. — Creio que não conheça sua parceira de dança.

Mantenho o olhar um pouco à direita do rei. Não vejo, mas posso sentir os olhos dele me analisando da cabeça aos pés. Ele me observa há quinze minutos pelo menos, mas agora me estuda de perto e sem pressa.

— Perdoe-me, senhor — responde meu pai. — Com sua permissão, apresento-lhe minha segunda filha, Lady Alessandra Stathos.

O rei inclina a cabeça para um lado.

— Não entrou na fila com as outras moças, Lady Stathos. A pista de dança é mais interessante que eu? — Sua voz tem um tom profundo de barítono; não é relaxante, mas poderosa.

Contenho um sorriso ao permitir que nossos olhos se encontrem pela primeira vez. Uma deliciosa corrente elétrica percorre todo o meu corpo no momento dessa conexão.

Seus olhos são verdes como o mar de ondas revoltas e ventos violentos. Tem algo de perigoso no fundo deles, algo excitante, e percebo nesse momento que vai ser difícil fingir desinteresse.

Quando, enfim, consigo desviar o olhar, deixo-o descer devagar, analisando o rei sem pressa enquanto ele me observa. Analisando-o deliberadamente da ponta do cabelo preto até a base das botas brilhantes.

— Sim — concluo.

O ar deixa os pulmões de meu pai com um guincho que sugere dor.

Mas o Rei das Sombras ri baixo.

— Vi moças deixando o baile aos prantos — continuo. — E decidi que falar com Vossa Majestade é o jeito mais certo de ser posta para fora. Eu não queria que isso acontecesse comigo, não antes de dançar um pouco.

— Gosta de dançar? Ou só estava tentando exibir suas... — Ele olha rapidamente para minhas pernas. — Vestes?

— Está debochando do meu traje? Eu mesma o desenhei.

— Pelo contrário. Gosto dele. — Um toque de humor brinca no canto de sua boca. Penso que ele pode estar se divertindo à minha custa e não gosto nada disso.

Respondo:

— É só me dar suas medidas, e posso mandar fazer um de presente.

Outro sorriso distende os lábios do rei, e não consigo deixar de admirar o quanto o movimento contribui para deixá-lo mais bonito.

— Vamos dançar — ele declara.

Meu pai fica tão quieto que é como se tivesse sido transformado em pedra.

— Isso é uma ordem ou um pedido? Ouvi dizer que enforca moças que se aproximam demais.

— Não enforco. Essas moças são solicitadas a deixar a festa. Desde que mantenha a devida distância, não a mandarei sair.

Mas eu ainda não estou preparada para concordar com isso.

— O que tem de divertido em uma dança em que não se pode tocar o parceiro?

— Aceite meu convite e vai descobrir.

CAPÍTULO
3

A PISTA DE DANÇA ESVAZIA ATÉ FICARMOS APENAS O REI E EU. A ORQUESTRA começa uma nova canção, uma que apenas nós dois podemos compartilhar.

Mantendo os olhos nos meus, o rei avança um passo, e eu recuo acompanhando o movimento, seguindo sua condução. É um estilo de dança mais improvisado, não há uma coreografia a seguir, e me pergunto se o rei está me testando, de alguma forma verificando se consigo acompanhá-lo. Quando os passos são executados para os lados, eu o imito. Ele mantém os braços às costas, mas dançar não deve ser algo tão rígido, então deixo meus braços acompanharem os movimentos.

No início é difícil não me distrair com os fios que dançam em torno dele. As sombras são muito incomuns, muito fascinantes. Gostaria de saber o que aconteceria se eu tentasse tocar uma delas. Ela se enrolaria em meu dedo? Ou se dissiparia ao entrar em contato com minha pele? Eu teria a sensação de entrar em um nevoeiro?

Volto a mim quando o Rei das Sombras estende um braço em minha direção. Sei que não devo segurá-lo, então simplesmente giro como se fosse conduzida por sua mão, deixando a saia se erguer do chão e mostrar mais da calça justa embaixo dela. Fecho os olhos e sinto o movimento mais profundamente.

O ritmo ganha velocidade, e os movimentos do rei também se tornam mais rápidos. É como se eu sentisse seus gestos, em vez de vê-los. A dança se torna empolgante e frenética, quase como se houvesse algo desesperador na música. Quando a melodia vai ficando mais e mais rápida, e os olhos do rei penetram nos meus, não consigo deixar de sentir que ele tenta comunicar alguma coisa apenas pela dança.

Não vejo nada além daqueles olhos verdes, não sinto mais o chão sob meus pés. Perco toda a noção de tempo e propósito.

A música para de repente, e eu inclino a cabeça para trás ao mesmo tempo que o Rei das Sombras estende a mão enluvada para mim, imitando uma carícia.

Estou ofegante quando olho dentro de dois turbilhões em verde-esmeralda. Segundos depois, nos endireitamos.

Quando finalmente desvia o olhar de mim, o rei ergue a voz para ser ouvido por todos.

— Chega de festa por hoje.

E, sem dizer mais nada, ele se vira e sai da sala, pegando a espada no caminho.

Chocada e em silêncio, fico olhando para o local onde ele desapareceu.

No instante seguinte, criados usando perucas engraçadas conduzem todos para fora do salão. Meu pai segura meu braço, e eu o sigo em silêncio.

O que foi que aconteceu?

Pensei que tivesse sido uma dança perfeita. Não toquei nele. Não me aproximei demais.

O rei, que jamais havia dançado com ninguém em público desde sua coroação, me convidou para dançar.

E depois se retirou sem dizer uma palavra sequer.

Os homens não me descartam. Nenhum me descartou depois de Hektor. Sinto as narinas dilatadas e o rosto quente.

— Foi uma tentativa ousada — meu pai comenta ao me ajudar a subir na carruagem. — Conseguiu mais do que qualquer outra mulher jamais alcançou. Sua Majestade não só olhou para você como a tirou para dançar. Ele vai lembrar de você. Isso não acabou, não necessariamente.

A carruagem avança lentamente, parando e seguindo adiante de tempos em tempos em meio ao tráfego provocado por todas as outras pessoas que deixam o palácio.

— Só um momento! — alguém chama. A carruagem para mais uma vez.

A cabeça de um homem aparece na janela aberta. Um empregado do palácio, a julgar pelos trajes.

— Lady Stathos? — pergunta.

— Sou eu.

Ele estica o braço para o interior da carruagem e me oferece um envelope preto. Quando o pego, ele continua ali parado. Espera paciente até que eu o abra.

Perdoe-me, Lady Stathos, mas mudei de ideia. Não desejo que se retire, ainda não. É interessante demais para isso. Quer se juntar à minha corte? Considere um convite, não uma ordem. Meu criado vai esperar até que leia esta mensagem, para o caso de decidir aceitar.

— RM

Fico intrigada com a assinatura. São as iniciais do rei? Suponho que não devia esperar que ele assinasse "RS". "Rei das Sombras" não é o nome dele, afinal.

A euforia me invade quando percebo o que isso significa.

— O que é? — pergunta meu pai.

— O rei me convida para ficar na corte.

— Então, por que ainda estamos sentados nesta carruagem?

Olho para o criado.

— Eu aceito o convite de Sua Majestade.

— Que bom, milady. — Ele abre a porta do veículo para mim, mas a fecha antes que meu pai possa descer a escada. — O convite é só para a dama, milorde. Está dispensado, pode voltar para casa.

E, antes que meu pai pronunciasse uma palavra de protesto, o criado me leva de volta ao palácio.

❦

Não entramos pela porta principal. Sou conduzida por uma entrada lateral, uma passagem que parece ser usada apenas pelos empregados.

De fato, lavadeiras e ajudantes de cozinha curiosas olham para mim enquanto sou guiada por longos corredores de carpete preto. Passamos por arandelas em formato de trepadeiras espinhosas. Atravessamos soleiras entre vasos pintados com cavalos e águias.

O rei está tentando me esconder? Ou só não quer transformar minha permanência em um espetáculo?

Finalmente, o criado me faz parar diante de uma porta. Ele pega uma chave no casaco e nós entramos.

O aposento é mais imponente que qualquer outro onde já estive, com cortinas grossas que bloqueiam a luz, móveis de madeira entalhada com rosas delicadas e almofadas macias, mas não é nada comparado ao que deveriam ser os aposentos de uma rainha, tenho certeza.

Uma criada espera no interior do quarto, provavelmente depois de arrumar a cama.

— O rei já mandou buscar suas coisas, milady. Devem chegar amanhã cedo — avisa o homem que me trouxe.

— Mas eu acabei de aceitar o convite, e ele ainda não foi informado sobre isso.

O criado endireita os ombros.

— O rei tinha esperança de que aceitasse.

Esperança? Presunção seria mais adequado. Arrogante.

— Entendo.

Tenho muito trabalho pela frente.

CAPÍTULO 4

Na manhã seguinte, o café da manhã é levado ao meu quarto junto com minhas coisas. Passo a manhã dando ordens aos criados. Os guarda-roupas são arrumados com todos os vestidos que desenhei. Uma penteadeira acomoda meus pós, perfumes e joias.

Não gosto muito de ler, mas trouxe vários livros para o palácio. A maioria deles é sobre filosofia, matemática, agricultura e outros temas importantes. Eles existem para esconder os únicos três livros que me interessam. Aos olhos de um observador desatento, parecem inofensivos: três volumes cheios de plantas e ervas usadas para fins medicinais. Mas em cada um deles há vários capítulos sobre venenos e antídotos, muito úteis para mim, porque vou ter que matar o Rei das Sombras depois de me casar com ele.

A morte de Hektor foi espalhafatosa, repulsiva, muito difícil de esconder e limpar. Fico relutante em esfaquear alguém de novo. Veneno é um jeito de matar muito mais limpo, e vai ser bem mais fácil. Sem mencionar que é quase impossível descobrir o envenenador.

Digo às criadas para colocarem os livros em uma estante vazia no quarto. Depois avalio toda a arrumação.

Sim, é o suficiente.

Uma serviçal me ajuda a trocar de roupa. Escolho um vestido azul com sobressaia e calça da mesma cor. O tecido é um algodão simples, diferente do tafetá do traje da noite passada. A renda da bainha toca meus tornozelos, a padronagem é de rosas enfileiradas. Em vez de botas, escolho babuchas para o dia. Minha blusa é amarrada na frente como um corpete. Vai ser muito escandaloso, e suspeito de que nenhum homem na corte consiga deixar de olhar para mim.

Esse é o objetivo. Quando um homem vê alguma coisa que vários outros homens querem, não consegue evitar, acaba querendo também.

A criada junta todo o meu cabelo no alto da cabeça, usando o ferro para modelar cachos que caem sobre a nuca e as orelhas.

Quando estou começando a me sentir pronta para enfrentar o dia, outro serviçal entra em meus aposentos.

Ele se curva profundamente.

— Milady, o rei a espera no pomar para tomar o chá com ele e outros membros da corte.

— Perdi o almoço?

— Receio que sim, mas o rei já esperava por isso. Ele imaginou que a arrumação de seu novo quarto ocuparia boa parte do dia.

Fico feliz por saber que o rei está pensando em mim mesmo quando não estou por perto.

— Se me permite acrescentar, milady, o rei não costuma fazer do chá da tarde um acontecimento. Suponho que arranjou a ocasião por você.

— Por mim?

Ele une às costas as mãos calçadas com luvas brancas.

— Pelo que sei, esta é sua primeira vez na corte. Há muitas pessoas novas para conhecer.

Isso me faz sorrir.

— Nesse caso, suponho que não deva desapontar Sua Majestade com minha ausência.

Alamedas delimitadas por tijolos se estendem sinuosas sob árvores repletas de flores de cerejeira. Um grilo pula de um lado, e os pássaros alegram o ar com sua música.

Muitos assentos estofados foram dispostos ao ar livre, e a mesa cheia de sanduíches finos, frutas fatiadas, biscoitos, bolos e outros doces, é constantemente abastecida pelos criados.

A empolgação me invade quando penso em todas as oportunidades que terei. Desta vez meu pai não está aqui para estragar tudo, e estou cercada pelas pessoas mais influentes do mundo.

Um grupo de damas conversa sobre as fofocas mais recentes perto do riacho. Três cavalheiros formam um grupo embaixo de uma das cerejeiras, segurando xícaras de chá e rindo de alguma coisa que um deles disse. Alguns casais se afastaram de seus grupos. Vejo duas damas da corte andando de mãos dadas, com os aros de enchimento das saias se tocando. Francamente, algumas damas da corte teriam muito a ganhar com meus conselhos sobre moda. Espero criar novas tendências.

Com todos os cortesãos distraídos com suas atuais companhias, ninguém percebeu minha chegada até agora.

Caminho sem pressa para a mesa, olhando em volta e procurando o rei, e de repente alguma coisa me atinge pelas costas.

Quase perco o equilíbrio, mas me recupero, apesar da grande pressão puxando minha sobressaia.

Eu me viro com o discurso de advertência pronto, mas paro de repente. Tem um cachorro ofegando na minha frente.

Acho que é um cachorro, pelo menos. Mas também parece um urso. No tamanho e na cor.

— Olá. — Eu me abaixo com a mão estendida.

O cachorro fareja algumas vezes, antes de esfregar o focinho em meus dedos. Um inconfundível pedido de carinho.

Sempre quis um cachorro, mas meu pai proibiu, porque tem uma terrível alergia a eles.

Afago o animal atrás das orelhas, e é "o", confirmo, olhando rapidamente o sexo.

— Bom menino — digo —, mas eu ficaria grata se você saísse de cima da minha saia.

Ele se deita, cobrindo um pedaço ainda maior de saia, e esfrega o focinho úmido no tecido.

— O que está fazendo, criatura boba? — Mudo de posição para não perder o equilíbrio e acabo batendo com o pé em alguma coisa.

Uma bola do tamanho de uma maçã. Escondida embaixo da saia. Eu a pego.

— Ah, é isto que está procurando? — pergunto.

O cachorro dá um pulo, senta e abana o rabo, libertando minha saia, finalmente. Jogo a bola o mais longe possível e vejo o cão gigantesco correr atrás dela.

E então, com o canto do olho, noto um fiapo de sombra.

O rei está me observando. Suas sombras escurecem quando nossos olhares se encontram, girando mais densas em torno dele. Queria saber se elas mudam com seus pensamentos. Se eu poderia aprender a ler essas sombras, caso as estudasse o suficiente.

Ele está parado embaixo de uma das árvores, apoiado no tronco. Hoje penteou o cabelo para trás, e não consigo nem imaginar que tipo de feitiço mantém as mechas no lugar com todo aquele volume. Ele usa uma camisa preta de mangas longas, luvas da mesma cor, colete de brocado azul-escuro e gravata preta.

Eu não tinha percebido que sorria para o cachorro até sentir minha expressão mudar, agora para uma de surpresa.

Então vejo o cachorro se aproximar do rei e soltar a bola aos pés dele.

Reagindo rapidamente, ajeito a sobressaia e caminho na direção dele, paro a um metro e meio de distância e cruzo os braços.

— O cachorro é seu? — pergunto, em tom de acusação, mesmo já sabendo a resposta.

— Muito bem, Demodocus — diz o Rei das Sombras, que depois pega a bola e a joga longe de novo. Demodocus corre atrás dela outra vez. Ele me elogia: — Você tem um bom braço.

— E você, uma pontaria impressionante.

Ele levanta uma sobrancelha.

— É claro que não está me acusando de ter jogado a bola em você de propósito.

— Pois foi isso que fez. — Mas por quê? — Se queria minha atenção, só precisava pedir. Porém, agora que sei que praticamente incitou seu cachorro a me atacar, não me sinto tão propensa a concedê-la.

Ele ameaça um sorriso.

— Não era sua atenção que eu queria. Estava curioso para ver como reagiria a Demodocus.

— Por quê? — pergunto, confusa.

Demodocus corre para nós e solta a bola aos pés do rei, perto dos sapatos perfeitamente polidos. O rei a pega e joga na direção de um grupo de damas sentadas em cadeiras próximas do riacho. Demodocus corre na direção delas, ansioso para recuperar o brinquedo, e ouve-se um coro de gritos estridentes.

O rei inclina a cabeça ligeiramente, como se isso explicasse seu argumento. Qualquer que fosse ele.

— Você reage bem ao inesperado — diz. — E gosta de animais. Duas coisas que eu não sabia sobre você antes disso.

— E você é diabólico. — Ele incita o cachorro contra damas desavisadas.

— Bem, mas certamente já tinha deduzido isso sobre mim — ele responde, se afastando da árvore. O rei sai da sombra, e eu recuo um passo, mantendo a distância apropriada. Seu sorriso se torna mais largo quando olha para mim de cima a baixo.

— Qual é a graça? — pergunto.

— Estou apenas admirando seu traje mais uma vez. Mas me diga: o espartilho não deveria estar embaixo da blusa?

— Isto não é um espartilho. É inspirado em um, só isso. Gosto da amarração. Por que esconder?

O rei demora um instante para digerir essa informação.

— Vai causar muitos problemas na minha corte.

Não consigo determinar se ele está preocupado ou se está se divertindo com isso.

— Veja só como já mudou as coisas. Com licença. — E se vira para o lado. — Demodocus! Venha, garoto!

Demodocus volta para perto do rei, e os dois se afastam correndo por entre as árvores, as sombras seguindo o rei como um rabo de cometa.

Já mudei as coisas? O que isso pode significar?

Viro de costas para o local onde o rei desapareceu e olho para as outras pessoas no jardim.

Ah.

As damas da corte... estão vestidas de preto da cabeça aos pés. Nem um pedacinho de verde à vista.

Estão imitando meu estilo da noite passada. Como não percebi antes?

Chamei a atenção do rei. Ele me convidou para dançar, e agora é visto conversando comigo no pomar. As pessoas olham para mim com total interesse. E...

E um grupo de homens e mulheres mais velhos vem em minha direção. São cinco, todos entre os quarenta e os cinquenta anos, calculo. Parecem importantes. Dá para deduzir isso pelo jeito como não olham para mais ninguém, e pela maneira como os outros se afastam para deixá-los passar.

E pelo fato de que outras pessoas que vinham em minha direção desistiram de me abordar, cedendo a oportunidade ao quinteto.

— Lady Alessandra Stathos, não é? — pergunta o homem à frente do grupo, estendendo a mão. — Meu nome é Ikaros Vasco. Sou chefe do conselho do rei.

Ofereço a mão, e ele se curva e abaixa a cabeça de cabelos mais brancos que castanhos. Lorde Vasco envelheceu bem, com exceção das rugas em torno dos olhos.

— Sim. É um prazer conhecê-lo, Lorde Vasco.

Ele não apresenta os companheiros, que devem ser os outros conselheiros do rei.

— Receio não saber muito sobre você — diz ao se endireitar. — Segunda filha de um conde. Nunca a vi em sociedade, até ontem à noite. Mas alguns cavalheiros na corte afirmam conhecê-la, pois já fizeram negócios com seu pai.

Ele me investigou. Andou cavando meu passado. É claro que sim. É seu dever saber tudo que puder sobre as pessoas com quem o rei se relaciona. A verdadeira questão é: o rei ordenou que ele investigasse meu passado? Ou o conselho está agindo por conta própria?

— Receio que deva culpar a lei por isso — respondo, com honestidade. — Minha irmã ficou noiva recentemente. Eu não tinha permissão para comparecer a eventos antes disso. As únicas pessoas que tive oportunidade de conhecer foram os homens com quem meu pai tem negócios.

— E os filhos deles, pelo que sei.

Reajo, surpresa.

— Como?

— Acho curioso que nenhuma jovem da corte jamais tenha ouvido falar de você. Quero dizer, sua irmã esteve aqui no último baile. Ficou na corte. Fez amigos, mas nunca mencionou seu nome. É como se não existisse.

Sorrio educada, apesar da pedra que se alojou no fundo do meu estômago. Chrysantha me causa problemas mesmo sem estar presente. De novo.

— No entanto — continua Vasco —, Myron Calligaris e Orrin, Lorde Eliades, dizem que a conhecem. E tinham muito a contar a seu respeito, na verdade. Eliades não se cansava de elogiar seus encantos. — Vasco faz uma careta. — Calligaris tinha... outras coisas para falar sobre sua personalidade.

Aposto que sim. Myron ficou ainda mais ressentido com minha rejeição.

Minha irmã e meus amigos estão manchando a minha imagem, mesmo sem dizer nada que me condene. Mas eu posso dar um jeito nisso.

— Na verdade, Lorde Calligaris pediu permissão ao meu pai para me fazer a corte *antes* de minha irmã estar comprometida. Como um cavalheiro cumpridor das leis, meu pai se viu obrigado a recusar seu pedido. — Faço cara de tristeza. — E Lorde Calligaris me culpa por isso. Dá para acreditar? É como se ele não respeitasse quem estabelece e aplica as leis do nosso reino.

Que são, é claro, os cinco homens e mulheres na minha frente.

Lorde Vasco assente, manifestando compreensão.

— De fato. Vou ter que conversar novamente com ele.

E, antes disso, eu vou ter que lembrar Myron sobre o que vai acontecer caso ele divulgue a natureza de nosso relacionamento anterior. As damas não podem ter relacionamentos antes do casamento. Só uma das muitas leis que vou modificar assim que me sentar no trono.

A menor insinuação de um boato como esse me arruinaria e seria o fim de todos os meus planos.

— Aproveite seu período na corte, Lady Stathos — diz Vasco. — Imagino que terá o prazer de ver muitos rostos conhecidos, mas sugiro, se tem a esperança de passar mais tempo com o rei, é claro, que faça algumas amizades *femininas*. Hum? E talvez possa usar roupas mais tradicionais? — Ele olha com algum desgosto para o que estou vestindo.

— Já tenho amigas, Lorde Vasco. Talvez você não tenha conversado com todas as moças na corte.

— Mesmo? — ele reage.

— Sim. Com licença.

Tenho três segundos para examinar o pomar. Olho primeiro para o grupo que gritou quando Demodocus apareceu diante delas. Balanço a cabeça mentalmente. *Elas não*. Depois vejo um grupo de lordes e damas. Parecem próximos demais para eu me inserir entre eles.

Então vejo duas moças afastadas das outras pessoas. Estão sentadas em um banco à margem do riacho, mais abaixo, desfrutando de um pouco de tranquilidade longe de todos.

Sim, são elas.

Caminho determinada na direção da dupla. Sinto o olhar do conselho me seguindo. Eles me observam enquanto percorro o caminho até meu destino, que, felizmente, é afastado demais para que possam me ouvir.

— Olá — digo ao me aproximar da dupla. — Meu nome é Alessandra Stathos. Posso me juntar a vocês?

A primeira jovem se anima instantaneamente, e deixo os ombros caírem sob o peso do alívio. É esse o tipo de resposta que o conselho precisa ver.

— É claro, por favor, sente-se! Sou Hestia Lazos. Pode me chamar de Hestia.

Gosto dela de imediato, só por isso. Só amigas se chamam pelo primeiro nome.

Depois vejo como se vestem. Ela usa calça comprida sob a sobressaia. Duvido que tivesse o traje à mão. Queria saber quantas costureiras precisaram passar a noite acordadas para ela poder usar essa roupa no dia seguinte.

A pele de Hestia é de um rico tom de âmbar com subtons amarelos. Ela tem o cabelo curto, só uns três centímetros acima do couro cabeludo, mechas formando cachos apertados. O corte deixa à mostra os brincos lindos, granadas incrustadas em um complexo trabalho em bronze.

— E esta é minha boa amiga Rhoda Nikolaides.

— É um prazer conhecê-la, Lady Stathos. — Rhoda usa um vestido preto com saiotes de aparência terrivelmente pesada. Mal consegue caber no banco, tamanha a amplitude das saias. Apesar de todos os nobres se vestirem com requinte, posso dizer que essa dama é dona de uma riqueza fabulosa. As saias são tão brilhantes que posso praticamente ver meu reflexo nelas. O penteado é tão rebuscado que deve ter sido feito por pelo menos três mulheres. As mechas são negras como as do meu cabelo, mas sua pele é um pouco mais escura, mais âmbar que meu bege-escuro.

— Podem me chamar de Alessandra — digo, seguindo a indicação de Hestia. Além do mais, preciso fazer amigas depressa, não? Não tive muitas oportunidades de fazer amizades e sei que muitas mulheres não gostam de mim. Não quando sou uma concorrente pela atenção dos homens.

Mas essas duas exibem sorrisos sinceros.

— Finalmente nos conhecemos! — comemora Hestia. — Eu ia tentar me aproximar, mas pensei que talvez não devesse, porque não quero sobrecarregá-la. Todo mundo quer saber quem você é! Então vi o conselho, e isso decidiu por mim. Fico muito aliviada por ter pedido para se juntar a nós. Queria muito perguntar quem fez o vestido que usou ontem à noite. É simplesmente encantador!

— E deliciosamente escandaloso — acrescenta Rhoda. — Adoro o jeito ousado como se veste. Com certeza isso atraiu a atenção do rei muito depressa. — Ela sorri como se tivéssemos acabado de trocar um segredo picante.

As duas olham para mim cheias de expectativa.

— Na verdade, eu mesma desenho minhas roupas. Adoro costurar e contrato uma costureira para me ajudar quando fico sem tempo para fazer tudo.

— Está brincando! — exclama Hestia, e os longos brincos balançam com o movimento da cabeça. — Não é à toa que tudo fica tão bom em você. Criou as roupas pensando no próprio corpo. Escrevi para minha costureira assim que o baile acabou e ofereci o triplo do que ela costuma cobrar, se conseguisse terminar esta roupa para mim. Ela fez o possível com as instruções que mandei, mas não gostei do caimento da calça. É simplesmente brilhante usar uma sobressaia para cobrir a parte de cima. Sabia disso? O motivo para o estilo pegainense ter desaparecido tão depressa foi que... — ela baixa a voz para um sussurro — a maioria das garotas não suportava ficar com o traseiro tão exposto. Mas você resolveu esse problema, não é?

Não sei como continuar a conversa, mas uma voz soa de repente atrás de nós, e eu pulo assustada.

— Peço desculpas por interromper essa conversa sobre traseiros. Seria um prazer dar continuidade ao tema, mas preciso garantir essa apresentação.

O recém-chegado dá a volta no banco para se colocar na nossa frente.

— Leandros Vasco. Ao seu dispor, senhoritas.

— Vasco? — repito quando ele segura minha mão e a beija. — É parente de Ikaros Vasco, chefe do conselho do rei?

Leandros suspira.

— Ele é meu tio.

Não vejo semelhança. Leandros parece ser uns dois anos mais velho que eu. É alto e esguio – como o rei, mas o cabelo é castanho-claro e comprido, na altura dos ombros. A barba curta é bem aparada. Ele usa um colete de seda vermelha sobre a camisa preta, e as abotoaduras têm formato de rosas. Seu nariz já foi quebrado, mas a fratura emendou bem. Restou apenas uma pequena saliência na parte mais alta. Isso o faz parecer mais perigoso e ousado ao mesmo tempo. Se eu não tivesse que dar toda a minha atenção ao rei, Leandros é exatamente o tipo de homem de quem me aproximaria.

Rhoda aproxima a boca da minha orelha.

— Leandros não tirou os olhos de você no baile ontem. Acho que está encantado. Mas quem não está?

— Certamente não posso culpá-lo pelos parentes que tem. É um prazer conhecê-lo, Leandros — digo, me atrevendo a usar seu primeiro nome. Não posso ir para a cama com ele, mas isso não me impede de flertar. Nossos olhares se encontram, e de repente ele me estuda de um jeito diferente. Como uma possibilidade. É muito cruel dar esperança ao rapaz, mas não consigo evitar. — E onde estão seus amigos? — pergunto. Vi Leandros mais cedo no pomar. Antes de Demodocus pular em cima de mim. Ele conversava com outros dois homens de sua idade.

— Distraindo a multidão, é claro. — Ele acena com a cabeça por cima do ombro.

Eu me viro e vejo seus amigos interceptando outros cavalheiros que vêm em minha direção.

— Queria me ter só para si, é isso? — pergunto.

— E pode me criticar por isso?

Sorrio.

— Há quanto tempo vocês três estão no palácio? — questiono, incluindo as garotas na conversa.

— Há cerca de seis meses — responde Rhoda —, mas Leandros está aqui há mais tempo, não é?

— Sim — ele confirma. — Moro no palácio há anos. Ser um dos conselheiros do rei obriga meu tio a viver aqui. Pedi para ficar com ele. Não gosto muito da vida no campo.

— Cresceu com o rei, então? — questiono com interesse.

Alguma coisa no rosto de Leandros se torna triste depois da pergunta.

— Durante a adolescência fomos próximos, sim. Bem próximos, na verdade. E meus amigos também.

— Foram? — Quero entender o uso do verbo no passado.

— Ele afastou todo mundo depois que se tornou rei. Não confia em ninguém. Desconfio que seja esse o motivo para ninguém ter permissão para se aproximar dele.

— Suponho — Rhoda opina depois de uma pausa na conversa — que eu também seria desconfiada se fosse rei e soubesse que meu antecessor foi assassinado.

Eu não sabia muito sobre o rei e a rainha mortos ou seus assassinos, mas sabia que o culpado nunca foi capturado. É claro, há quem especule que o novo rei é o responsável. Mas isso não me interessa.

Não tem nenhuma influência sobre meus planos.

CAPÍTULO
5

Quando nos levantamos do banco, Hestia e Rhoda me convidam para ir com elas e as outras moças à sala de estar, onde vão bordar um pouco antes da hora do jantar.

— E esta é minha deixa — diz Leandros. — Até logo, senhoras. Alessandra, espero vê-la mais vezes no futuro.

Assinto, baixo um pouco os olhos e me viro para Rhoda e Hestia.

— Não sou muito de bordar, mas posso levar uma das roupas novas em que estou trabalhando.

— Sim! — exclama Hestia. — Assim pode me ensinar um pouco sobre costura. Ah, vai me ensinar, Alessandra?

Tem algo de muito autêntico por trás da pergunta. Não tenho outra resposta a oferecer:

— É claro.

— Que maravilha — ela responde. — Já sei que vamos nos tornar amigas rapidamente.

Começamos a caminhada de volta ao palácio, e um criado que espera mais adiante, perto do riacho, se junta a nós. Não costumo prestar muita atenção aos empregados, mas este é muito bonito.

— Ah, Galen é meu criado — explica Rhoda. — Ele me acompanha à maioria dos lugares e vai carregar o material de bordado até a sala de estar para nós.

— Milady. — Ele se curva, e cachos cor de chocolate cobrem a cabeça que se inclina.

Não tenho o hábito de ser apresentada a serviçais, por isso só aceno com a cabeça, mas Rhoda e Galen não parecem ofendidos. Na verdade, assim que chegamos ao castelo, os dois se afastam, certamente para ir buscar o material de bordado de Rhoda, e já estão envolvidos em uma conversa animada.

Depois de pegar minhas coisas, chamo um criado para me acompanhar até a sala de estar. Descubro que a sala pertencia à falecida rainha e que ela a usava para atividades sociais com as damas da corte. Aparentemente o Rei das Sombras permitiu que as mulheres da nobreza continuassem desenvolvendo seus trabalhos manuais ali, já que não há uma rainha para usar o espaço no momento.

As portas são abertas para mim, e entro em uma sala circular com assoalho de mármore e teto pintado para parecer o céu da noite, com estrelas e tudo. Janelas altas deixam entrar muita luz natural, e um lustre pendente espalha a luminosidade de uma centena de velas. Embora o palácio já tenha sido equipado com cabos para a instalação de energia elétrica, adoro constatar que a rainha preservou um lustre tão lindo.

Almofadas e cadeiras fofas acompanham o contorno da sala, a maioria delas já ocupada. Os poucos lugares vazios têm rosas negras bordadas no assento e no encosto. Notei o mesmo desenho por todo o castelo e me pergunto qual seria o motivo. O brasão de armas da família real é um cavalo preto com as patas dianteiras erguidas. Portanto, isso deve simbolizar outra coisa.

— Alessandra!

A voz me assusta.

— Aqui! Guardei um lugar para você!

Bem no centro de tudo, Hestia se levanta e acena. Ela conseguiu trocar de roupa, pegar o bordado e chegar antes de mim. Agora usa uma sobressaia azul sobre uma calça preta. O tecido recebeu aplicações de pequenos pássaros azuis.

Não sei se me sinto lisonjeada ou aborrecida com a descarada imitação de meu traje azul.

Eu me aproximo dela carregando um corte de tecido.

As moças têm as saias espalhadas à sua volta, de forma a poderem se sentar com mais conforto em banquetas e cadeiras. Como estou usando calça, escolho uma grande almofada no chão e cruzo as pernas na altura dos tornozelos.

A conversa que já acontecia quando entrei continua. Hestia tagarela sobre o lorde com quem dançou durante a maior parte do baile na noite anterior.

Rhoda junta-se a mim no chão, sem se importar com os tornozelos expostos.

— Se não for uma pergunta muito grosseira, posso saber quantos anos tem, Alessandra? — ela indaga.

— Dezoito — respondo. — E você?

Ela solta o ar como se bufasse.

— Vinte e quatro. Tenho quase certeza de que sou a solteira mais velha da corte.

— Certamente não — discordo, abrindo o tecido sobre as pernas para poder encontrar o ponto onde interrompi o trabalho.

Rhoda assente.

— Devo admitir, no entanto, que já fui casada. Então talvez não tenha importância o fato de ainda ser solteira, não?

— O que aconteceu com seu primeiro marido? — pergunto, curiosa.

— Ah, ele não me abandonou, não foi tão terrível. Só morreu. Nem o homem mais rico pode escapar da velhice.

Levanto a mão enluvada para esconder um sorriso.

— Não foi uma união de amor, então?

— Não, mas ele deixou muito dinheiro para mim, então suponho que não deva reclamar muito. E me deu Galen! Galen era seu valete, sabe? E, depois que meu marido morreu, eu o mantive comigo. Ele me ajudou muito com as providências para o funeral e minha adaptação.

— E, ainda assim, está com pressa para se casar de novo? — pergunto.

Ela arruma as saias.

— Ah, não preciso me casar de novo. Não com a fortuna que tenho, mas gostaria muito de viver algo quente e passional. Eu me casei muito nova com um velho murcho. Estou pronta para ter uma companhia jovem e saudável. Alguém que eu possa amar. Você não quer isso?

Já vivi uma paixão. Foi isso que tive com Hektor. Não terminou muito bem. Paixão nunca acaba bem. Ela me transformou em uma assassina.

No entanto, é lisonjeiro que ela confie a mim seu desejo de viver uma paixão fora do casamento. Ela fez uma confidência, revelou essa informação. E isso me faz responder com honestidade.

— Já vivi minha história de amor.

Ela arqueia uma sobrancelha.

— Mas você é solteira. Como ela acabou?

— Ele decidiu que não me queria mais. Paixão causa um grande sofrimento, Rhoda. Talvez deva pensar duas vezes sobre o quanto quer ter essa experiência.

— Eu não havia pensado nisso. — Ela olha para o nada, por um momento perdida em pensamentos. — De qualquer maneira, estou me adiantando. Ainda tenho quatro meses de luto.

— Luto — repito.

— Sim, não estou vestida de preto por opção. Uma viúva tem que respeitar um ano de luto pela morte do marido. Só posso usar preto e, se comparecer a eventos sociais, não posso participar plenamente; tenho que assistir a tudo de longe.

Meu queixo cai.

— Não pode estar falando sério!

— Estou, infelizmente.

— Não, não, não. Isso é absurdo, Rhoda! Esqueça o que eu disse. Você *precisa* viver uma paixão. Não faz sentido chorar a morte de um homem que nunca amou. Temos que encontrar alguém para você imediatamente. Tem alguém na corte que desperte seu interesse, uma paixão?

Descubro que Rhoda está interessada em vários homens. Esqueço na mesma hora todos os nomes que ela menciona, mas ouço quando continua falando sobre aparência e títulos.

De início escolhi minhas duas novas amigas para enganar o conselho, mas estou percebendo agora o quanto as duas serão úteis. Rhoda conhece todos os homens da corte. Ela os tem observado com atenção (de longe, é claro) desde que o marido morreu. Pode ser minha oportunidade para me ajustar melhor às pessoas daqui. E Hestia é quase obcecada pela maneira como me visto. Desconfio de que ela será a principal fonte de todas as fofocas sobre mim, já que está fazendo um esforço tão grande para ser como eu. Saber o que os membros da corte pensam sobre mim a todo instante é de um valor inestimável. Foi pura sorte o conselho ter revelado o pouco que já sabia sobre mim. Preciso estar o tempo todo no controle de como sou percebida, se quero saber o que o rei e sua corte pensam a meu respeito.

Quando Rhoda faz uma pausa em seu discurso, pergunto:

— Foi por isso que veio para a corte? Pelos homens?

— Ah, não. Vim porque o rei solicitou minha presença.

— Ele a solicitou?

— Sim, muitas de nós fomos convidadas a ficar. Bem, para ser franca, é quase uma ordem. Acho que não poderia ir embora se quisesse, mas estou me divertindo tanto avaliando todos os homens da corte que não me importo nem um pouco.

Uma ordem.

Um pensamento me ocorre.

— Rhoda, você estava no palácio na noite em que os pais do rei foram assassinados?

A tristeza modifica sua expressão.

— Sim, ah, foi uma noite horrível.

— E Hestia também estava aqui? E Leandros?

Ela pensa um pouco.

— Acredito que sim.

— E ele ordenou que todos vocês permanecessem na corte? Ordenou que todos aqui ficassem na corte?

Ela me encara repentinamente.

— Ah, você acha...

— Sim.

O Rei das Sombras está tentando tirar o assassino de seus pais do esconderijo. Convidou todos que estavam no palácio na noite em que eles morreram a permanecer aqui. Ele *ordenou* sua permanência por tempo indeterminado para poder vigiá-los e encontrar o culpado.

Mas não pode ser esse o motivo de minha presença. Eu não estava no palácio quando os pais dele morreram. E, de acordo com Leandros, o rei não permite que ninguém se aproxime dele. Além disso, suas interações sociais são, no mínimo, esquivas.

Então, por que ele me convidou para ficar no palácio? Pode ser simplesmente porque meu plano está dando certo?

Penso nisso enquanto termino a bainha da saia em que estou trabalhando. Estou criando algo novo, uma saia longa na parte de trás e curta na parte da frente, acima do meio das coxas. Vou usá-la com calça justa, é claro. Acho que nem o rei poderia impedir que eu fosse expulsa da corte se mostrasse as pernas completamente.

O produto acabado ficou ainda melhor do que eu imaginava, mas preciso criar uma parte de cima que combine, e ainda não pensei nisso. Esperava que a saia me inspirasse. Por enquanto, deixarei a peça pendurada no meu guarda-roupa.

Uma mensagem chega justamente quando meu estômago ronca de fome.

Minha cara Lady Stathos,
Ficarei honrado se jantar comigo esta noite.

— KM

Outro criado me conduz através do palácio. Registro com atenção todas as curvas e escadas, tentando construir um mapa mental do lugar onde agora estou morando. Enfim, passamos por uma porta e entramos em uma sala grande. Eu esperava um salão, mas isto é uma biblioteca. Livros ocupam prateleiras que sobem até o teto de seis metros de altura. Até onde posso ver, não há um grão de poeira em nenhum exemplar, apesar de alguns parecerem muito velhos.

A lareira já está acesa, e há duas poltronas bem grandes diante dela, uma de cada lado de uma mesa baixa. O chá já foi servido.

O criado afasta uma das poltronas para mim, e eu me sento.

— Sua Majestade virá em um momento. — E, depois de uma reverência, ele sai e me deixa sozinha.

Ao perceber um movimento sutil no chão, viro a cabeça. O que eu pensava ser um tapete peludo entre a mesa e a lareira, agora percebo, é Demodocus.

— Olá de novo — digo.

Demodocus abre um olho por um breve segundo, antes de voltar a dormir diante do fogo.

— O dia foi agitado? Imagino que tenha cansado de correr atrás daquela bola.

Demodocus muda de posição, se virando de costas para mim.

— Recado recebido. Vou deixar você dormir. Mas onde está seu dono?

Olho em volta e estou analisando as cores dos livros quando o rei chega.

Bem, ele não usa a porta.

Passa direto por uma parede de livros.

Endireito as costas na cadeira ao ver o Rei das Sombras tomar forma no meio dos livros, as sombras em torno dele se tornando mais claras quando termina de atravessar a parede.

Ele já está olhando para mim quando seus olhos aparecem além dos volumes, e me pergunto se estava me espionando, esperando eu olhar justamente para aquele lugar na parede para só então aparecer através das prateleiras sólidas.

Meu olhar endurece.

— Isso é para me impressionar? — Tarde demais, acrescento: — Majestade.

As botas de cano alto pisam com suavidade no tapete quando ele atravessa a sala.

— Já percebi que não é qualquer coisa que a impressiona. — Ele puxa a cadeira na minha frente e se senta.

Nós nos encaramos por um momento em silêncio, mas a curiosidade acaba me vencendo.

— Há quanto tempo tem essa capacidade?

— A de atravessar paredes? É uma habilidade dos membros da família real, mas ela só se desenvolve quando uma criança começa a se tornar adulta.

— Um efeito colateral das sombras, sem dúvida.

O Rei das Sombras sorri e leva a xícara aos lábios.

— Sem dúvida — confirma depois de beber um gole.

Percebo que ele se diverte muito com minhas perguntas, e essa constatação me faz ficar quieta. Dedico toda a minha atenção à xícara e bebo enquanto examino a grande área do aposento. Não posso dar exatamente o que ele quer, nem ser muito previsível. Tenho que ser comedida. É assim com todos os homens.

— Vejo que Demodocus cumpre seus deveres de cão de guarda com excelência — o rei comenta ao ver o cachorro deitado de costas.

Sufoco um sorriso.

— É para isso que ele serve?

— Quando ele está por perto, as pessoas da corte são menos propensas a se aproximar de mim. Quando o trouxe, a intenção era que ele me protegesse.

— Em vez disso, acabou com um urso de pelúcia — concluo, olhando com carinho para o cachorro.

Alguém bate na porta. O rei autoriza a entrada, e criados trazem nosso jantar. Parece que trouxeram os quatro pratos de uma vez só. Uma tigela de sopa é posta na minha frente, e o cheiro de abóbora e creme faz minha boca salivar. Ao lado dela, deixam uma tigela com frutas fatiadas, acompanhada por uma vasilha com iogurte doce para mergulhar os pedaços. O prato principal é carne curada de cervo em tiras temperadas sobre uma cama de vegetais.

E, finalmente, uma fatia de bolo de chocolate para cada um com cobertura de chocolate escorrendo pelas laterais.

Os homens de meia-calça e peruca param junto da parede da sala.

— Podem ir — diz o rei. — Não vamos precisar de mais nada.

Alguma coisa faz meu sangue correr mais depressa nas veias quando o vejo dar ordens. Ele tem muito poder. Homens são forçados a obedecê-lo sem dizer uma palavra de protesto. Fariam qualquer coisa que ele mandasse.

Eu quero esse poder.

Ver isso de perto aumenta minha determinação.

Quando a porta é fechada, afasto os pratos e tigelas na minha frente e empurro tudo para os lados até abrir caminho para o bolo de chocolate. Puxo o prato e o coloco na minha frente.

Não olho para o rei, mas tenho a sensação de que ele está olhando para mim. Pego um pedaço de bolo que praticamente derrete na minha boca, e sei que fiz a escolha certa ao começar por ele, enquanto ainda está quente.

Quando não consigo mais suportar o desconforto, levanto a cabeça. O rei tem sua fatia de bolo diante de si.

— Como somos parecidos — diz, depois de lamber um pouco da calda que escorre pelos lábios.

— Porque nós dois gostamos de chocolate? Se acha que essa é uma característica incomum, não deve sair muito.

Ele bebe um pouco de uma das taças trazidas com a comida.

— Não estava falando do chocolate. Quando vejo alguma coisa que quero, eu a pego sem hesitar.

Se ele estivesse olhando para mim de outro jeito, talvez eu pudesse pensar que estava insinuando que me queria. Mas seu olhar não tem calor. É relaxado, e tenho a nítida impressão de que ele não relaxa com muita frequência.

— O que vai pegar agora? — pergunto.

Ele pensa por um momento.

— O mundo — responde simplesmente. — Quero ser dono dele inteiro. Quero que cada cidade tenha meu brasão e cada pessoa do continente saiba meu nome e reconheça meu reino.

Eu me permito imaginar a situação por um momento. O mundo inteiro saber meu nome e viver sob meu reinado. Que melhor maneira de se sentir completa, plena e realizada?

— E você? — ele pergunta, interrompendo meus pensamentos sobre estar no alto de uma torre, olhando para tudo que é meu. — O que quer pegar?

Talvez eu devesse pensar um pouco mais na resposta. Deveria ser cuidadosa e calculista, mas falo com franqueza:

— Reconhecimento.

Ele inclina a cabeça para um lado.

— Sou a segunda filha. Praticamente ignorada. Nunca convidada para festas ou bailes. Jamais considerada ou vista de verdade. Quero viver de verdade. Ser parte de tudo. — Não quero mais ficar escondida enquanto Chrysantha tem todas as experiências. Eu nunca quis esperar minha vez.

— Eu enxergo você — garante o rei, e as sombras em volta dele se intensificam de leve, como se também me reconhecessem. — Diga, Lady Stathos, o que faria com o reconhecimento que tanto deseja, se de repente o tivesse?

— Como assim?

— Não pode estar interessada apenas em atenção, não é? Isso seria muito pouco, e você não parece ser esse tipo de pessoa. Então, me diga, esse reconhecimento, por que o quer?

Bebo um gole lento de vinho, enquanto penso na minha resposta, tentando antecipar o que ele espera. No fim, opto pela verdade novamente.

— Quero amigos. Quero ser uma parte maior do mundo ao meu redor. Se for vista e respeitada, os outros vão dar valor à minha opinião. Quero o poder de mudar as coisas.

— Mudar? Como mudar a lei que impede que a filha mais nova seja apresentada à sociedade antes de a mais velha estar comprometida?

— Exatamente — respondo.

— Acho que podemos ter alguns objetivos comuns, Lady Stathos.

Lembro a conversa que tive mais cedo com Rhoda e a conclusão de que o rei estava procurando um assassino entre as pessoas da corte. Isso, associado a todas as perguntas que ele me fez esta noite, provoca minha explosão.

— O que estou fazendo aqui?

O rei cruza os dedos diante do corpo e descansa o queixo sobre eles.

— O conselho está atrás de mim. Tenho dezenove anos. Um rei jovem, dizem, e, até completar vinte e um anos, preciso da permissão deles para tudo que faço, e tenho que ouvir seus conselhos sobre todas as coisas. O que eles mais querem é que eu encontre uma esposa e providencie logo um herdeiro, para o caso de acontecer alguma coisa comigo.

Não respiro enquanto ele continua.

— Não tenho a menor intenção de ter uma esposa ou herdeiros. Tenho um império para construir e traidores para identificar em minha própria corte. Preciso fazer o conselho parar de me vigiar, e, se eu criar a impressão de que estou cortejando alguém, eles vão me deixar em paz. Eu a trouxe aqui, Lady Stathos, porque preciso de uma amiga. Alguém que não esteja interessada em ser rainha, como você não está. Alguém que não tenha medo de me dizer o que pensa, mesmo que pense algo de que eu talvez não goste. E nossa amizade também terá o benefício de apaziguar o conselho. Você é bonita. Mas não a ponto de me tentar. Você é tudo que estou procurando. É perfeita.

Não tenho palavras. Então, para não deixar o queixo cair sobre a mesa, ponho mais um pedaço de bolo na boca.

Você é bonita, ele disse. E logo depois: *Mas não a ponto de me tentar.*

Quero esbofeteá-lo. Quero beijá-lo. Quero jogar o resto do bolo na cara dele, tanto quanto quero terminar de comer essa sobremesa deliciosa.

Como mais um pedaço. Muitos pensamentos circulam em minha cabeça, mas uma coisa consigo compreender.

— Você me usaria — afirmo. Direta. Sem rodeios.

Ele deixa o garfo sobre o prato, ao lado do bolo.

— Não é o que pretendo. Estou oferecendo uma troca. Fique na corte. Deixe que todos tirem suas conclusões sobre nós dois. Em troca, todos no castelo saberão seu nome. Nunca mais vai perder outra festa ou outro baile. Receberá todos os convites, tantos que não terá como aceitar todos.

— Por que acha que não quero ser uma rainha? — pergunto.

— Se quisesses, teria entrado na fila com as outras moças. Não tentaria me insultar sempre que tem uma chance.

Que bom. Ele não percebeu meu jogo.

Olho para a taça sobre a mesa. Depois de deixá-lo inquieto na cadeira por mais um tempo, digo:

— Vai ter que compensar o comentário extremamente grosseiro que fez há pouco, se quiser minha amizade.

— Grosseiro?

— Disse que eu não sou bonita o suficiente.

Ele fica boquiaberto.

— Não, eu disse que você é bonita na medida certa. Disse que é perfeita.

Agora estou sendo frívola, dando importância a bobagens.

Aguente firme por enquanto. Sorria e aceite a proposta.

— Desculpe — ouço um segundo depois, me surpreendendo. — Faz muito tempo que não tenho um amigo que não ande de quatro por aí. Minhas palavras não transmitiram o que eu pretendia dizer.

Transmitiram. E isso é o que mais me enfurece.

Mas respondo:

— Aceito sua oferta e tudo que faz parte dela.

— Excelente. — O Rei das Sombras troca o bolo pela sopa ainda fumegante. — Se vamos ser amigos, certamente devo chamá-la de Alessandra quando estivermos sozinhos?

— Ainda não somos amigos, Majestade, mas, quando formos, como devo chamá-lo?

Um sorriso pálido persiste em seus lábios.

— Meu nome é Kallias. Kallias Maheras.

— Kallias — repito, deixando as sílabas escorregarem da língua. O nome do rei me foi confiado.

Agora ele precisa me entregar seu coração.

CAPÍTULO
6

Estou furiosa quando volto aos meus aposentos.

Não sou bonita o suficiente para tentá-lo, é? Vamos ver. Vou fazer o rei se apaixonar por mim de tal maneira que ele vai esquecer que já viu outra mulher. Quando eu terminar, ele vai implorar por mim.

E depois vai implorar pela própria vida antes de eu acabar com ele.

Esse pensamento doce me dá forças quando chego ao quarto e vou para a cama.

O rei não estava errado. Há uma pilha de cartas sobre a mesa, mas não as abro ainda.

Tem um homem ao lado da minha cama. Cheguei a esperar que fosse o belo Leandros, só para poder ter uma história para contar ao rei sobre expulsar homens do meu quarto. Mas infelizmente...

É Myron.

— O que pensa que está fazendo? — pergunto. — Como entrou aqui?

Ele é tão alto que sua cabeça fica a trinta centímetros do teto. Impecavelmente vestido em calça preta e casaco cor de ameixa, ele se vira ao ouvir o som da minha voz.

— Alessandra, é bom ver você aqui.

— Este é o meu quarto!

— Sim, e sua criada ficou muito feliz por me deixar entrar. Só precisei sorrir e inventar uma história sobre deixar um berloque na sua penteadeira. Acho que ela é romântica.

Faço uma careta.

— Para o seu bem, é bom torcer para ela não falar demais.

— Por quê? Seria tão terrível assim as pessoas saberem que deixei um presente para você?

Eu o encaro, tentando entender que motivo pode ter para estar aqui, e de repente ele tira os sapatos e se reclina em minha cama.

— Venha cá — ronrona.

— Saia — respondo, e minha voz se torna brusca e incisiva.

— Só porque não quer meu anel, não significa que não quer outra coisa. Conheço você.

— Já que parece não ter notado, vou explicar a situação com todas as letras. *Eu não quero você*. O rei está me fazendo a corte. O rei, Myron. Por que eu haveria de querer o segundo filho de um visconde quando posso ter o Rei das Sombras?

Myron se levanta tão depressa que a cama range.

— Ele não vai aceitar você. Você não é virgem. Não depois do que fiz com você.

Suspiro.

— Myron, você era virgem quando nos conhecemos. Isso não quer dizer que eu também era.

Seu queixo cai.

— O que disse a Lorde Vasco e ao conselho? — pergunto. — Eu sei que eles falaram com você.

— Não fui o seu primeiro?

Tiro as luvas e as jogo de lado. Depois faço a mesma coisa com as babuchas.

— Vai funcionar assim: você nunca mais vai falar *para ninguém* que me conhece. Esteve na propriedade do meu pai duas vezes com seu pai, a negócios. Mais nada. E me viu de passagem. Só isso.

— Eu não a vi de passagem. Eu a vi nua. Mais de uma vez — ele responde em tom ameaçador. — Aposto que o conselho e seu amado Rei das Sombras vão adorar saber disso.

Reviro os olhos.

— Não é assim que esse jogo é jogado. Já esqueceu, Myron? Eu sei o que você fez. Seu pai lhe deu um dos bens mais preciosos que tinha. A *você*, o idiota do segundo filho. E você o perdeu no jogo. E se ele descobrir? Aposto que o deserda, é isso que o espera no futuro.

Myron contrai a mandíbula.

— Por que você acha que não tenho má reputação, Myron? É porque eu sei jogar esse jogo. Agora saia, e nunca mais fale comigo.

Ele pega os sapatos a caminho da saída e bate a porta com força suficiente para meus vizinhos ouvirem. Desde que nenhum deles esteja no corredor, ninguém vai saber de que quarto ele saiu.

Com a manhã, chega um novo conjunto de ideias e planos. Vou ter meu rei, e vou arrancar do palácio qualquer um que se ponha no meu caminho.

Depois do desjejum, me dedico à pilha de cartas, classificando-as por importância. Convites de duquesas e marquesas vão para uma pilha. Condessas e viscondessas em outra. E os de baronesas eu nem me dou ao trabalho de abrir. Ocupo a manhã redigindo respostas, aceitando alguns convites e recusando outros. Escrevo uma agenda para poder acompanhar todos os meus compromissos e depois mando uma carta para Eudora. Vou precisar de mais trajes de noite. Não posso ser vista com o mesmo vestido duas vezes.

Duas horas mais tarde, chamo uma criada para ajudar a me vestir. Claro que precisei dispensar a anterior, mas a nova conhece todos os tipos de penteados divertidos. Ela amontoa meu cabelo no alto da cabeça, prendendo cada mecha com um grampo adornado por uma ametista. Presente de um antigo amante, é claro. Meu rosto é maquiado com perfeição. Visto calça lilás com um complicado padrão de contas descendo pela parte frontal de cada perna. A sobressaia de brocado cor de violeta é simplesmente divina, com mangas compridas e comprimento longo. Calço botas pretas de salto modesto, luvas pretas curtas, e desço para almoçar.

Não é bonita o suficiente para me tentar.

Bufo ao lembrar essas palavras detestáveis.

Pelo jeito sou uma das primeiras a chegar ao grande salão. Pequenos grupos de cortesãos conversam animadamente. Quando entro na sala, algumas pessoas olham para mim, baixam o tom de voz, e mulheres abrem seus leques.

E um homem se aproxima.

— Lady Stathos! Esperava ter uma oportunidade para falar com você novamente.

Loiro. Bonito. Talvez uns dez anos mais velho que eu. Onde o vi antes?

— Orrin, Lorde Eliades — ele diz.

Ainda devo parecer intrigada, porque ele acrescenta:

— Seu pai nos apresentou no baile!

Ah, agora me lembro. Ele foi a única pessoa que conheci além do rei. O que insistia em falar sobre Chrysantha e me comparar a ela.

Não gosto desse homem.

— Adorei sua irmã quando ela esteve no palácio — ele declara antes que eu possa responder — e sei que é igualmente maravilhosa! Como tivemos uma boa conexão no baile do rei há algumas noites, pensei que poderia gostar de ir ao baile de caridade da condessa comigo. Tenho certeza de que recebeu o convite. Sou amigo de Alekto e amo eventos que angariam fundos para os menos afortunados. Tenho muito dinheiro para gastar! — Ele ri como se tivesse contado alguma piada, antes de continuar. — Uma vez comprei um cobertor para cada criança do Orfanato Naxosiano. Sabe quantos cobertores foram? Duzentos e trinta e sete. Dá para acreditar que tantas pobres criaturas são...

— Com licença — digo. Leandros entrou na sala, e, como ele não me considera um prêmio de consolação depois de não ter conseguido se casar com minha irmã, dou as costas a Orrin sem culpa nenhuma.

De fato, tenho que me afastar fisicamente dessa conversa. Caridade. Órfãos. Os diabos desperdiçaram beleza em um homem como esse.

Ofereço um sorriso a Leandros e seus companheiros.

— Lady Stathos!

— Leandros.

Hoje ele está encantador, de colete verde e botas marrons. A cor de fato faz seu cabelo brilhar. Está entre dois outros homens. Seus amigos que mantiveram os cortesãos afastados enquanto estávamos no pomar, suponho.

— Alessandra — ele se corrige, já que usei seu primeiro nome. — É adorável rever você.

Um cotovelo nada sutil encontra as costelas de Leandros, e ele se lembra de que não está sozinho.

— Ah, sim. Estes são meus amigos, e eles estão desesperados para serem apresentados. Petros. — Ele aponta para um rapaz alto com muitas sardas sobre o nariz e as bochechas. De algum jeito, as imperfeições só o tornam mais bonito. — E Rhouben. — Rhouben usa a roupa mais arrojada e colorida que já vi. Ele mistura vibrantes azuis e verdes de um jeito muito ousado, e o resultado é tão bonito quanto um pavão. Creio que faz isso para compensar a ausência de traços interessantes.

— Cavalheiros — cumprimento.

Cada um deles pega minha mão e a beija sobre a luva.

— Finalmente — diz Rhouben depois dos cumprimentos. — Estava aflito para conhecer a única pessoa na corte que se veste melhor que eu.

— Eu argumentaria — respondo —, mas só para ser educada.

Ele ri.

— E além de tudo é honesta. Que tesouro raro.

— Cuidado — diz Petros. — Você é um homem comprometido, Rhouben. Mantenha distância.

— Parabéns — cumprimento o primeiro homem. — Quem é a felizarda?

Rhouben faz uma careta.

— Melita Xenakis.

— Ainda não a conheci. Ela está aqui?

Petros olha para trás.

— Sim, é aquela olhando com repulsa para o casaco de Rhouben.

Encontro Melita imediatamente. Cachos loiros e perfeitos repousam sobre os ombros, cobrindo um brocado azul. Na verdade, agora percebo, todas as damas estão de azul. A cor que usei ontem. Sorrio satisfeita. Como se sentisse meu olhar, Melita olha para mim. Seus traços se transformam, compondo uma carranca horrível, como se eu tivesse cometido algum crime ao olhar para ela. Ou falar com seu noivo.

— Nesse caso, ofereço minhas condolências — declaro. — Ela é horrivelmente possessiva, não?

Petros bate nas costas do amigo e ri.

— Você não sabe nem a metade da história. Ela é uma ventosa, sempre grudada no braço de Rhouben onde quer que ele esteja. E, ah, vai adorar essa! O pai dele só o avisou sobre o noivado quando já estava tudo arranjado.

Rhouben geme ao se lembrar disso.

Faço um esforço para não rir.

— E você, Petros? Está cortejando alguém?

— Não mais — responde, com tristeza. — Estava interessado em Estevan Banis, mas ele dançou três vezes seguidas com Lorde Osias no baile do rei.

— Os homens podem ser muito inconstantes — comento.

— É verdade.

— E você, Leandros? — pergunto, incluindo-o na conversa.

— Estou completamente livre, portanto não precisa se preocupar. — Seu sorriso é cheio de malícia.

— Infelizmente, agora estou prometida — aviso. — Ontem à noite o rei pediu permissão para me fazer a corte!

Rhouben e Petros oferecem os parabéns, mas Leandros parece apropriadamente contrariado. A conversa continua, e observo os nobres que entram no salão. Ofereço sorrisos radiantes, e eles não precisam de mais nada para virem se juntar ao grupo. De quatro, passamos rapidamente a dez. Todos os rapazes querem me fazer perguntas: a que eventos pretendo comparecer? Meu cartão de danças está preenchido para o próximo baile? Por que não brindei a corte com minha presença antes?

Não mencionei que o rei está me cortejando, depois de ter dado a notícia a Leandros e seus amigos. Os recém-chegados não precisam saber, especialmente porque conto com eles para o novo espetáculo que estou planejando para o rei.

Um arauto anuncia alguma coisa, mas não consigo ouvir nada em meio à conversa. Pelo canto do olho, porém, vejo o Rei das Sombras entrar no grande salão. Na verdade, estava esperando por isso. Os que estão sentados à mesa se levantam ao vê-lo, em demonstração de respeito.

Kallias não ocupa seu lugar imediatamente. Mantém as pessoas em pé em torno da mesa, enquanto olha em volta examinando todos na sala. Não estou olhando diretamente para ele, mas sei quando ele me vê. É como se uma corrente de calor cortasse o ar.

Petros diz alguma coisa, e eu rio um pouco mais alto que o necessário.

Viu?, quero gritar. *Muitos homens me acham bonita. Muitos homens me consideram* irresistível.

— Lady Stathos. — As palavras não são gritadas, mas reverberam pela sala como se fossem. Os homens à minha volta se calam imediatamente e se curvam para seu soberano.

— Sim, meu rei? — pergunto.

— Já contou nossas notícias a todos?

— Não, Majestade.

Ele estende um braço em minha direção enquanto se encaminha para a sala.

— Estou cortejando Lady Stathos. — Seus olhos se voltam significativamente para a mesa seguinte, onde seus conselheiros estão sentados.

Os homens à minha volta recuam de repente, como se fossem pegos fazendo algo errado. Todos, menos Leandros, Petros e Rhouben, que não parecem se importar com o anúncio do rei me declarando comprometida.

Eram amigos dele. Ele os deixou de lado. Por que se incomodariam com a possibilidade de irritá-lo?

Lorde Ikaros Vasco, chefe do conselho, levanta sua taça de vinho.

— A uma corte feliz!

Todos na sala levantam o copo e repetem os votos. Vasco me encara enquanto bebe de sua taça.

Estou atento a você, diz esse olhar.

Respondo com um sorriso sincero, antes de inclinar a cabeça para a sala cheia de gente oferecendo parabéns.

Só então me permito olhar para o rei. Seus traços não bastam para eu determinar se ele está reagindo a me ver cercada de homens, mas a declaração talvez seja reação suficiente. Ele me assumiu verbalmente. Ou foi só para impressionar o conselho? São eles que precisam ser convencidos de nosso compromisso, afinal.

O rei veste um colete violeta. De algum jeito, conseguimos combinar nossos trajes outra vez. É como se tentássemos dar uma impressão de união.

Como se eu fosse predestinada a ser sua rainha.

Kallias levanta um dedo e aponta para a cadeira à sua direita. Um criado salta de sua posição junto à parede e corre para puxar a cadeira. Com todo o cuidado. Ah, muito cuidado, para não se aproximar do rei.

É quando noto que restam duas cadeiras vazias à esquerda e à direita do rei. Ninguém pode sentar-se a menos de duas cadeiras de distância dele.

Exceto eu.

A cadeira à direita dele é apresentada a mim, e a sala fica em silêncio enquanto, um a um, os nobres notam aquela cadeira, bem ao lado do rei, ser oferecida.

Puxo as luvas, ajustando-as em seus lugares, antes de pedir licença ao meu círculo de admiradores e me dirigir a Kallias.

Depois de me sentar, mantenho as mãos unidas sobre o colo, tomando cuidado para não derrubar nada e não tocar em um certo alguém. Estamos muito mais próximos que a distância permitida por lei, um metro e meio, mas, se Kallias está autorizando, não vou reclamar. Além disso, o mais delicioso aroma de lavanda, hortelã e almíscar invade meus sentidos agora que estamos próximos. O Rei das Sombras tem um cheiro delicioso.

Kallias leva à boca uma colherada do que parece ser algum tipo de sopa de vegetais.

— Vejo que está fazendo amizades. O reconhecimento é tudo que esperava que fosse?

— É cedo demais para dizer.

Um criado coloca um guardanapo em meu colo, antes de retomar sua posição na periferia da sala.

— Você está esplêndida hoje — comenta o rei em voz baixa. Estamos suficientemente isolados para eu duvidar de que mais alguém à mesa possa ouvir o comentário.

— Está tentando compensar o que falou ontem — respondo, em tom igualmente reservado.

— Estou apenas dizendo a verdade.

— Bem, é um começo.

Vejo em torno da mesa pares e mais pares de olhos fingindo que não me observam. Os homens se perguntam o que fiz para o rei me assumir. As mulheres acompanham cada movimento que faço, imaginando como poderiam fazer o rei se interessar por *elas*.

Meus olhos param em Myron por um breve instante, e ele desvia o olhar assim que percebe que foi pego me encarando.

Bom garoto.

Não consigo acreditar em como a promessa do rei já começa a se cumprir. As cartas em meu quarto são resultado de ele ter dançado comigo, de conversar comigo publicamente, no pomar. E depois do anúncio de hoje? Não consigo nem imaginar quais portas ele abriu para mim agora.

— Acha que todas as mulheres estarão de roxo amanhã? — pergunto, antes de dedicar minha atenção à comida.

— Desconfio de que vão tentar subornar suas criadas para descobrir que cor vai usar todas as manhãs.

A resposta me intriga.

— Foi isso que você fez? — Olho para seu traje, da cor do meu. — Ou simplesmente espiou através da parede do meu quarto para descobrir por conta própria?

Os dentes dele brilham no sorriso mais largo que exibiu até agora.

— Garanto que há anos não espio as damas se vestindo. Não tenho mais doze anos.

Provo minha comida. É tão deliciosa quanto o jantar da noite anterior.

— Nunca foi pego?

— Ah, sim. Quando me viu, Lady Kalfas contou para minha mãe, que me repreendeu com tanta dureza que nunca mais sequer tentei espiar alguém.

— Que palavras podem ter sido tão convincentes para que nunca mais tentasse?

— Ela me disse que, se eu insistisse em olhar, nunca iria além disso com as mulheres. E disse que nenhuma jamais me respeitaria, se eu não as respeitasse.

Sorrio olhando para a tigela.

— E foi a ideia de nunca ter o respeito de ninguém ou a de nunca ir além de olhar que o convenceu?

— As duas — ele admite. — E também a ideia de ter que discutir essas coisas de novo com minha mãe.

Rio. Mas penso se ele alguma vez fez mais que olhar. Relações íntimas se tornam impossíveis quando a lei proíbe qualquer pessoa de tocá-lo, não?

Depois de uma pausa na conversa, digo:

— Seu conselho nos observa com atenção.

É verdade, apesar de serem mais sutis que as pessoas sentadas à nossa mesa.

— Estão contrariados, porque os proibi de sentarem comigo para as refeições. Falo sobre política o dia inteiro, me recuso a trazer esse assunto para a mesa do almoço.

— Há mulheres em seu conselho? — pergunto. Tinha deduzido que faziam parte do grupo, mas agora percebo que podem ser apenas as esposas dos conselheiros. Vivemos tempos modernos, e as mulheres têm mais direitos e liberdades do que jamais tiveram. Mesmo assim, a monarquia tende a se adaptar mais lentamente que todos os outros.

— Sim, Lady Desma Terzi é a tesoureira real. Nunca conheci ninguém com mais capacidade para os números. E Lady Tasoula Mangas é meu elo com os plebeus aqui na cidade. Ela acompanha os mercados e a economia e me mantém atualizado sobre qualquer coisa que mereça minha atenção.

— E os outros dois cavalheiros? Já tive o prazer de conhecer Vasco. — Se vou governar o reino um dia, preciso saber o nome de todos os conselheiros.

— Lorde Vasco é bem protetor. Ele era um velho amigo de meu pai. É o homem mais bem relacionado do reino. Se existe algum problema que preciso resolver, ele é o primeiro a ter uma solução. Depois vem Kaiser, o general no comando dos homens posicionados aqui na cidade. E, por fim, Ampelios. Ele... faz o que tem que ser feito.

— Um assassino? — deduzo imediatamente.

Kallias bebe um gole de sua bebida.

— Entre outras coisas.

Nós dois olhamos para Ampelios, que usa uma faca afiada para cortar a carne em seu prato em pedaços regulares e espeta um deles com a ponta, levando-o à boca.

— Esses são os cinco indivíduos para os quais você está oferecendo um espetáculo — Kallias acrescenta.

— Já me disseram que eu seria uma excelente atriz, não fosse por ter nascido nobre.

— Não duvido. — Kallias olha para os convidados sentados à mesa. — Escolhi para a minha mesa as pessoas mais próximas de minha idade. Não que isso importe, com a distância que sou obrigado a manter delas.

Quero perguntar por que ele precisa manter essa distância. Por que a lei impede que as pessoas toquem nele? Tem alguma coisa a ver com suas sombras? Mas ainda não conheço o rei bem o bastante para fazer perguntas desse tipo.

CAPÍTULO 7

Depois do almoço, olho a agenda que criei para descobrir qual é o próximo evento. Uma trupe de artistas vai se apresentar na propriedade do Visconde de Christakos na sexta-feira, e algumas pessoas foram convidadas para assistir a uma encenação de *Os amantes*, uma peça em que duas pessoas encontram o amor, apesar de todos os obstáculos que as mantêm afastadas.

Kallias também deve ter sido convidado, mas decido que é melhor avisar que estarei presente, para que ele possa me acompanhar.

Tiro uma folha de papel muito fino de uma pilha sobre a mesa e escolho uma caneta. Sabendo que só ele lerá a carta, começo a escrever.

Querido Kallias,
Recebi um convite para comparecer a uma peça que será apresentada na casa do Visconde e da Viscondessa de Christakos. Trata-se da história de dois amantes que se unem, contrariando todas as probabilidades. Não gostaria de dar mais credibilidade à nossa farsa me acompanhando a essa apresentação? Espero que me acompanhe.

Sua amiga,
Alessandra

Menos de uma hora depois, um criado me encontra para entregar a resposta.

Cara Alessandra,
Obrigado pelo convite, mas receio ter que recusá-lo. Surgiu um novo

problema, algo que requer minha presença em reuniões constantes ao longo da semana. Mal terei tempo para fazer as refeições.

Mas aproveite a peça sem mim. Estou certo de que será esplêndida. Pelo menos posso trabalhar sabendo que não estará entediada.

Seu amigo,
Kallias

Pego outra folha de papel.

Kallias,
Que problema? Há algo que eu possa fazer?

Sua amiga,
Alessandra

Alessandra,
A notícia vai se espalhar mais cedo ou mais tarde, mas tudo indica que há no reino um perigoso bandido à solta. Ele ataca nobres na estrada e rouba o dinheiro deles. Lady Mangas, do conselho, me informa que há um aumento repentino no dinheiro que circula entre os camponeses, o que nos leva a concluir que o bandido está roubando dos privilegiados e dando o produto do roubo aos plebeus. Naturalmente, não posso permitir que meu povo tenha medo de viajar. Devo pôr um ponto-final nisso o quanto antes.

Obrigado pela oferta de ajuda, mas estou certo de que resolveremos esse problema rapidamente, desde que possamos dar a ele nossa total atenção.

Seu amigo,
Kallias

Quem no mundo roubaria e não ficaria com o produto do roubo? Isso é só um mau negócio. Alguém tão estúpido logo será pego, é claro.

Mesmo assim, eu devia me envolver nisso. Os nobres que foram roubados pagarão impostos *a mim* no futuro. Se Kallias não o resolver, esse problema passará a ser meu.

Mas como pegar um ladrão que não conserva o que rouba? Isso torna mais difícil a tarefa de rastrear o culpado. Vou ter que pensar nisso. Essa é uma situação que deve ser tratada com muito cuidado.

Outra carta chega pouco tempo depois, novamente de Kallias. Ele me convida para jantar. Eu aceito, é claro.

No entanto, decido fazê-lo esperar. Não quero que pense que estou ansiosa demais.

Depois de quinze minutos, vou encontrar o criado que me espera do lado de fora do quarto. Ele me acompanha à biblioteca mais uma vez.

Quando entro, uma grande massa de pelos avança em minha direção. Demodocus para a alguns centímetros de distância. Quando vê que tem minha atenção, ele se joga no chão e se vira de barriga para cima.

— Que bom que está feliz por me ver. — Levanto um pé para afagar sua barriga.

Kallias, que se levanta quando entro, diz:

— Você o fez esperar. Carinho na barriga é o preço que tem que pagar por isso.

— Desculpe, Demodocus — falo, e continuo movendo o pé. O cachorro revira os olhos. — Estava ocupada com uma coisa que não queria deixar inacabada. Satisfeito?

Levanto o pé, e o animal se vira e corre para os pés de Kallias, deitando diante dele, ofegante.

Kallias espera eu me sentar, antes de pegar os talheres e começar a comer.

O jantar já foi servido. Esta noite temos coxas de frango em um molho marrom, vegetais descascados e salpicados com sal, palitos de pão cobertos com manteiga e mel e bombas de chocolate para a sobremesa, se não estou enganada.

— Tomei a liberdade de servir seu primeiro prato — ele diz, apontando para a bomba na minha frente. — Mas sugiro que se apresse, ou o restante da comida vai esfriar.

Se está irritado com meu atraso, ele não demonstra. Talvez eu esteja só imaginando as sombras em volta dele se movendo mais depressa.

Mergulho o dedo no chantili em cima da bomba e o levo à boca. Ignorando o garfo, pego o doce delicado com uma das mãos e mordo um pedaço dele. O chocolate invade minha boca. Penso em elogiar o cozinheiro, mas a expressão de Kallias me mantém calada.

— Algum problema? — pergunto, embora saiba muito bem que ele está distraído com meu jeito sensual de saborear a comida.

O rei pigarreia e ignora a pergunta.

— O que estava fazendo?

— A primeira peça de um novo traje — respondo, pensando no projeto de costura do dia anterior. Estou criando um novo estilo.

— Espero que seja mais uma peça escandalosa.

Sorrio.

— Não entendo como minhas roupas podem ser consideradas escandalosas. Toda a minha pele fica coberta. — Mais ou menos. — Não há um tornozelo ou pulso à mostra.

Ele mastiga devagar um pedaço de frango, e seus olhos encontram meu pulso.

— Eu percebi. Isso é por minha causa? Ou prefere manter as mãos cobertas?

Olho para as mãos dele, também protegidas por luvas.

— Eu gosto de luvas. São um acessório divertido para qualquer traje. E, como a lei proíbe que nos toquemos, achei que seria sensato usá-las, já que vamos passar muito tempo juntos.

— Um exemplo de autopreservação.

Sua expressão é ilegível. Não consigo decidir se está brincando comigo ou se é outra coisa.

Por curiosidade, pergunto:

— Você me mataria? Se eu tocasse em você?

Ele bebe um gole da taça, mas continua olhando para mim.

— Por que teria que me tocar?

— Não é incomum que amigos se toquem. Apertos de mão. Abraços. Empurrões divertidos quando um diz alguma coisa que irrita o outro. Já teve amigos antes, não? Leandros disse que vocês já foram muito próximos.

Ele não responde, olha para a comida. Mas não vou deixar que me ignore com essa facilidade.

— É claro que não precisou afastar seus amigos depois que se tornou rei, não é? Não pode suspeitar que eles tenham matado seus pais, certo?

— Até desmascarar o assassino de meus pais, não confio em ninguém.

— Mas o que eles teriam a ganhar com um plano tão horrível?

Ele encolhe os ombros.

— Talvez tenham pensado que estavam me ajudando, fazendo com que eu me tornasse o rei.

— Se eram realmente seus amigos, eles sabiam que você não queria ver seus pais feridos.

Kallias engole a comida que tem na boca e faz uma pausa, como se tentasse decidir se me contava alguma coisa.

— Não é só por isso que os mantenho distantes.

— Como assim?

Ele olha nos meus olhos.

— Uma coisa é seguir as pistas do assassino do rei e da rainha. Outra coisa inteiramente diferente é ter um assassino atrás de mim enquanto tento descobrir quem matou meus pais.

— Alguém está tentando matar você? — pergunto, surpresa. — Como sabe?

Ele termina de comer o frango e pega um pedaço de pepino salgado.

— Já falharam uma vez. No mês passado, minhas luvas foram cobertas com um veneno tópico. Quando as calcei, foi como se minhas mãos pegassem fogo. Disseram que a toxina teria alcançado meu coração em um minuto.

Olho para as mãos escondidas pelas luvas.

— Você ficou bem? Como sobreviveu?

— Não é fácil me matar. Minhas sombras me salvaram.

Imagino se ele usa luvas para esconder marcas de queimaduras. Qualquer que fosse o veneno, parece ter sido terrível.

— E acha que seus amigos podem ter alguma coisa a ver com isso? — pergunto.

— Meus amigos. O conselho. Alguém da nobreza. Um criado no palácio. Pode ter sido qualquer um. Não posso correr riscos.

Penso em Leandros, Petros e Rhouben. Honestamente, duvido que algum deles seja capaz de cometer um assassinato, sobretudo depois de ver como olham para o velho amigo cada vez que Kallias entra em um aposento. Sentem falta dele. E o que teriam a ganhar, de qualquer maneira? Suponho que o tio de Leandros integre o conselho. Se não houver rei, Ikaros Vasco vai permanecer no poder por muito mais tempo. Mas Leandros não ganha nada com isso. Ele não pode reclamar a coroa. Um parente distante do rei a teria antes.

E Petros não me dá a impressão de ser faminto por poder. Sei pouco sobre sua família, mas ele não pode reclamar nenhum direito ao trono. Rhouben não quer nada além de se livrar de sua prometida, até onde pude ver.

Mas não digo nada disso. Se o rei já decidiu não confiar em ninguém, há pouco que eu possa fazer para convencê-lo do contrário. E tentar só *me* colocaria sob suspeita.

— Tem alguma ideia de quem seja o responsável? Alguma coisa mais específica do que alguém que vive atualmente no palácio?

Kallias me observa, desconfiado, por cima da borda da taça.

— Você é meu passaporte para o reconhecimento. Lembra? Sem você, não tenho nada. Nem festas, nem respeito. — Até conquistar este último por conta própria, é claro. — Ninguém tem permissão para matar você sob minha vigilância. Quero ajudar.

Ele assente, como se a resposta o satisfizesse.

— Suspeito do envolvimento de alguém do conselho. Simplesmente porque, se eu desaparecer, não há ninguém na minha linhagem direta para herdar a coroa. O conselho comandaria meu império indefinidamente. Até um novo soberano ser determinado. Tenho muitos primos em terceiro grau. Eles teriam que lutar por isso. E tem que ter sido um nobre ou um membro da guarda.

— Como sabe disso?

— O palácio estava isolado na noite da morte do rei e da rainha. Havia um grupo insurgente de camponeses que conseguiu entrar no palácio, e eles estavam provocando o caos. E ninguém, exceto a nobreza, teria sido autorizado a entrar na sala de segurança com meus pais. Quando abriram a sala, encontraram os corpos.

— Onde você estava?

— Do outro lado do palácio. Estava com os filhos de outros nobres disputando uma partida de um esporte qualquer. Fomos levados a outras salas de segurança quando descobriram que os atiradores estavam dentro do palácio.

— E não foram os atiradores que mataram o rei e a rainha?

— Não. Todos os invasores foram pegos antes de se aproximarem dos aposentos reais. Foi uma distração. Alguém os deixou entrar para ter a oportunidade de matar meu pai e minha mãe.

A sala é dominada pelo silêncio. Kallias e eu não tocamos mais na comida.

— Que assunto horroroso — Kallias aponta finalmente. — Não quero sobrecarregar você com meus problemas. Agradeço por querer ajudar. Mas não deve se preocupar com isso.

— Se vamos ser amigos, vai querer compartilhar seus problemas, não?

Ele não responde, como se mencionar os problemas fosse suficiente para fazê-lo pensar neles.

Perdi sua atenção, por isso digo, em tom animado:

— O conselho parece ter se convencido da nossa história.

Em um piscar de olhos, as sombras ficam mais leves, tornam-se uma névoa fina, e seus movimentos ficam mais lentos.

— Sim. Passaram o tempo todo me dando os parabéns durante as reuniões de hoje.

— Então eles me aprovam? — Lorde Ikaros não desconfia mais de mim?

— A esta altura, tenho certeza de que aprovariam qualquer coisa que tivesse um útero. Eles nem mencionaram suas excentricidades.

— Que excentricidades?

— Suas roupas — ele explica, sorrindo.

— Esse comentário não é justo, vindo de um homem vestido de sombras.

— Por trás das minhas sombras há um traje perfeitamente normal.

— Não que alguém perceba. Você se destaca como uma faísca em uma sala escura sem precisar de nenhuma ajuda. Mas alguém como eu? É preciso esforço para me destacar.

— Não mais. Está sendo cortejada pelo rei. Só isso faz de você a garota mais popular do mundo.

CAPÍTULO 8

Uma nova avalanche de cartas chega na manhã seguinte. A maior parte é composta de mais convites para almoços, bailes e banquetes. Mas uma carta se destaca. É de meu pai.

> *Querida Alessandra,*
> *Acabo de saber que o rei anunciou publicamente que a está cortejando. Receba meus parabéns. Estou orgulhoso de você. Porém, admito que fiquei desapontado por tomar conhecimento dos detalhes por intermédio de Lorde Eliades, em vez de você. (O pobre homem parece estar enfeitiçado por você. Ficou muito abalado com a notícia. Parece que já temos uma excelente segunda opção, caso as coisas não deem certo com o rei. Afinal, Orrin é muito rico.)*

Interrompo a leitura para me livrar da ideia de ter que me casar com Eliades. Ele é bonito, mas eu não suportaria dois minutos a sós com o homem. Não se ele acha que caridade e salvar gatinhos são os assuntos mais interessantes para uma conversa. Continuo lendo.

> *Sua irmã também ficou muito feliz com a notícia. Ela...*

Pulo esse parágrafo.

> *Finalmente, devo lhe dizer que um oficial esteve aqui acompanhado por Faustus Galanis, Barão de Drivas. Lembra-se de Lorde Drivas, não? Acredito que era amiga do filho dele, Hektor. Com*

certeza se lembra de que o pobre rapaz desapareceu há uns três anos. Lorde Drivas agora se convenceu de que o filho está morto, e ele e o Oficial Hallas estão conduzindo uma investigação. Eles me fizeram muitas perguntas sobre seu relacionamento com Hektor. Creio que esperam que você tenha alguma ideia sobre o lugar para onde ele pode ter ido depois que fugiu.

Eu disse a eles que você viu Hektor um punhado de vezes quando ele esteve na propriedade com o pai, mas não me surpreenderia se quisessem interrogá-la pessoalmente. Qualquer coisa que possa contar a eles sobre a última vez que viu Hektor pode ser muito útil.

E, pelos demônios, por favor, diga-me que ele não foi um dos seus amantes. Seria muito ruim se isso viesse à tona durante a investigação. Especialmente agora, quando está fazendo tantos progressos com o rei!

Tenha cuidado, querida, e faça o que puder para acelerar essa corte. Ok?

Sinceramente,
Seu Querido Pai

Minha mão aperta a carta com força brutal quando leio a assinatura. Por que diabos começar uma investigação de repente? Não podem ter encontrado o corpo de Hektor, podem?

Não, digo a mim mesma. Não, não poderiam...

Foi difícil tirar o corpo de Hektor do meu quarto depois que o matei. O maior golpe de sorte foi que ele me insultou em minha cama, e nela deu seu último suspiro. Por isso foi possível rolar o corpo para dentro de um baú vazio. Usei o maior cadeado que pude encontrar para fechá-lo e joguei a chave lá dentro junto com o corpo de Hektor, antes de trancá-lo.

Ninguém abriria aquele baú sem um machado.

Mas isso ainda deixava a sujeira no quarto.

Queimei os lençóis na lareira e disse à dama de companhia que minhas regras mensais sujaram o colchão. Fiquei surpresa quando ela acreditou na mentira. Fazia meses que eu não sangrava, graças à infusão que usava para impedir uma gravidez.

Eu sabia que não ia demorar para Hektor começar a cheirar mal, então, no dia seguinte, chamei dois criados e os mandei levar meu baú para a carruagem. Disse que ia encontrar várias amigas para um piquenique, e que eu mesma conduziria a carruagem.

Assim que encontrei o local perfeito, no fundo da Floresta Undatia, esperei a escuridão chegar para me proteger. Desde que conhecera Hektor, não era incomum eu passar a noite fora, e nem meu pai nem a criadagem estranhavam, embora eu soubesse que teria que ouvir um sermão de meu pai depois.

Cavar o buraco foi a coisa mais indigna que já tive que fazer. Demorou quase a noite toda, com muitos intervalos para descansar os músculos doloridos. Quando decidi que o buraco era profundo o suficiente, percebi meu erro.

O buraco era fundo demais, e eu não conseguia sair dele.

Gritei em pânico, presa naquele buraco sem nada além de uma pá. Pensei em cavar uma escada, mas temia perder completamente as forças antes de terminar.

Começou a chover.

Finalmente pensei com clareza e decidi tirar minhas botas. Enterrei os calcanhares na terra e os usei para me arrastar em direção à saída. Os músculos sofriam com espasmos, meu vestido estava úmido da lama, o nariz, cheio de terra.

Mas eu não me permitiria morrer em uma cova que eu mesma cavei.

Quando enfim empurrei o baú de cima da carruagem, a tampa quebrou e abriu, e Hektor olhava para mim quando comecei a cobrir seu rosto com terra.

Fui cuidadosa. A chuva lavou as pegadas dos cavalos. E, quando voltei para casa no início da manhã seguinte, tudo que faltava era destruir o vestido e ir para meu quarto sem ser vista.

Lidei com Hektor como lidei com todo o resto em minha vida: sozinha e com o máximo de atenção aos detalhes.

Não podiam tê-lo encontrado. Mesmo que alguém tivesse passado por dentro da Floresta Undatia, não poderia saber que estava em cima de um túmulo.

De qualquer maneira, Lorde Drivas deve ter pensado que Hektor desaparecera havia tempo demais para estar de férias e teve vontade de procurar o filho. Não que devesse se preocupar tanto com isso... sendo Hektor o quarto na fila por sua herança.

Alguma coisa mudou, mas não vou permitir que isso me aborreça. Tentar obter informações só atrairia mais atenção para mim. Vou preparar minhas respostas com cuidado, para quando Lorde Drivas e seu oficial vierem me procurar. Só isso. O resto seguirá como antes.

Alguns dias mais tarde, olho para o teto pintado como um céu noturno na sala de estar da rainha. Quando eu for a rainha, acho que vou mandar refazê-lo. Posso ver as estrelas lá fora em qualquer noite, quando quiser. O que eu gostaria de mandar pintar são coisas que não posso ver prontamente. Talvez uma paisagem dos cinco reinos que Naxos conquistou. Meus reinos, em breve.

— Pronto — Hestia anuncia. — Está bom assim?

Olho para seu trabalho.

— Não. Os pontos devem ser regulares e mais apertados. Isso vai descosturar assim que você tentar vestir.

Ela suspira.

— Entendi. Mais apertados e regulares. Eu consigo. Mas como conserto o que já foi feito?

Pego a agulha da mão dela e puxo até a linha se soltar. Encaixo a agulha sob o último ponto e a uso como alavanca para soltar a linha.

— Repita — digo, devolvendo-lhe a agulha.

Hestia se acomoda na cadeira e se concentra. Ela usa um vestido em um lindo tom de turquesa, que usei ontem, e me pergunto se imitar tudo que faço a está levando a algum lugar na corte.

Rhoda, porém, usa um vestido amarelo que exibe suas curvas da maneira mais favorável. Ela está seguindo meu conselho sobre desrespeitar o período de luto.

Rhoda está sentada do outro lado de Hestia, pedindo a opinião de Galen sobre qual fio ela deve usar para a flor que está costurando. Ele segura várias cores para ela examinar, e os dois discutem os méritos de cada uma. Ainda estou perplexa com quanto ela interage com o criado, mas gosto dela o suficiente para não falar nada sobre isso. Posso ser gentil com Galen, se é isso que Rhoda deseja.

Mas não posso deixar de especular se Rhoda percebe como Galen olha para ela. Ele parece distraído demais com sua repentina mudança no jeito de se vestir. Ou talvez seja só com ela.

A porta da sala é aberta de repente, e um criado de meia-calça e peruca entra no aposento segurando uma caixa.

— O que está fazendo? — Rhoda pergunta, se levantando da cadeira. — Não é permitida a entrada de homens nesta sala. — Aparentemente, Galen não conta.

— Perdoem-me, senhoras, mas fui enviado pelo rei. Trago algo para Lady Stathos.

— Aqui — me apresento, animada.

— Milady — diz o serviçal, curvando-se na minha frente e oferecendo a caixa preta.

Eu a pego, e o papel de presente farfalha sob meus dedos. Uma fita vermelha envolve a caixa e forma um laço sobre ela. O pacote é bem leve, e sinto nele o mais suave aroma de lavanda e menta.

O próprio Kallias embrulhou o presente.

— Ah, vamos, Alessandra — diz Hestia, e sua voz fica mais aguda. — Abra o presente do rei!

Puxo as pontas do laço, e ele se desfaz. Remove o papel com todo o cuidado. De algum jeito, parece indelicado rasgá-lo. Depois de desfazer o embrulho, levanto a tampa da caixa, e as dobradiças permitem um movimento silencioso.

Paro de respirar por um instante.

Recebi inúmeras joias e pedras preciosas de meus amantes, mas isto...

O colar aninhado no veludo negro é diferente de tudo que já vi. Os rubis foram cortados em formato de pétalas, se espalhando em uma rosa aberta do tamanho de um punho fechado. Aço negro emoldura cada pedra, criando uma bela borda para as pétalas e deixando cada gema se destacar.

As mulheres na sala reagem com o espanto apropriado.

Rhoda se debruça sobre meu ombro para olhar de perto o berloque.

— Ora, ora — ela diz. — O rei deve estar maluco por você. — E em voz mais baixa: — Muito bem, Alessandra.

Hestia se aproxima tanto que sua respiração embaça as pedras. Fecho a tampa e devolvo a caixa ao criado.

— Providencie para que seja deixada nos meus aposentos.

— É claro. — Ele sai por onde entrou.

— Como ele é? — Rhoda quer saber. — O rei.

As agulhas ficam em segundo plano, e todas as damas se inclinam para a frente em seus assentos.

— Ele é muito inteligente e capaz — respondo, pensando em todas as reuniões e nos problemas que está conciliando. — E atencioso.

— Ah, queremos os detalhes! — diz Hestia.

Inebriada com a atenção, não consigo me furtar a dar alguns detalhes. Conto a elas que comemos a sobremesa primeiro, quando jantamos juntos. Que ele elogia minha roupa nova. Que tem cheiro de lavanda e menta. Que é carinhoso com seu cachorro gigantesco. Também digo algumas mentiras. Digo que Kallias beija minhas mãos enluvadas em particular. Que ele sussurra em meus ouvidos sobre nosso futuro. Relato um passeio romântico sob as estrelas quando todo mundo dormia.

Tenho que vender a ideia da corte, afinal.

— Ele é um romântico — concluo, amando o esforço que todas na sala fazem para ouvir cada palavra que pronuncio.

Recebo um bilhete informando que Kallias não está disponível para jantar comigo, graças a uma reunião que vai se estender até tarde. Desconfio de que ele continua trabalhando duro para tentar pegar o bandido. Há boatos por todas as partes do palácio. Parece que houve outro ataque. Os nobres estão pressionando seu rei.

Janto sozinha em meus aposentos e arranjo o colar sobre a mesa, ao meu lado, para poder admirá-lo.

Mais tarde, uma criada me ajuda a trocar o vestido por uma camisola. Se pensa alguma coisa sobre as camisolas que eu mesma fiz, não diz nada.

Esta noite escolhi uma de seda amarela. As mangas – ou alças, na verdade – escorregam dos ombros, e o decote profundo revela uma sugestão dos seios. Menos que uma sugestão, na verdade. Uma linha que não tem a intenção de mostrar demais, mas é suficiente para enlouquecer um homem com o desejo de ver mais.

Só queria ter alguém a quem mostrá-la.

Sento na beirada da cama com as mãos atrás de mim, sustentando meu peso, e estou nessa posição quando ele aparece.

Dou um pulo e fico em pé antes que possa me controlar, com o coração disparado.

Embora já o tenha visto atravessar paredes antes, a experiência não me preparou. Tenho a sensação de que nunca vou me acostumar com isso.

Estou orgulhosa por não ter gritado, pelo menos.

Vejo o rosto do rei assim que ele se projeta para o interior do quarto e percebo que me encara furioso. Seus punhos estão cerrados junto do corpo. Apesar de já ser tarde, ele ainda usa o traje completo de dia.

— Não disse que tinha superado o hábito de espiar mulheres trocando de roupa? — falo.

Seu queixo treme ligeiramente quando ele responde:

— Você está vestida.

— Mas poderia não estar. Se tivesse batido antes...

— O que foi que você fez?

Cruzo os braços. Recuso-me a ser intimidada, seja ele rei ou não.

— Qual é o seu problema? Eu não fiz nada.

Para não gritar comigo de longe, ele avança até estarmos a um metro e meio de distância.

— O castelo inteiro está fervilhando! Disse ou não disse às damas na sala de estar de minha mãe que nos tocamos?

Dedos gelados passeiam pelas minhas costas. Não sei se é melhor mentir ou não.

— Criados falam demais. Exageram.

— Mas o que foi que você disse?

Eu me afasto da cama.

— Estou tentando vender a ideia do nosso envolvimento. Aumentei um pouco os detalhes sobre nossas interações. Disse que passeamos juntos à noite e que você é mais íntimo quando ficamos sozinhos.

Por que ele está tão preocupado? Não é como se tivesse uma reputação a proteger. Ele é o rei. A realeza pode fazer o que quiser.

— Disse que nos tocamos? Quais foram suas palavras exatas? — ele exige saber.

Reviro as lembranças, tento encontrar as frases.

— Disse que você beija minhas mãos enluvadas em particular.

— Enluvadas? Tem certeza de que disse enluvadas?

— Tenho certeza. Por quê?

Ele passa a mão na cabeça, e o penteado imaculado se desfaz; as mechas caem sobre as orelhas.

— Não pode falar às pessoas que desrespeitou a lei. Não pode...

— Você não tem o direito de ficar bravo comigo! — disparo, cansada de ser advertida. — Você me encarregou da tarefa de convencer as pessoas do nosso envolvimento. Esse foi o acordo. Se havia coisas que eu não podia fazer, devia ter me avisado. Agora me conte por que as pessoas não podem pensar que nos tocamos. E não se atreva a dizer que é pela minha segurança. Você poderia perdoar qualquer um por qualquer coisa. É o rei. O que esses boatos significam para você?

A raiva desaparece de seu rosto, e acho que só então ele nota que estou de camisola. Seus olhos descem pelo meu corpo. Devagar, como quando fomos apresentados no baile.

— Eles me enfraquecem.

Depois se vira e desaparece pela sólida parede do meu quarto.

CAPÍTULO
9

Na manhã seguinte, ordeno que minha ama procure alguma coisa vermelha no meu guarda-roupa. Sei exatamente que peça ela vai encontrar. Um vestido longo que requer um saiote para ter algum volume. Da cintura até o chão, a seda se organiza em camadas, criando um bonito visual amassado. O corpete é preto e envolve minha cintura, formando uma pontinha sobre cada seio e me cobrindo completamente. O vestido não tem mangas, mas uso luvas que sobem quase até os ombros.

Não queria desviar a atenção do meu novo colar usando um vestido com mangas.

A criada fecha a trava de segurança na nuca, e o pingente de rosa-vermelha descansa sobre a clavícula, combinando lindamente com tudo.

Não escolhi o vestido para o rei. Não depois da noite passada. Não, sou forçada a usar esse berloque porque todas as damas na sala de estar viram quando o recebi. Que impressão eu daria se não o usasse?

Assim que termino de me arrumar, uma bandeja é posta sobre a mesa, um desjejum de frutas frescas, mingau de aveia com açúcar e suco.

No lado oposto da mesa, uma criada deposita outra bandeja, próxima à primeira.

— O que é isso? — pergunto.

Kallias então entra, e as criadas nos deixam a sós no salão.

— Eu devia ter imaginado — resmungo, me perguntando se devo me preparar para mais um sermão.

— Achei que devia me juntar a você hoje — ele diz, segurando a cadeira para mim. — Precisava visitar seus aposentos para selar nossa encenação. É claro que vamos evitar o quarto, pois não queremos arruinar sua reputação.

Bebo um gole de suco antes de responder:

— Você esteve no meu quarto ontem à noite. O aposento deve ser reservado somente para quando quiser berrar?

Ele abaixa a cabeça, envergonhado.

— Tirei conclusões precipitadas. Devia saber que a fofoca das mulheres seria exagerada. — Ele levanta o olhar do prato e olha para mim. Para o meu pescoço. — Gostou do presente?

— Gostava mais antes de você gritar comigo.

Seus olhos escurecem, e ele detém a mão que estava a caminho do cabelo. Fica absolutamente quieto por um momento, como se pensasse com cuidado em alguma coisa.

— Ah — diz enfim. — Ainda não pedi desculpas.

— Não, não pediu.

— Lamento por ter me comportado como um idiota ontem. Consegue me perdoar, Alessandra, minha amiga, se eu prometer nunca mais fazer isso de novo?

— Fazer o quê, exatamente? — pergunto.

— Tirar conclusões sem antes ter uma conversa franca com você, sem raiva.

Demoro um pouco a responder, criando a impressão de que estou pensando. Mas é claro que o perdoo. Seu pedido de desculpas é o mais sincero que já recebi até hoje.

— Pode gritar comigo também, se isso a fizer se sentir melhor — ele sugere.

— Não estou com vontade de gritar.

— Então guarde os gritos para quando sentir vontade. É justo.

Dou um sorriso.

— Está perdoado.

A tensão em seus ombros relaxa, e ele se concentra na refeição. Sem levantar a cabeça, diz:

— O colar ficou lindo em você.

Está tentando me fazer agradecer. Por receio de eu não ter gostado do colar?

— É o presente mais lindo que já ganhei — respondo, com honestidade.

Um esboço de sorriso move os cantos de sua boca.

— Sem dúvida já ganhou muitos presentes de outros homens.

— Sem dúvida — confirmo, em tom brincalhão.

— Lorde Eliades tentou conquistar você com presentes?

— Então notou que ele estava interessado em mim?

— Acho que todos no castelo sabem que ele está enfeitiçado por você.

Sorrio.

— Ainda não.

— Que bom. — E acrescenta: — Porque não seria bom as pessoas pensarem que está sendo cortejada por mais alguém além de mim. Isso arruinaria nossos planos.

— É claro. — Será possível que a voz dele teve uma pitada de ciúme?

Entro em meus aposentos para descansar, depois de ter passado uma tarde adorável com as damas na sala de estar. Não vi Kallias depois do café da manhã. Encontrar uma via de acesso para as salas de reuniões fica cada vez mais importante. Não só porque quero começar a me preparar para governar o reino mas também porque, se é nessas salas que Kallias passa a maior parte de seu tempo, preciso estar lá.

De que outra maneira o farei se apaixonar por mim se não passarmos mais tempo juntos?

Dispenso a criada assim que visto a camisola simples e me aproximo da cama.

— Alessandra.

Sufoco um grito e quase engasgo com o ar que engulo. Levo a mão ao peito.

— Mas que *diabo*, Myron!

Ele sai do meu guarda-roupa vestido com um brocado impecável, sem uma ruga visível, apesar do espaço apertado em que estava.

— Por que diabos está saindo de dentro do meu guarda-roupa? — esbravejo.

— O único jeito de entrar aqui sem ser visto foi esperar até que uma das criadas se distraísse com a limpeza. E depois fiquei esperando você.

— Pensei ter deixado bem claro que não voltaríamos a nos falar. Como se *atreve* a ignorar minha vontade? Isso vai ter consequências.

Myron sorri como se tivesse acabado de receber a herança do pai, depois se acomoda em uma cadeira estofada perto da cama.

— Esse é o problema, Alessandra. Você não tem mais nenhuma arma contra mim.

Mantenho o rosto composto em uma máscara de indiferença, mas sinto um arrepio de medo.

— Do que está falando?

— Ainda não sabe das notícias? Meu pai faleceu esta manhã. Meu irmão herdou o título de visconde. Somos muito próximos, Proteus e eu. Garanto que ele não vai se incomodar por eu ter perdido aquele pingente amaldiçoado em um jogo de cartas. Proteus também adora jogar.

Meu sangue gela nas veias. Perdi a vantagem que tinha sobre ele.

— Proteus deve jogar muito melhor que você, considerando que não perdeu cada centavo que tem.

Myron contrai a mandíbula e se levanta de repente.

— Ouça bem, você não vai mais falar comigo desse jeito, Alessandra. A menos que queira que todo o palácio saiba a meretriz que realmente é.

Minha visão fica turva, e uma onda de fúria vibra dentro de mim. Minha adaga está na bota. Por um segundo, penso em usá-la.

Mas estão investigando a morte de Hektor. Não posso ter outra morte nas mãos. E eu nunca conseguiria tirar o corpo do palácio sem ser vista. Não, essa situação precisa ser resolvida com todo o cuidado.

Talvez eu possa atrair Myron para longe do palácio antes de matá-lo?

— Não tem nada a dizer? — ele pergunta. — Ou sua mente precisa de mais tempo para processar tudo isso? Talvez eu possa ajudar deixando a situação perfeitamente clara. — E se inclina para a frente. — Você está em minhas mãos. Vai fazer o que eu mandar, quando eu mandar. E vai começar me levando à apresentação daquela peça na propriedade do visconde amanhã à noite.

— À peça? — pergunto. — Por que quer ir?

— Porque é hora de fazer amigos mais poderosos. Devo muito dinheiro a muita gente. O que meu irmão pode fazer por mim tem limites. Mas você? A mulher que está envolvida com o rei? Você vai me colocar nas residências de maior prestígio no reino. E, quando o mundo vir você, *a escolhida* do rei, de braço dado comigo, vai saber que sou alguém a quem se deve prestar atenção.

Não não não não não não não não.

Solto o ar com toda a calma de que sou capaz antes de me sentar na beirada da cama e adotar um ar derrotado.

— Foi um erro tratar você desse jeito, Myron. Peço desculpas. Mas não precisamos ser inimigos. Podemos ajudar um ao outro. Vai ser um prazer levá-lo a essa peça.

— Pare com a encenação — Myron retruca sem se abalar. — Conheço você há muito tempo, sei quando está fingindo.

— Garanto que nunca soube quando eu estava fingindo.

O rosto de Myron fica vermelho, e a veia em seu pescoço parece prestes a explodir. Ele se aproxima de mim e levanta a mão, como se fosse me agredir. Mas se contém e abaixa o braço.

— Não sou violento. Não preciso bater em você. Como eu disse, agora está em minhas mãos. Ou me leva à peça, ou eu conto ao rei como gosta de passar suas noites.

Isso não podia estar acontecendo.

Sempre me sentei ao lado do rei, com toda a nobreza observando cada movimento que faço, como se pudessem aprender os segredos dos grandes mistérios da vida se me observassem pelo tempo suficiente.

E hoje?

Hoje Myron está sentado à minha esquerda, não o rei. Orrin, Lorde Eliades, identificou uma oportunidade e sentou-se rapidamente à minha direita. Rhoda e Hestia olhavam para mim intrigadas do outro lado da mesa. Mas não consigo fazer muito mais do que olhar para minha sopa.

— Sentimos sua falta no baile de caridade — diz Orrin. — Doei dois mil necos para o abrigo dos sem-teto em Naxos. Um valor muito pequeno, comparado à imensidão da minha renda anual, mas pretendo doar muito mais ao longo do ano.

Myron se inclina.

— Sorria, querida. Todos estão olhando. Vamos lá, ou vou ter que abordar um assunto que não é dos mais apropriados para a mesa do almoço.

Forço um sorriso, mas é mais uma careta que qualquer outra coisa.

Honestamente, não sei quem é pior, o da direita ou o da esquerda.

Não dormi nada na noite passada. Fiquei pensando em como sair dessa situação com Myron. Ainda não tenho nenhuma ideia, exceto assassinato, mas preciso ser paciente. E, de algum jeito, impedir que Myron prejudique minha posição com o rei.

Leandros, Petros e Rhouben estão enfileirados do outro lado de Rhoda e conversam entre si. Ah, daria qualquer coisa para estar daquele lado da mesa.

Melita Xenakis, a prometida de Rhouben, segura o braço dele com firmeza, como se ele pudesse fugir se o soltasse. Rhouben tenta comer com a outra mão, enquanto a ignora descaradamente.

Melita, no entanto, continua olhando para o lado de cá da mesa a cada garfada.

Para Orrin, presumo.

É admiração que vejo nos olhos dela?

Que interessante.

— Qual é sua opinião sobre os atos de caridade de Lorde Eliades, Lady Xenakis? — pergunto, falando mais alto que Orrin para encobrir seu comentário desinteressante.

Melita dá um pulinho, como se saísse de um transe.

— O que disse?

— Não estava admirando a generosidade do conde? Ou era outra coisa?

Seu rosto fica vermelho. Ela desvia o olhar do meu e se inclina para Rhouben. Olho para Rhouben e Orrin. Orrin é mais bonito, sem dúvida, o que provavelmente atrairia uma mulher vaidosa como Melita. Tive várias outras conversas com Leandros e os amigos dele desde aquele primeiro almoço. Sei que Rhouben é o primogênito de um visconde. Um visconde muito rico. Um dia ele vai herdar essa fortuna. Mas Orrin é conde. Já tem título e terras.

Uma ideia começa a se formar. Um plano que pode me livrar de Orrin e Myron.

— Sua Majestade, o Rei! — anuncia um arauto, e todos se levantam de repente. Hestia fica em pé tão depressa que sua colher respinga gotas de molho na túnica de Orrin. Meu humor melhora um pouco.

Kallias entra na sala, olha para os assentos vazios à ponta da mesa e chama:

— Lady Stathos?

— Sim? — respondo, aliviada por ele estar ali.

— Junte-se a mim, sim?

Não espero que um criado me ajude a afastar a cadeira. Praticamente salto para longe dela. Kallias me observa quando passo por Myron com uma expressão de pura gratidão.

— Quem é aquele homem? Não o conheço — questiona Kallias enquanto me sento.

— Não é ninguém — respondo, com toda a honestidade.

— Agora estou mais curioso.

As conversas no grande salão foram retomadas, e me atrevo a elevar um pouco a voz.

— O nome dele é Myron Calligaris. Ele é filho de um visconde.

— E como vocês dois se conheceram?

— O pai dele fazia negócios com meu pai. Nós nos encontramos algumas vezes, quando ele ia à residência Masis.

Kallias dedica sua atenção à comida, mas sinto que a indiferença é forçada.

— São amigos, então?

— Não mais. — Cometo o erro de olhar para Myron, que pisca para mim.

— Ele parece terrivelmente amigável.

Esse tom. Ah, como gostaria de saber interpretá-lo.

— Digamos que ele pode ser incluído no grupo de Eliades.

— Ah. Um admirador que reluta em desistir. Não posso criticá-lo por isso.

Junto as mãos no colo quando um criado traz o prato que retirou do lugar onde eu estava sentada antes.

— Ficou retido em outra reunião? — pergunto, cautelosa. — O bandido atacou novamente?

As sombras de Kallias ficam mais escuras.

— Não. Mas fomos informados sobre outro problema.

Assinto, depois olho para a comida. Não quero perguntar. Quero que ele me conte espontaneamente. Quero que confie em mim.

Minha paciência é recompensada.

— Alguns delegados chegaram de Pegai. — O reino que Kallias conquistou mais recentemente. — As notícias que trouxeram não são boas. Há atos declarados de rebeldia por todos os lados. O povo mata meus soldados. Ateia fogo aos alojamentos. Joga comida estragada em meu comandante quando ele anda pelas ruas.

— Eles se opõem ao seu reinado?

Um músculo se contrai em sua mandíbula.

— Eles foram derrotados. Eu os conquistei. Os impostos não foram aumentados, e meus soldados protegem toda a cidade. Os únicos que não acatam a lei são os camponeses insurgentes.

— E o que se pode fazer? Enforcamentos públicos?

— Até agora, foram só espancamentos públicos. Quanto menor a população, menos impostos recebemos. Planejo conquistar Estetia no ano que vem. O exército precisa desse dinheiro. — De repente, ele levanta o olhar da comida. — Esse assunto não pode ser interessante para você. Não precisamos discuti-lo.

— Eu acho tudo isso fascinante — respondo. — Mas, se me permite perguntar, espancar um homem não o afasta do trabalho? Como vai receber seus impostos, nesse caso?

— Tem uma ideia melhor?

— Muitas vezes, não é o medo da punição que impede a transgressão. — Como sei muito bem pelo histórico de desobediência a meu pai. — Às vezes trabalhar para ganhar alguma coisa é melhor. O que os pegainenses querem, além da independência?

Ele olha para mim.

— Não sei.

— Um bom ponto de partida pode ser dar voz a eles. Permitir que escolham alguém para integrar o conselho do regente, se os ataques cessarem.

— Você daria mais poder a eles? — o rei questiona, incrédulo.

— É claro que não. Daria a eles a ilusão de poder. Quando souber quem eles escolheram e com quem essa pessoa mais interage, vai descobrir quem são os líderes da rebelião. E poderá acabar com todos eles. Extinguir a revolta.

Ele engole a comida que tem na boca.

— Alessandra Stathos, isso é maravilhosamente desprezível. — Ele fala como se as palavras fossem o maior elogio que pudesse me fazer. — Você é um tesouro, sabe?

Todo o meu corpo se aquece com a declaração.

Naquela noite, faço investigações. Primeiro com o visconde, irmão de Myron, Proteus. Depois com o proprietário do popular salão de jogos que sei que Myron frequenta.

Esses são os primeiros passos para pôr meu plano em prática.

Ainda não acabou. Não está nem perto de acabar.

CAPÍTULO
10

O VESTIDO QUE ESCOLHI PARA ESTA NOITE É, TALVEZ, MINHA PEÇA MAIS REQUINtada. É a primeira vez que vou sair do palácio, e quero chamar atenção. Quero que todos saibam que sou a cortejada pelo rei de seis reinos.

Mesmo que ele não esteja ao meu lado.

O vestido é prateado, e fitas sobre a saia criam a impressão de cachoeiras descendo pelas laterais. Pequenas pedras preciosas, safiras e esmeraldas, cortadas no formato de peixes, parecem pular do tecido que forma camadas na bainha.

O único acessório é um leque cinza, perfeito para esconder meu rosto, caso demonstre o tédio.

E, é claro, para esconder meu desgosto por Myron.

Ele penteou os cachos e os prendeu com uma fita na parte de trás da cabeça. O paletó é cor de ébano, com bordados dourados na bainha, nos ombros e na parte da frente. A calça preta e justa tem botões dourados que enfeitam as pernas longas.

— Seu braço, Alessandra — exige Myron quando saímos da carruagem.

Evito ranger os dentes quando me apoio em seu braço estendido.

Rhoda e Hestia nos acompanham. E, embora eu tenha apresentado Myron como um amigo de infância, a todo instante elas o estudam com curiosidade.

— Não acredito que não quis me contar que cor usaria esta noite — Hestia resmunga ao lado de Rhoda. — Eu devia ter imaginado que seria prata!

— Seu vestido cor-de-rosa é lindo — respondo. — Parece uma fada da primavera.

— Preciso usar o que a futura rainha está usando.

Eu me sinto lisonjeada demais com a sugestão para responder de imediato.

— Em algum momento — Rhoda expõe — você vai ter que se tornar independente, Hestia. Encontrar seu estilo. E se apropriar dele.

Hestia a ignora.

— Já conversamos demais, senhoritas — diz Myron. — Vamos.

— Podemos conversar enquanto andamos — respondo. Ele não tem permissão para tratar minhas amigas desse jeito. Mas Hestia e Rhoda não falam nada quando nos dirigimos à entrada.

O Visconde e a Viscondessa de Christakos têm uma linda propriedade. Cercas vivas aparadas com capricho delimitam a alameda da entrada. Degraus de mármore conduzem à porta da frente, e o visconde e sua esposa vestem apenas as mais belas sedas e cetim.

A dona da casa segura minha mão entre as dela quando nos cumprimenta.

— Lady Stathos! É uma honra recebê-la em minha casa, mas onde está Sua Majestade? — Ela olha para Myron como se pudesse transformá-lo em Kallias com a força do olhar.

— Retido pelo trabalho, infelizmente.

— Que pena. Fique à vontade, e espero que diga a ele o que achou de nossa hospitalidade.

Myron segura meu braço com mais força.

— Em vez disso, vim acompanhada por meu amigo Myron Calligaris — anuncio, um pouco encabulada —, segundo filho do falecido visconde.

— Ah. Como vai? — a viscondessa cumprimenta educadamente.

— Muito bem, milady. Espero que não se ressinta de Alessandra por ter me permitido acompanhá-la na ausência do rei. Ela achou que a distração poderia me fazer bem.

A viscondessa sorri, mas olha diretamente para os convidados atrás de nós, sugerindo com clareza que já tomamos muito de seu tempo.

— Lady Christakos tem muitos outros convidados a recepcionar. Vamos aproveitar a festa — digo. E começo a andar, levando Myron comigo antes que ele possa fazer algum comentário idiota.

O salão de baile foi esvaziado de todos os móveis, exceto cadeiras estofadas, arranjadas em círculo em torno da pista, que presumo ser reservada para o palco.

Nossos assentos ficam na primeira fila, porque foram selecionados para a realeza.

— Ah, veja! É o Duque de Demetrio. A filha dele será apresentada à sociedade na semana que vem. Alessandra, precisa me apresentar a ele.

Sei sobre o baile que vai acontecer em homenagem à filha do duque. Já aceitei o convite para o evento, mas não posso ir até lá agora e deixar Myron me expor ao ridículo mais uma vez.

— A peça vai começar em breve — argumento. — Não temos tempo.

Myron responde com os olhos. Um olhar que anuncia claramente o que vai acontecer se eu não fizer o que ele diz.

Mas tento de novo.

— Há uma cadeira vaga ao lado dele. Pode ocupá-la antes que alguém se sente nela. Assim vai ter a peça inteira para conversar com ele.

Myron pensa nisso por um segundo, antes de nos deixar.

Graças aos diabos. E espero de coração que ele não cause muito estrago sozinho.

Finalmente nos sentamos. Rhoda fica no meio, entre mim e Hestia, e a cadeira à minha esquerda fica desocupada.

— Por que o trouxemos conosco mesmo? — Rhoda pergunta.

— Não tive opção. Meu pai ordenou que eu o apresentasse a algumas pessoas — minto.

— Mas pensou rápido para se livrar dele — opina Hestia.

— Obrigada. Queria nunca ter sido amiga dele — declaro, introduzindo a declaração que quase deixei de fora. — Ele só está me usando por causa da minha relação com o rei. — Olho para as moças à minha direita. — Essa é a única razão para sermos amigas?

Hestia parece ofendida.

— É claro que não! Foi seu vestido que me fez querer ser sua amiga! E, agora que conheço você, não poderia me importar menos com o que veste! Bem, na maior parte do tempo — ela acrescenta.

— Admiro sua capacidade de conquistar um homem tão depressa — Rhoda complementa. — Não tem nada a ver com o rei especificamente. Não somos todos atraídos para nossos amigos por coisas pequenas, no início? Os verdadeiros laços se desenvolvem depois, quando a personalidade é revelada.

Satisfeita com as respostas, olho para a frente, para o palco.

Um cavalheiro de pele morena olha para a cadeira vazia a meu lado e sorri para mim.

Leandros.

— Alessandra — ele diz ao se aproximar. — Que prazer ver que se juntou a nós por uma noite fora do palácio abafado. Mas como conseguiu se afastar do rei para isso? Não estaria me dando falsas esperanças, estaria?

Ah, ele sabe flertar. E eu adoro isso.

— Receio que tudo isso exista apenas em sua cabeça, Lorde Vasco — respondo.

Ele leva as mãos ao peito de um jeito dramático.

— Está me magoando com tanta formalidade.

— Onde estão seus companheiros? — pergunto, olhando além dele em busca de sinais de Rhouben e Petros.

— É surpreendente que não possa sentir daqui o desgosto de Rhouben. À direita. Terceira fileira.

O brilho de seu traje se destaca como um farol. Eu o teria visto se tivesse olhado. Sua roupa cintila dourada e vermelha. Em qualquer outro homem teria ficado ridículo, mas ele a veste com confiança. À sua direita, vejo o motivo do desgosto.

Melita Xenakis. Ela está pendurada em seu braço e parece muito satisfeita. Como se Rhouben fosse um peixe que acabou de pescar. Como se sentisse meu olhar, ela se vira em minha direção. Assim que vê a cadeira vazia a meu lado, onde o rei deveria estar (ou ela está pensando em Orrin?), sorri e desvia o olhar.

Mas que vad...

E Petros está mais afastado, rindo com Lorde Osias em um canto do salão.

— Aquele não é o homem que estava flertando com o objeto de seu interesse no baile?

— Ah, sim, Petros decidiu que esse é um jogo que pode ser jogado por dois.

— Que esperto — comento, sorrindo.

— Ah, não! — Hestia exclama de repente. — Um lacaio está trazendo Lady Zervas para cá. Leandros, sente-se!

Leandros tenta obter minha permissão com os olhos, mas Hestia se levanta e o empurra para a cadeira vazia ao meu lado antes de sentar-se novamente em seu lugar. O lacaio muda de direção e conduz Lady Zervas a outro lugar.

— Por que não a queremos sentada conosco? — pergunto, me inclinando para Rhoda.

Hestia também se debruça sobre Rhoda para sussurrar:

— Ela é muito tediosa. Melancólica o tempo todo. Não teríamos nenhuma diversão perto dela.

— Não a reconheço da sala de estar da rainha — digo.

— Porque ela não se junta às outras damas — explica Rhoda. — Passa a maior parte do tempo sozinha.

— Gostaria de saber por que fica no palácio, se não gosta da companhia.

— Porque tem que ficar! Ela tem ordens para permanecer no palácio, como todas nós — Rhoda responde.

Ah, ela estava lá na noite em que o rei morreu. Agora o palácio é sua prisão, até que o culpado seja encontrado.

Vejo Lady Zervas ocupar seu lugar. Assim que ela se acomoda, olha diretamente para mim com uma expressão quase letal.

Leandros ri baixinho ao meu lado.

— Por que ela está olhando para mim desse jeito? — pergunto.

— Todas as damas vão olhar para você desse jeito quando estiver ao meu lado. É inveja.

Meu olhar é cético.

Ele sorri.

— Tudo bem, pode não ser por minha causa. Mas é inveja.

— Porque estou sendo cortejada pelo rei? Ele tem menos que a metade da idade dela!

— Não, não se trata de Kallias. Lady Zervas se interessava pelo rei morto. Eles tiveram um breve envolvimento antes de o coração do rei ser roubado pela falecida rainha. Zervas nunca o superou. Ela vê você na posição em que um dia esteve e a inveja por isso, imagino.

Agora vejo a dama sob um novo ponto de vista. Seu cabelo volumoso tem mechas grisalhas, mas não a faz parecer velha, e sim respeitável. Ela tem uma postura altiva, mas não olha para ninguém à sua volta depois de ter me encarado. Sim, ela se porta como quem se sente uma rainha.

— Esta noite ela é minha pessoa favorita — Leandros continua. — Não sei de que outra forma poderia ter convencido você a me deixar sentar do seu lado.

Reviro os olhos, e nesse momento algumas luzes na sala se apagam, dando destaque ao palco improvisado.

Os atores assumem seus lugares, correndo entre as fileiras de cadeiras para chegar ao centro. E a apresentação começa.

A peça é terrivelmente tediosa. No fim, os dois amantes não conseguem conciliar suas diferenças a fim de ficarem juntos. Toda a apresentação foi uma longa discussão, na verdade. Não houve cenas com espadas, nem brigas de socos, nada emocionante.

O próximo evento ao qual aceitei comparecer é o baile de debutantes da filha do Duque e da Duquesa de Demetrio, primos distantes do rei, mas parentes dele, de qualquer forma.

Envio outra mensagem a Kallias convidando-o a ir comigo, torcendo para que desta vez seja diferente uma vez que ele tem uma relação com a família, mas a resposta é a mesma.

Minha cara amiga Alessandra,
Gostaria de poder acompanhá-la. Gostei muito da última vez que dançamos. Infelizmente, estou trabalhando duro para pôr em prática seu plano para Pegai. Com sorte, teremos controlado os rebeldes antes do fim do mês.
O conselho e eu também estamos lidando com o último ataque do bandido mascarado, que dessa vez aconteceu perto demais do palácio para meu gosto. Pelo menos temos uma descrição mais precisa do homem. Máscara marrom sobre os olhos.
Isso foi sarcástico, é claro.
Receio ter também que me ausentar do jantar. O conselho vai tratar desse assunto hoje à noite na sala de reuniões.
Espero sinceramente que esteja se divertindo entre a nobreza. Ouvi dizer que seu amigo Calligaris a acompanhou à peça na casa dos viscondes. Fico feliz por saber que conseguiu encontrar um substituto para mim.
Atenciosamente,
Kallias

Um substituo? É amargura que percebo em sua caligrafia? Ou um aviso sutil, talvez?

Preciso me livrar de Myron, e depressa. Para isso, tenho que conversar com Rhouben. Mas também preciso falar com Kallias e tentar fortalecer nossa relação. Considero as duas opções, tentando decidir o que fazer primeiro. Faz muito tempo que não vejo o rei. Tenho que localizá-lo.

Sem ver o rei, os dias passarão e eu não estarei mais perto de alcançar meus objetivos. Como o rei vai se apaixonar por mim desse jeito?

Nenhum criado é imune a suborno, e uso todos os que encontro pelo palácio para localizar as salas de reuniões usadas pelo rei e o conselho.

Minha tarefa final é difícil. Tenho que parecer estar envolvida com o rei, mas também preciso fazer Kallias pensar que só quero sua amizade, embora eu tente o tempo todo fazê-lo se apaixonar por mim.

É uma caminhada por uma estrada muito frágil.

Chego a um corredor deserto e não sei para onde ir, e é quando vejo alguém virando o corredor.

— Leandros!

— Alessandra! Está me procurando? Foi o tempo que passamos juntos na apresentação da peça? Finalmente ouviu a voz da razão e terminou tudo com Kallias?

Controlo o sorriso que ameaça aparecer.

— Na verdade estou procurando Kallias.

Leandros olha em volta, com ar confuso.

— Nos meus aposentos?

Não contenho um gemido.

— Foi onde vim parar? Estou procurando as salas de reuniões. Um criado me mandou para cá.

— Estes são os aposentos dos hóspedes. Imagino que o rei não esteja neste andar.

— E dei ao imprestável um neco pela informação. É evidente que fui enganada.

— Ou errou o caminho.

— Ousa sugerir que a culpa é minha?

Os olhos dele cintilam.

— Está se envolvendo com um rei. Não me surpreenderia se estivesse com a cabeça em outro lugar enquanto anda pelo castelo.

Estreito os olhos.

— Não sou o tipo de mulher que se deixa fascinar por um título.

— Que tipo de mulher é você? — ele pergunta, e sua voz assume um tom brincalhão.

— O tipo que gosta de ter a atenção de seu futuro noivo. — Não pretendia fazer essa declaração em voz alta, mas o pensamento amargurado vem à tona mesmo assim.

Leandros assente, como se isso fizesse sentido.

— Quer que eu a acompanhe até as salas de reuniões? Não tenho nada melhor para fazer do que passar o tempo com uma mulher bonita.

Assinto, agradecida.

— Por favor. No ritmo em que estou progredindo, o rei já terá se recolhido quando um criado competente apontar a direção certa.

— Vamos continuar culpando os criados, então?

Chego a pensar em esbofeteá-lo.

Leandros ri ao ver minha expressão.

— Perdoe-me. Por aqui. — Ele me oferece o braço, e eu o aceito.

Depois de alguns momentos, digo:

— Não consigo acreditar que fui reduzida a isso. Procurar por ele durante suas reuniões. — Leandros vai pensar que estou contrariada porque o homem que me faz a corte não tem tempo para mim, só isso.

— Um rei é muito ocupado — tenta me consolar. — Tenho certeza de que, se pudesse, ele passaria mais tempo com você.

— Foi isso que disse a si mesmo quando ele o afastou? — pergunto.

Os músculos do braço que estou segurando se contraem. Talvez eu tenha sido ríspida demais.

— Não — ele responde finalmente. — Eu sabia que Kallias precisava se curar depois da morte dos pais. Tinha acabado de perder o irmão, e os pais foram mortos. Dei esse tempo a ele porque pensei que em algum momento ele se apoiaria em mim e nos outros amigos. Mas ele não se recuperou.

— Kallias tinha um irmão?

— Não se lembra da morte do príncipe da coroa?

— Não.

— Devia ser muito nova quando tudo aconteceu. Xanthos Maheras era irmão de Kallias, dois anos mais velho que ele. Eu soube que o rei se espelhava no irmão, mas eu não o conhecia nessa época.

— O que aconteceu com Xanthos?

— Dizem que foi um acidente de carruagem.

— Que horrível.

Leandros assente.

— Meu tio me trouxe ao palácio alguns anos mais tarde, pensando que a companhia de garotos da idade dele poderia ser útil. Eu não estava preparado para gostar dele de verdade. Era uma amizade planejada, entende?

Conheço o sentimento.

— E agora os pais dele estão mortos — Leandros continua. — Kallias não confia em ninguém. Só em você, pelo jeito. — Uma pausa. — Como ele está?

Bato de leve no braço de Leandros.

— Bem, aparentemente. Muito ocupado, carregando tudo nos ombros. Mas temos boas conversas.

— Só me preocupo por ele ter esquecido completamente como se divertir. Diversão.

Sim, é disso que Kallias precisa. Alguém para ajudá-lo a lembrar o que é diversão.

— Chegamos — Leandros diz quando entramos em um novo corredor. — Siga em frente. Não tem como errar.

— Obrigada pela ajuda. Jamais teria encontrado sozinha.

— Não foi nada. — Leandros retira o braço, e seus olhos encontram o colar em meu pescoço, a rosa cravejada de rubis. — Bonito.

— Foi presente de Kallias.

— Os poetas dizem que o valor de uma mulher virtuosa está acima dos rubis. Presumo que o rei a valorize mais do que todas as pedras preciosas do mundo juntas. Sei que eu valorizaria, se você fosse minha.

E ele pede licença e desaparece.

Fico olhando para suas costas, tomada por uma mistura peculiar de emoções.

Os poetas podem dizer o que bem entenderem. O valor de uma mulher não é determinado por aquilo que ela tem entre as pernas, mas pelo que está em sua cabeça.

Mas o jogo de sedução de Leandros é mais que lisonjeiro. Talvez ele possa ser útil no futuro, se eu tiver que despertar ciúme em Kallias. Ou, se os dois eram melhores amigos, Leandros deve saber mais que eu sobre os interesses e passatempos de Kallias. Poderia ser uma valiosa fonte de informação, se eu conseguisse abordar o assunto com naturalidade.

Quando chego ao fim do corredor, sou parada por um homem com óculos muito grandes, sapatos de salto, meia-calça e túnica preta. Ele segura uma caneta e um papel.

— Milady, posso ajudá-la? — pergunta. Ele tenta ser sutil ao me examinar da cabeça aos pés, mas percebo claramente seu desdém.

— Meu nome é Lady Alessandra Stathos. Esperava encontrar Sua Majestade entre uma reunião e outra.

O homem se curva em uma reverência.

— Ouvi falar sobre sua chegada à corte, Lady Stathos. Estou certo de que o rei adoraria saber que esteve aqui, mas ele vai passar o resto do dia em reuniões.

— Eles trocam de salas? Talvez eu possa vê-lo de passagem.

As portas se abrem, e um grupo de homens e mulheres sai da sala. O controlador da agenda segura meu braço e me puxa para fora do caminho, para não ser atropelada pelo grupo.

— Desculpe, milady — ele diz quando o grupo passa. Depois desaparece no interior da sala, e eu o sigo sem pensar duas vezes, antes que possa fechar a porta.

O aposento é mais um auditório que uma sala de reuniões. Bancos ocupam a metade do espaço. Do outro lado há um trono e algumas cadeiras menores. Kallias ocupa o trono, e os membros do conselho estão dispostos nas cadeiras em torno dele.

Este é um lugar onde decisões são tomadas, onde o poder é posto em prática. Quando Kallias estiver morto, eu estarei à frente desta sala, decidindo o destino de outras pessoas.

Kallias me vê quase imediatamente. Ele se levanta e passa pelo controlador da agenda para se aproximar de mim.

— O que está fazendo aqui? — pergunta em voz baixa.

— De passagem para vê-lo — respondo. — Sinto falta do meu pretendente. Pensei em roubá-lo. Podemos dar um passeio a cavalo pela encosta.

— Seria maravilhoso, mas temos mais compromissos marcados. Não posso dar nem um passeio pela sala com você.

— Ah — reajo, frustrada. — Bem, o que foi aquilo? — Aponto para a porta, me referindo aos nobres que saíram furiosos.

Kallias massageia a têmpora.

— Mais membros da nobreza que foram roubados pelo nosso bandido mascarado.

— Já aumentou o patrulhamento nas estradas?

— Sim, fiz isso e mais. Fizemos tudo em que conseguimos pensar. Lady Tasoula questionou pessoalmente os mercadores que vivem nas áreas onde esses roubos aconteceram. Ninguém fala contra o bandido. Ele é o herói dessa gente. Não vão delatá-lo. E desconfio de que nenhum deles conheça sua verdadeira identidade, de qualquer maneira. Ampelios... questionou muitos camponeses. Mas não pegamos nenhum que tenha aceitado a caridade desse bandido. Sem os mercadores cooperando e informando quais camponeses têm mais dinheiro para gastar de uma hora para outra, não temos como saber quem está recebendo as moedas roubadas. Tentamos encenar ataques para pegá-lo, e foi inútil. Oferecemos uma recompensa por sua captura, mas ninguém se sentiu tentado por ela. Esse homem está me fazendo parecer um idiota. Quando eu puser as mãos nele... — Kallias se cala de repente, como se lembrasse com quem está falando. — Desculpe. Estou me deixando levar pela raiva. Você não deveria estar aqui para lidar com isso.

Os membros do conselho estão em silêncio, ouvindo nossa conversa sem tentar disfarçar. Lorde Vasco olha para Kallias e para mim, esperando para ouvir minha resposta.

— Majestade, tenho uma ideia para pegar o bandido, se quiser ouvi-la. Já que gostou tanto do meu conselho sobre os rebeldes em Pegai, espero que confie em mim o suficiente para me deixar falar sobre esse problema também. — As palavras floreadas são para agradar ao conselho, é claro.

Kallias hesita por um segundo.

— Por favor, continue.

— Se as tentativas de prender o bandido não foram bem-sucedidas, talvez uma armadilha para quem recebe dele os bens roubados possa ajudar. Você encontraria as pessoas certas para interrogar sobre a identidade do ladrão.

— O que propõe? — pergunta o rei.

— Derreter algumas moedas. Criar um novo selo para estampá-las, algo que varie apenas sutilmente em relação ao selo atual. Quando o dinheiro for roubado e usado para comprar coisas no mercado, você poderá prender quem estiver usando essas moedas.

A sala fica em silêncio.

— É... muito trabalho para um plano — diz Lady Terzi, a tesoureira do reino. Ela segura um livro grande. — Se alguma coisa der errado e perdermos esse dinheiro...

Kallias se vira para encarar a mulher.

— Vamos pôr esse plano em prática. Imediatamente. Essa é a melhor ideia que já saiu desta sala. A menos que mais alguém tenha outras objeções. — Ele range os dentes enquanto espera a resposta. Até completar vinte e um anos, não terá a palavra final. Precisa contar com o voto do conselho.

Quando ninguém fala, Kallias repete a ordem, antes de olhar para mim. Ele massageia a nuca, alonga o pescoço e movimenta a cabeça até produzir um estalo suave.

— Agora que isso está resolvido, vai poder ir comigo ao baile dos Demetrio? — pergunto, esperançosa.

— Lamento, caríssima. Sou soberano de seis reinos diferentes. Sempre há mais para ser discutido. Não tenho tempo para festas, bailes ou peças. Mal tenho tempo para comer e dormir.

Ouso dar um passo na direção dele e sinto cheiro de lavanda e menta.

— Só não esqueça, Kallias. Para sermos convincentes, precisamos parecer um casal que está *em plena corte*. Casais em corte *fazem* coisas. Vão juntos a festas.

Ele me encara por um momento.

— Vou mandar mais presentes para você.

O quê? Isso é para me apaziguar? Ou para tornar a farsa mais convincente?

— Epaphras! — Kallias grita.

Pulo assustada quando o controlador da agenda se aproxima correndo.

— Por favor, acompanhe Lady Stathos à saída da sala de reuniões.

Sou levada para fora sem nenhuma outra palavra.

CAPÍTULO
11

Não consigo decidir se isso correu bem ou não.

De um lado, acho que impressionei o conselho. De outro, não consegui convencer Kallias a passar mais tempo comigo. Pelo menos, talvez minha sugestão inteligente sirva para me convidarem a participar de reuniões no futuro.

Provavelmente essa é uma expectativa elevada demais.

Mesmo assim, preciso esperar para ver como isso se desenvolve e tenho outros problemas para resolver.

Depois de procurar Rhouben por todos os lados, encontro um criado que finalmente me leva a um dos salões de bilhar do palácio. Mulheres não costumam entrar nos salões de jogos, mas não vou me deixar deter por isso.

Ele tem a companhia de Leandros e Petros, é claro.

— Alessandra! — Leandros exclama. — É a segunda vez que me procura no mesmo dia. Isso é uma provocação terrível.

— Não o procurei. Lembre-se, eu estava procurando o rei mais cedo. E agora vim falar com Rhouben.

— Ele é comprometido, milady. Gosta mesmo de ir atrás do inalcançável, não é?

— Não, essa parece ser a sua estratégia.

Petros ri e passa o giz no taco de bilhar.

— Ela ganhou essa.

— Por que precisa falar comigo? — Rhouben pergunta, debruçando-se sobre a mesa e calculando a trajetória da bola branca e da outra a ser encaçapada.

— Tenho um pretendente indesejado do qual quero me livrar.

— Puxa — Petros reage por Leandros.

Reviro os olhos.

— É claro que estou falando de Myron Calligaris.

— Pensei que fosse Eliades o causador de problemas — Leandros responde.

— Ele também. Na verdade, meu plano deveria me livrar dos dois.

Rhouben dá a tacada na bola branca, provocando a movimentação de várias bolas coloridas na mesa.

— Não sou a melhor pessoa para isso — ele diz ao endireitar o corpo. — Se eu soubesse como me livrar de atenção indesejada, não estaria noivo de Melita. Mas meu pai ameaçou me deserdar se eu não acatar os desejos dele.

— É só contar ao rei sobre esses almofadinhas — Petros sugere. — Uma ameaça do homem mais poderoso do mundo certamente os fará recuar.

Não posso fazer isso. Se Kallias confrontar Myron, Myron vai abrir a boca.

— Espero resolver isso sem envolver Kallias — digo. — Não preciso dele para brigar por mim.

— Quer que eu o desafie para um duelo? — Leandros pergunta, se debruçando sobre a mesa para jogar. — Esse Myron não vai poder assediar você se tiver uma espada enfiada na barriga.

— Também não preciso de você brigando por mim.

— Então, *você* o desafia para um duelo — propõe Leandros, e um sorriso ilumina seus olhos. Ele se levanta depois da tacada, e é a vez de Petros jogar.

— Eu luto usando a mente. Não uso armas. E é por isso que estou aqui. Preciso de Rhouben para me ajudar a pôr um plano em ação.

— Creio que já falamos sobre como sou incompetente para me livrar de atenção indesejada — ele responde. — A única coisa que funciona com Melita é me esconder, como estou fazendo agora.

— E se eu disser que tenho um plano para livrar você de Melita?

Rhouben se levanta tão depressa que ouço o estalo de suas costas.

— Está falando sério?

— Muito sério.

— De que precisa? É só dizer, e eu faço. — Ele agora fala depressa. Leandros e Petros param o jogo para ouvir.

— Primeiro, preciso que você responda algumas perguntas, se puder.

— É claro!

— O que Melita quer mais que tudo?

— Casar com um homem rico e bonito, que tenha um título mais alto que o do pai dela, um barão.

— Por isso ela o enredou na primeira oportunidade — entendo. — E vive lançando olhares sugestivos para Orrin. Ele tem um título melhor que o seu.

— E é muito mais bonito — Petros acrescenta, o que não ajuda em nada. Rhouben dá um tapa nele.

— Por que seu pai permitiu esse casamento com alguém que está abaixo de você?

— Ele é amigo do barão. Os dois falam sobre unir as famílias desde antes do meu nascimento. — As palavras saem como um resmungo.

— Bem, estamos prontos para acabar com isso. Só precisamos providenciar que Orrin e Melita fiquem juntos — digo.

— Como vai fazer isso? — Leandros pergunta. — Eliades está enfeitiçado por você, e não entendo como isso vai livrá-la de... Myron, não é?

— Sim, para essa parte vou precisar de algum dinheiro.

Rhouben apoia o taco de bilhar na parede mais próxima.

— Consegue mesmo me livrar de Melita sem que eu acabe deserdado?

Assinto.

— De quanto dinheiro precisa?

— Cinco mil necos — respondo sem hesitar.

Petros assobia.

— Isso é mais do que meu pai ganha em um ano.

— Mas não o pai de Rhouben, certo? — pergunto.

Rhouben não precisa pensar duas vezes sobre isso.

— Vou arranjar o dinheiro. De que mais precisa?

— Convide seu pai para vir ao palácio. Não interessa como, traga-o aqui. Enquanto isso, precisa ser o noivo perfeito, para ninguém suspeitar de nada.

Petros olha para o amigo.

— Nesse caso, ele está acabado.

Na tarde seguinte, Kallias manda me entregar um bracelete cravejado de pérolas e diamantes negros, uma criação realmente impressionante, considerando que Naxos não fica perto do mar. Na quarta-feira, recebo um pente de marfim com diamantes azuis incrustados, um acessório para ser usado em penteados elaborados. Na sexta-feira, chegam esmeraldas cortadas em forma de folhas e enfileiradas em uma gargantilha que termina em um grande topázio.

Cada presente é entregue quando estou cercada de pessoas. Saber que esses presentes são para o benefício delas, não meu, provoca uma amargura que cria raízes em mim cada vez que um estojo é trazido pela mão enluvada de um criado.

O rei precisa me dar presentes por estar apaixonado por mim. Precisa me dar presentes por estar encantado por mim.

Não porque não se esforça para convencer as pessoas de nossa farsa.

Ele está tornando isso impossível.

No dia do baile dos Demetrio, um criado me aborda com uma carta na mão. Rompo o lacre de cera vermelha e leio:

Minha caríssima Alessandra,
Espero que perdoe minha ousadia, mas soube que o rei não a acompanhou ao último evento na propriedade dos Christakos. De fato, há boatos de que você passou a noite com um amigo de infância. Isso me leva a ter esperanças de que talvez tenha terminado tudo com Sua Majestade.
É claro que sabe sobre minha viagem de negócios...

Leio a assinatura no fim da página. É de Orrin. Nem notei que ele havia deixado o palácio.

Ela me mantém longe de sua presença por muito tempo, mas penso em você diariamente. Sinto falta de sua conversa, de seu sorriso, de como desvia o olhar do meu quando é surpreendida por minha generosidade.
Quando olho para o céu da noite, deixo de ver beleza. Tudo em que consigo pensar é você. Em seu cabelo claro e em como anseio poder deslizar os dedos pelas longas mechas. Seus lábios, maduros como cerejas...

As descrições de diversas partes do meu corpo prosseguem por mais cinco parágrafos. Pulo para o fim da carta.

Por favor, escreva para mim e diga que sente minha falta tanto quanto tenho sentido a sua.

Seu humilde servo,
Orrin Galopas, Conde de Eliades

Bons deuses. O homem está alucinando. Ergo os olhos da carta e me assusto ao ver o criado que a trouxe ainda esperando na porta de meus aposentos.

— Com licença, milady. O conde espera que talvez mande uma resposta por mim.

Quero descarregar minha fúria no criado de Orrin. Em vez disso, tento raciocinar com clareza.

— Quanto tempo Lorde Eliades vai passar longe do palácio?

— Imagino que mais uma semana, milady.

— Que bom. — Começo a fechar a porta, e o criado tosse. — Ah, não vai haver resposta nenhuma para o conde. — E bato a porta.

Esta carta é uma oportunidade. Um jeito de concluir nossos planos.

Há uma fila curta diante da porta, mas Myron, Hestia, Rhoda e eu não temos que esperar muito para sermos recebidos pelo duque e a duquesa.

Depois das apresentações, o duque olha por cima do meu ombro.

— O rei não a acompanha?

— Kallias queria muito ter vindo — respondo, ousando o primeiro nome do rei diante do duque. Preciso mostrar intimidade entre nós, já que Kallias não está aqui. — Infelizmente está trabalhando para proteger nosso reino.

— Estou aqui para acompanhar Lady Stathos — diz Myron, se colocando na minha frente.

Os olhos do duque se abrem um pouco mais quando ele reconhece Myron da noite da peça. Demetrio olha para mim.

— Conhece este cavalheiro?

O tom de sua voz transmite claramente o significado da pergunta. *Associa-se de boa vontade com este homem?*

Myron está me arruinando passeio a passeio. Ele bate com o cotovelo nas minhas costelas.

— Myron é um amigo de infância. — Sinto uma dor física ao dizer essas palavras. — Ele é... encantador.

— Ah — responde o duque. — Bem, aproveitem o baile.

Percebo que Myron quer ficar e conversar mais com o duque, mas dessa vez é Rhoda quem nos empurra para dentro.

Minha ira perde força por um momento quando vejo o salão de baile. O duque e a duquesa chamam a filha caçula de estrela cadente, uma referência a seu talento prodigioso ao tocar o cravo, como me informaram. A decoração combina com o apelido. Velas foram postas em castiçais com recortes na forma de estrelas, e as projeções se ampliam e aparecem no teto e nas paredes. Buquês de flores amarelas e azuis cobrem cada superfície da mansão, seguindo o formato da luz difusa que surge atrás delas como uma estrela cadente. E o vestido da jovem dama disputa com o meu no número de diamantes costurados a pequenos intervalos regulares. Uma longa cauda de três metros a segue por todos os lugares, impedindo que ela se perca na multidão, já que os convidados precisam ficar atentos ao chiffon que se arrasta no chão.

Assim que Hestia, Rhoda e eu vemos tudo, minhas duas amigas são rapidamente levadas à pista de dança.

— *Ele é encantador?* — Myron repete quando ficamos sozinhos. — Devia exaltar minhas virtudes ao duque.

— Chegar ao baile comigo já mostra o suficiente, Myron. Não vamos exagerar. Vai estragar tudo com esse esforço para se mostrar. Homens de caráter não precisam se empenhar tanto.

— Cuidado, Alessandra. Se não me mostrar o suficiente, posso começar a enaltecer suas virtudes à corte. Ou melhor, a falta delas. — Ele ri da própria piada.

Assim que se compõe, ele me conduz à pista para o número de dança entre outros casais.

— Pense o que quiser de mim e meus métodos — aponta depois da primeira volta pelo salão —, mas meu plano está funcionando de maneira esplêndida. Já recebi alguns convites. Não vou mais precisar entrar como seu acompanhante nos eventos.

— Nesse caso, não precisa mais de mim.

— Não seja ridícula. Minha conexão com você é o que me confere a necessária credibilidade. Vamos continuar nos encontrando regularmente.

— Credibilidade?

— Sim, estou procurando investidores para minha nova empreitada comercial... Ai!

Sem querer, piso no pé de Myron, tamanha a surpresa causada por suas palavras.

— Está me usando para atrair o investimento de nobres em uma empreitada comercial?

Myron me conduz pelos próximos passos, agindo como se não estivéssemos envolvidos nessa discussão.

— É claro. Caso tenha esquecido, estou muito endividado. Preciso resolver isso. Quero comprar alguns veleiros para abrir uma linha de comércio com o Reino de Estetia.

Fico sem fala por um momento.

— Você. *Você*... o homem que gasta todo o seu dinheiro em cartas e dados... está convencendo homens da corte a dar dinheiro para você abrir uma linha de comércio com um reino que nosso Rei das Sombras planeja *invadir*.

Myron me encara, contrariado.

— Sei como convencer as pessoas a me dar dinheiro. Já levantei uma boa quantia. Além do mais, Estetia não sabe dos planos de conquista do rei.

Meu cabelo vai acabar pegando fogo, tão intenso é o calor que emana do meu corpo.

— Vai manchar meu bom nome quando roubar todo esse dinheiro para pagar suas dívidas.

— Não. Não vou pagar minhas dívidas. Vou comprar navios mercantes. Com os lucros do meu novo negócio, aí, sim, vou começar a pagar as dívidas.

Começamos nossa segunda dança, e a orquestra toca uma terceira canção, mas eu me afasto de Myron.

— Alessandra, eu não falei que podia parar de dançar comigo.

— Não, não podemos ser vistos dançando três músicas seguidas.

Ele sorri.

— Eu mando em você. Vai fazer o que eu disser.

— Se dançarmos outra música, pode contar meu segredo a toda a corte, porque os boatos sobre mim vão ser inevitáveis, e o rei vai terminar nosso relacionamento. Três danças seguidas são praticamente um anúncio de compromisso. E então você não vai ter mais nada a ganhar comigo. — As palavras são desesperadas, mas Myron deve enxergar a lógica nelas.

Ele suspira.

— Ah, muito bem. Vou procurar outra parceira, mas não se atreva a desaparecer da festa. — E ele me deixa, felizmente.

Aproveito o resto da canção para me recompor. Estou envolvida com o rei. Vou me livrar de Myron em breve. Tudo vai acontecer de acordo com o plano. Ninguém me faz de tola.

Depois de respirar fundo mais algumas vezes, decido salvar o que posso da noite e aproveitar a festa.

Fico parada perto da parede, pensando em atrair o olhar de algum homem para incentivá-lo a me tirar para dançar. Encontro um desconhecido alto, com cabelos de um tom escuro de vermelho, pele dourada de sol e corpo musculoso praticamente saltando do traje social bem ajustado. Ele acena para mim com a cabeça e se afasta.

Apesar de me irritar um pouco com a rejeição, permaneço impassível e tento atrair o olhar de outro cavalheiro. Vejo um loiro de ombros largos, com um belo bigode, e sorrio sedutora. Ele retorna o cumprimento com entusiasmo e me dá as costas.

O que é isso?

— Nenhum homem aqui a convidará para dançar — diz uma voz feminina atrás de mim.

Eu me viro e vejo Lady Zervas com seu cabelo grisalho caindo sobre os ombros em cachos perfeitos. Ela esconde a boca atrás de um leque cor de creme, e os olhos não revelam nada de sua expressão.

— Está envolvida com o rei — ela explica. — Ninguém mais se atreverá a abordá-la, exceto seu... amigo.

Orrin também se atreveu, mas desconfio de que ele não tenha nenhuma noção de autopreservação. Está ocupado demais salvando gatinhos de se afogarem.

— Se me permite oferecer um conselho — diz Lady Zervas, mas não é uma pergunta. Ela continua falando. — Negue seus favores ao rei. Continuar com essa corte só trará infelicidade. Na melhor das hipóteses, ele a manterá sempre a um braço de distância, temendo tocar em você.

— E na pior? — pergunto.

— Depende do que mais tem medo. Ou ele vai morrer e deixá-la neste mundo, ou vai se casar com outra, e você será forçada a vê-lo feliz com outra mulher.

— São opções desanimadoras.

— Vivi as três por um tempo.

— E qual foi a pior? Vê-lo com outra mulher ou saber que estava morto?

Ela fecha o leque com um estalo, a boca comprimida em uma linha dura.

— A primeira opção, querida. Definitivamente, a primeira.

Ela se vira, segura as saias com uma das mãos e se afasta de mim.

Que mulher horrível.

Meus olhos notam um ponto de cor na sala. Rhouben está dançando com a noiva e quase não disfarça uma careta ao ouvi-la falar sobre alguma coisa.

Quando eles giram, ela me vê e puxa Rhouben para mais perto, jogando o cabelo por cima do ombro.

Preciso falar com Rhouben, de qualquer maneira, e insultar Melita é só um bônus. Ela já foi longe demais sem que ninguém a fizesse parar.

Eu me aproximo do casal, espero até que cheguem perto da beirada da pista e bato no ombro de Rhouben. Ele para, e o alívio ilumina seus olhos quando me vê.

— Posso interromper? — pergunto. — Você vai se casar com o homem em breve, Lady Xenakis. Não é de bom tom mantê-lo só para si antes disso. E certamente não negaria um pedido da futura rainha, não é?

Antes que ela possa responder, Rhouben se solta das garras de Melita e me conduz ao centro da pista de dança.

— Você é uma deusa — ele diz em meu ouvido. — Você me salvou.

— Considere um salvamento mútuo. Ninguém vai dançar comigo. Todos temem a ira do rei.

— Eu não. E no momento estou entediado demais para me importar com a ira de Melita. Ou de meu pai. Devíamos fugir.

Sorrio maliciosa.

— E fazer o quê, exatamente?

— Eu devia falar alguma coisa indecente, mas, para ser franco, não me importo, desde que isso me leve para longe daquela mulher. Aliás, já tenho o dinheiro que me pediu. Deixei em meus aposentos no palácio. Posso entregar a quantia assim que voltarmos.

— Isso é maravilhoso! E eu tenho algo que pode nos ajudar. Eliades mandou uma carta de amor para mim. Agora podemos imitar sua caligrafia. Só preciso pôr as mãos no selo dele para autenticar a carta que vamos enviar a Melita. Soube que Orrin vai voltar ao palácio em uma semana. Ele levou o selo, é claro, então vamos ter que esperar seu retorno para roubá-lo. Teve notícias de seu pai?

— Ainda não. Ele tem o hábito de adiar a leitura de minhas cartas, mas virá assim que ler a mensagem. Contei a ele que saquei cinco mil necos de minha conta. Isso o trará aqui rapidamente.

— E o que pretende dizer quando ele chegar aqui furioso? — Apoio a cabeça no ombro de Rhouben assim que vejo Melita olhando para nós dois.

— Que estou comprando algo espetacular para Melita, é claro. Mas precisava de algo chocante para garantir que ele venha. Assim que ele chegar, acho que posso mantê-lo aqui até Orrin voltar de sua viagem de negócios.

— Ótimo. Precisamos ser cuidadosos. Calcular o tempo com precisão é importante.

Outro casal se aproxima de nós. É Petros dançando com um homem que não conheço.

— Está tentando roubar a prometida do rei?

— Só tentando fugir da minha — diz Rhouben.

— Já teve duas danças com Alessandra. Se houver a terceira, as pessoas vão comentar. Vamos trocar de parceiros.

De repente sou puxada para os braços de Petros, e Rhouben acaba enlaçando o parceiro dele.

— Olá — Rhouben o cumprimenta sem jeito.

— Prefere dançar com um homem ou com Melita? — Petros pergunta, e me rodopia para longe.

A última coisa que vejo é Rhouben rodopiando entusiasmado com o parceiro anterior de Petros.

Olho para Petros. Estou rindo da situação, satisfeita por ter tomado o parceiro de dança de Melita, tonta com o alívio de haver ainda alguns homens dispostos a dançar comigo. Inebriada com o pensamento de que Myron em breve vai sair de cena.

Petros me delicia com histórias de suas aventuras recentes. Lorde Osias e Lorde Banis brigaram por ele, pelo que entendi. Ambos estão cuidando de ferimentos moderados esta noite, e ele se viu obrigado a encontrar outros parceiros para se divertir.

Depois de duas danças, Petros me rodopia e solta para os braços de outro homem.

— Leandros — digo. — Onde estava?

— Pessoas importantes nunca chegam aos eventos na hora marcada, mas parece que perdi boa parte da diversão.

— Não. Chegou bem na hora.

Por cima do ombro de Leandros, vejo Petros tirando uma dama para dançar. Enquanto isso, Rhouben vai andando para longe de Melita, se afastando dela. Suponho que meu conselho para fingir ser o noivo perfeito tenha sido demais para ele.

Leandros é um esplêndido dançarino. Ele me rodopia e tira do chão, me gira no ar com habilidade. Sinto a mão dele na minha e seus braços me envolvendo enquanto executamos os passos da dança, e é impossível não pensar se algum dia sentirei Kallias dessa maneira.

CAPÍTULO
12

É TARDE QUANDO VOLTAMOS DO BAILE E RHOUBEN E EU TROCAMOS O DINHEIRO pela carta em meus aposentos. Petros está conosco, depois de insistir em não perder a diversão. E ele também diz que é um excelente falsificador.

Rhouben e eu olhamos por cima de seu ombro enquanto ele termina a carta.

Caríssima Melita,

Faz muito tempo que a observo de longe. Não consigo mais guardar para mim o que sinto. Sua beleza é como a luz do sol. Quase dói olhar para você, e é impossível, para mim, olhar para outra pessoa.

Por favor, preciso falar com você a sós. Iria encontrar-me em meus aposentos às nove da noite de...? E me cumprimentaria com um beijo, para que eu saiba que seus sentimentos por mim são tão ardentes quanto os meus por você?

Seu humilde servo,
Orrin Galopas, Conde de Elíades

Comparamos essa mensagem com aquela que Orrin mandou para mim. Petros conseguiu imitar com perfeição a caligrafia de Orrin. Ninguém perceberia a diferença. É improvável que a carta caia nas mãos de alguém que não seja Melita, mas é melhor prevenir a ter que se lamentar. Para funcionar, nosso plano para salvar Rhouben desse casamento tem que ser impecável.

— E agora? — Rhouben pergunta.

Eu respondo:

— Agora só falta Orrin voltar ao palácio. Quando ele chegar, acrescentamos a data do encontro à carta e a lacramos com o selo de Orrin. Depois você precisa entregá-la a Melita sem que ela o veja.

— Mas como vai conseguir o selo?

Petros se levanta da cadeira e estala as costas.

— Ele está apaixonado por ela, seu pateta. Como acha que ela vai conseguir entrar nos aposentos do homem e pegar o selo? Enganando-o.

Rhouben me abraça, me apertando contra o colete de brocado vermelho e amarelo.

— Você é a melhor, Alessandra. Se isso der certo, vou dever minha vida a você.

— Não seja tão dramático — diz Petros.

— Você desejaria uma vida com Melita? — Rhouben o desafia.

— Tem razão. Sim, deve sua vida a ela. E trate de pagar os cinquenta necos que me prometeu pela falsificação.

— Quando foi que prometi isso?

Deixo os dois negociando com bom humor, sentindo no bolso da saia o peso do envelope cheio de dinheiro.

Passo a manhã longe do palácio, resolvendo algumas pendências. Distribuo o dinheiro de Rhouben com cuidado e sabedoria, e, quando volto ao palácio, meu sorriso é largo e franco.

Até encontrar Lorde Ikaros Vasco no caminho para meus aposentos.

— Ah, Lady Stathos, justamente quem eu procurava.

— Está tudo bem? — pergunto.

— É claro. Por que não estaria?

— Porque o chefe do conselho do rei está me procurando. Você praticamente me ameaçou em nossa última conversa.

Vasco inclina a cabeça de lado.

— Você e eu temos lembranças muito diferentes daquela conversa.

Sorrio com educação, mas ranjo os dentes por trás dos lábios.

— Não, só queria perguntar se a corte do rei continua. Kallias é muito reservado. O jovem rei não diz uma palavra sobre isso.

— E eu também não vou dizer.

Vasco assente, como se esperasse essa resposta.

— Talvez porque não exista corte nenhuma, afinal?

Adoto um ar surpreso.

— Como?

— Ele manda presentes, e vocês desfrutam da companhia um do outro em refeições ocasionais, mas o que mais? Que eu saiba, não se encontram em nenhum outro momento. Ele não a acompanha a nenhum evento. Já a beijou, pelo menos?

— Não é da sua conta. E sabe muito bem o quanto o rei é ocupado. Ele não comparece a eventos comigo porque está reunido com você e o conselho.

— É claro, sei bem com o que Kallias ocupa seu tempo. Mas ele tem um conselho para cuidar de tudo até que atinja a maioridade. Agora é a oportunidade perfeita para deixar o comando do reino em nossas mãos, enquanto ele dedica seu tempo a uma bela dama como você.

Não consigo pensar em nada para dizer.

— A menos, é claro, que a corte não seja real. Nesse caso, o conselho vai começar a procurar outras damas para apresentar ao rei, e você deixará de ser útil.

E Vasco se retira depois dessa declaração.

Odeio não ter a última palavra em uma conversa. Absolutamente odeio. Pior, o conselho não está convencido da nossa farsa. E, se não há uma farsa, Kallias não precisa me manter por perto. E nesse caso como vou conquistá-lo de verdade?

Vou para meus aposentos pensando na ameaça de Vasco.

— Alessandra.

O susto me faz dar um pulo. Como as pessoas continuam entrando em meus aposentos?

— Pai.

Ele cruza os braços.

— Esperava que minhas cartas para você tivessem se perdido, mas vejo que recebe sua correspondência sem nenhum problema. — Ele olha para a montanha de convites que já abri e li. Entre eles está a carta de amor de Orrin. Rhouben a devolveu porque não precisava mais dela, depois de Petros ter concluído a falsificação. Olho para a carta com desgosto.

— Eu ia escrever para você.

— É claro — ele concorda, sarcástico. — Ficou ocupada com o palácio. Com o requinte. Com a atenção. Esqueceu completamente o propósito de estar aqui.

Uma dor de cabeça faz minhas têmporas latejarem, e pontinhos vermelhos tingem os cantos do meu campo de visão.

— Estou ocupada tentando conquistar os favores do rei, por isso não tive tempo para escrever. As coisas estão progredindo muito bem. Se tivesse alguma coisa para contar, eu contaria.

Ele anda de um lado para o outro na frente do meu guarda-roupa.

— Progredindo muito bem, é? Então talvez possa me explicar por que chegou a mim a notícia de que o rei nunca a acompanha em eventos fora do palácio. Na verdade, ouvi dizer que é vista constantemente na companhia daquele menino Calligaris.

Não consigo enxergar meu pai direito, porque meus olhos começam a tremer.

— Garanto que tenho tudo sob controle. Não precisa se preocupar. Tenho o rei exatamente onde o quero. E Myron não vai mais ser um problema. Na verdade, ele vai deixar o palácio assim que tivermos uma conversa. Vai embora para sempre.

A expressão de meu pai muda. De início, não consigo interpretá-la. Depois eu a leio, horrorizada. *Pena!*

— Alessandra, querida, você fez o melhor que pôde. Há um momento em que precisamos admitir que fomos derrotados. Você teve sua chance no palácio, mas o rei não a quer, é evidente. Mas não se preocupe. Não estamos arruinados. Tenho planos.

Cerro os punhos lentamente junto do corpo.

— O que foi que você fez?

— Procurei Lorde Eliades. Não, não olhe para mim com essa cara. Ele é rico e vai me dar um belo dote por sua mão.

— Ele é um conde!

— Eu sou um conde.

— Decidiu que ele era inaceitável para Chrysantha, mas para mim ele serve?

Meu pai faz uma pausa breve antes de responder:

— Suas circunstâncias são diferentes.

Porque ela é a favorita, não eu.

— O objetivo é elevar minha posição! Por que tenta me fazer condessa quando estou me esforçando para ser rainha?

Ele balança a cabeça com tristeza.

— Tenho orgulho de você por tentar, mas é importante aprender a reconhecer a derrota.

Eu sei quando fui derrotada, e isso está longe de acontecer.

— Você vai ouvir a voz da razão — meu pai acrescenta. — Assim que tiver um tempo para assimilar tudo. Vou levá-la para casa.

Olho para o teto, ordenando os pensamentos e acalmando o tom de voz.

— Vou deixar a situação bem clara, pai. Não sou gado, que você pode vender, e não pode me obrigar a aceitar um casamento que não quero. Não quando o próprio rei está garantindo todo o meu conforto.

Meu pai comprime os lábios.

— Vai se casar com Eliades, ou será deserdada.

— Então me deserde! O rei me dá presentes caros. Tenho dinheiro suficiente e moro no palácio. Não há nada que possa fazer para me ameaçar. Não preciso de sua ajuda, pai. Você me trouxe ao palácio, e agora eu posso continuar sozinha. Na verdade, assim que conquistar o rei, vou tomar providências para que não veja *um único centavo* do *meu* tesouro.

O silêncio desce sobre nós, e por um segundo meu pai olha para mim alarmado.

— Pense um pouco antes de ser tão dramática, Alessandra. Eu volto mais tarde.

Ele sai do quarto, mas seus passos são incertos.

Na manhã seguinte, antes de o sol nascer completamente, muito antes de os criados aparecerem, vou aos aposentos de Myron. Ele não se preocupou em trancar as portas, então eu as abro e fecho até encontrar o dormitório. A disposição é idêntica à dos meus aposentos; no entanto, Myron não fez nada para dar à decoração seu toque pessoal.

Subo na cama sem tirar as babuchas e olho para a silhueta adormecida de Myron. Tão vulnerável! Se quisesse matá-lo, poderia fazer isso agora mesmo.

Mas o que fiz com Myron é muito mais gentil do que libertá-lo com a facilidade da morte.

Abaixo a mão protegida pela luva e aperto a ponta de seu nariz com toda a força que tenho.

Myron inspira profundamente e senta-se sobressaltado, arregalando os olhos antes de perceber que sou eu que estou no quarto. Ele esfrega os olhos sonolentos.

— Se está aqui porque mudou de ideia sobre a natureza do nosso relacionamento, lamento, mas não a quero mais — Myron declara depois de um longo bocejo. — Agora saia, quero voltar a dormir.

Ele ameaça se aconchegar sob o cobertor.

Dessa vez dou uma bofetada nele.

Isso chama sua atenção.

— Mas que diabo? — reage. — Preciso lembrar...

Seguro um papel diante de seu nariz.

— Você vai sair do palácio imediatamente. Assim que eu passar por aquela porta, você vai pegar suas coisas e partir para nunca mais voltar. Não quero ver sua cara nem ouvir seu nome de novo.

— O que é isso? — Ele tenta pegar a mensagem, mas eu a puxo de volta, para o caso de ele ter a pretensão de destruí-la.

— Isto é um contrato de dívida.

Myron franze o nariz, confuso.

— Comprei todas as suas dívidas — explico. — Do clube. Dos homens a quem deve dinheiro. Todas. Você agora me deve cinco mil necos.

Ele fica imóvel.

— Nada a dizer? — pergunto. — Vou deixar a situação bem clara, caso não a tenha entendido. *Eu comprei você*. Um passo em falso e vai parar na prisão dos devedores por incapacidade de quitar suas dívidas substanciais. Quanto tempo acha que seu irmão vai levar para tirá-lo de lá? Ou melhor... acha que ele vai se dar esse trabalho?

Vejo o movimento em sua garganta quando ele engole e saboreio cada segundo de seu novo sofrimento.

— Vai devolver todo o dinheiro que aceitou da nobreza e vai parar de declarar qualquer tipo de ligação comigo. Se respirar de um jeito que me desagrade, providencio para que nunca mais veja o lado de fora de uma cela.

Estendo o braço e bato de leve em seu rosto, debochada.

— Bom menino. Agora vá embora.

— Está mentindo — ele diz quando me aproximo da porta.

— Estou? Não deve precisar de muito tempo para verificar. Mas não perca tempo. Você tem até a hora do almoço para sair daqui.

Meu sorriso é radiante quando saio dos aposentos dele. Só tenho poder sobre um homem, mas a energia que isso gera me envolve em ondas inebriantes de calor. Quando for rainha, essa sensação vai se multiplicar por mil com a certeza de comandar dezenas de milhares?

Com a excitação da vitória ainda viva em mim, vou procurar Kallias. Ainda é cedo. Certamente cedo demais para reuniões. Interrogo vários criados e consigo descobrir que o rei está tomando o desjejum na biblioteca.

Por que ele não me convidou?

Descubro assim que o criado permite minha entrada na sala. Kallias está cercado de correspondência. Em meio a incontáveis papéis e ferramentas de escrita, penso ver uma vasilha com ovos cozidos e metade de uma torrada esquecida sobre um livro perto dele. Um livro que, desconfio, ele está usando como peso de papel.

— Ora, você faz um rei parecer grandioso — digo.

O Rei das Sombras levanta o olhar da carta que está escrevendo.

— É bom ver você, Alessandra. Sinto que isso não acontece há eras.

— Porque é verdade.

— Espero que possa ver com seus próprios olhos que tenho bons motivos para essa ausência. — E abre os braços, mostrando os papéis em que parece se afogar. O movimento provoca um redemoinho nas sombras que acompanham seus braços.

— Temos um problema — anuncio, sem mais preâmbulos.

— Você está bem? — Ele olha para mim com mais atenção.

— Ikaros Vasco me procurou. Ele perguntou se nosso envolvimento é real. Desconfia de nós. Meu pai até apareceu no palácio para me levar para casa, porque se convenceu de que eu tinha *fracassado na tentativa de conquistar você*.

Kallias finalmente solta a caneta.

— Como isso é possível? — E a irritação transforma seu rosto. — É por causa do tempo que tem passado com aquele Calligaris? Alessandra, você não devia...

— É por *sua* causa — declaro, me atrevendo a interrompê-lo.

Ele fica em pé e une as mãos diante do corpo, e as sombras escurecem.

— Não fiz nada além de demonstrar interesse por você. Senta-se à minha direita durante as refeições. Mando presentes.

Espero Kallias prosseguir, mas percebo que ele não tem mais argumentos para defender sua posição.

— Você quase nem faz mais as refeições conosco. É verdade, manda presentes, mas nunca me acompanha a eventos fora do palácio. Sua negligência em relação a mim é visível. Myron começou a tirar proveito disso, mas já me livrei dele. Você precisa fazer mais, especialmente porque não podemos nos comportar como pessoas normais que se relacionam.

— O que quer dizer com isso?

— Casais normais sussurram bobagens afetuosas no ouvido um do outro. Riem quando estão juntos, próximos. Casais normais se tocam o tempo todo.

— Não podemos fazer essas coisas — ele retruca, e as palavras soam duras.

— Não precisamos fazer essas coisas. Não é isso que estou dizendo. Maldição! Quer convencer as pessoas de que estamos envolvidos? Então *comporte-se como se me quisesse*, Kallias. Saia comigo. Passe mais tempo comigo, fora das refeições. Entregue os presentes pessoalmente. Aja como um homem apaixonado.

Ele me observa por um longo momento, considerando minhas palavras com cuidado, espero.

— Não — responde devagar. — Não. — Dessa vez mais firme, como se estivesse se convencendo. Ele olha para a montanha de papéis. — Não tenho tempo para isso.

Uma desculpa conveniente. O que o impede de aceitar minhas sugestões?

— Eu convidaria você para tomar café comigo — diz —, mas, como pode ver, não tem espaço na mesa. Vejo você... quando acontecer.

E estala os dedos em direção à porta, me dispensando silenciosamente.

Tenho plena consciência de que pareço uma criança batendo os pés a caminho de meus aposentos. Mas não tem ninguém ali para me ver, então faço o que quero.

Quando ouço alguém se aproximando por outro corredor, endireito as costas e passo a andar normalmente. Faço o possível para controlar a irritação com o intruso. Sim, este é o "meu" corredor.

— Duas cartas, milady — um criado anuncia, se curvando, segurando a bandeja de prata na minha frente. Pego os envelopes antes de desaparecer para dentro do meu quarto.

A primeira carta é de minha irmã. Olho para a caligrafia perfeita por um minuto inteiro, antes de decidir que é melhor ler a carta e só depois jogá-la na lareira acesa.

> *Querida irmã,*
> *Espero que esta carta a encontre em boa saúde. A vida na corte oferece muitas tentações, mas espero que permaneça penitente e casta.*
> *O duque e eu temos vivido um tempo maravilhoso juntos. A saúde dele declina, infelizmente, por isso nossos dias se limitam à minha leitura em voz alta das maiores obras de poesia.*

Leio mais alguns parágrafos sobre as atividades terrivelmente tediosas de minha irmã e o duque e os vários presentes que ele dá a ela (*Dez carruagens! O que vou fazer com tantas?*).

E então, no mais puro estilo Chrysantha, algumas linhas importantes perdidas no fim da carta:

> *Hoje um oficial esteve na propriedade e me perguntou o que sei sobre seu relacionamento com Hektor Galanis, de três anos atrás. Achei todas as perguntas estranhas, é claro, mas no fim da conversa o Barão de Drivas quis saber se acredito que você pode ter alguma coisa a ver com o desaparecimento dele.*
> *Não tema. Embora eu tenha dito a eles que você é leviana e sem dúvida dormiu com o rapaz, nunca faria nada tão terrível quanto colaborar para afastar um nobre de sua família.*
> *Uma situação muito estranha, não acha?*
> *Espero que aprecie o restante de sua estadia no palácio, e que tenha feito amigos que a influenciem para o bem.*
>
> *Sua querida irmã,*
> *Chrysantha*

Olho para minhas mãos por um bom tempo antes de perceber que derrubei a carta. Não sei nem por onde começar a processar os vários níveis da falta de aptidão e cuidado de minha irmã.

Não imaginava que Chrysantha tivesse conhecimento de meus relacionamentos noturnos, e agora o barão sabe que dormi com o filho dele.

E também um oficial de polícia, que o está protegendo, é evidente. Quantas outras entrevistas eles pretendem conduzir antes de virem me interrogar pessoalmente?

E quanto tempo até minhas atividades noturnas se tornarem conhecidas no palácio e destruírem meu relacionamento com o rei de uma vez por todas?

Pego a carta e a rasgo em pedaços impossíveis de ler, antes de jogá-la no fogo.

Quero arrancar os cabelos de Chrysantha. Ela sempre tirou tudo de mim. Mas como conseguiu me tomar isso também?

Só depois de alguns minutos andando pelo quarto eu me lembro da outra carta. Seriam notícias ainda piores? Temerosa, rompo o lacre e desdobro o papel.

> *Querida Alessandra,*
> *Perdoe-me pela impertinência, mas não posso deixar de notar como parece infeliz nos eventos recentes. Pensei em fazer alguma coisa para alegrá-la. Talvez se interesse por um tipo diferente de entretenimento? Permitiria que a levasse a um passeio noturno? Amanhã à noite, às oito horas, digamos? Prometo que não se arrependerá.*
>
> *seu criado,*
> *Leandros Vasco*

Talvez essa seja a oportunidade de que preciso. Estava mesmo pensando em perguntar a Leandros sobre o rei. Preciso de mais informações para conquistar Kallias, e que melhor maneira de tê-las senão falando com um homem que já foi seu melhor amigo?

Sem mencionar que Leandros me adora. Eu mereço ser adorada por uma noite, não? Especialmente quando Kallias não se importa em encontrar um tempo para me ver.

Depois de uma breve reflexão, escrevo a resposta.

> *Caro Leandros,*
> *Será um prazer acompanhá-lo.*
>
> *Atenciosamente,*
> *Alessandra Stathos*

CAPÍTULO
13

Olho com desgosto para as camadas de algodão preto nos braços estendidos de Leandros.

— Quer que eu vista isso? — pergunto.

Leandros sorri na área de recepção de meus aposentos.

— Planejei uma noite para nós, mas você não pode ir vestida desse jeito.

— Qual é o problema com minha aparência?

Caprichei muito ao me vestir hoje. Meu vestido é roxo-claro, colado nas pernas. Não uso enchimento ou saiotes. Nunca me senti tão confortável. É claro que escolhi o traje para combinar com o novo xale que Kallias me deu. Feito de cetim lilás, tem franjas tecidas nas extremidades e enfeitadas com ametistas. Achei que ele poderia ficar irritado se soubesse que usei o xale para sair com outro homem.

Mas esse outro homem está vestido como um criado. De calça de algodão, botas esfoladas e camisa branca e gasta, ele parece pronto para dormir embaixo de uma ponte.

— Você parece rica e irresistível — diz Leandros. — E isso não é adequado para o local aonde vamos hoje.

Sinto meu rosto se contrair em uma expressão que revela desconforto, mas não me importo.

— Aonde vai me levar?

— É uma surpresa.

Mas ainda não aceito as roupas.

— Veja, você pode ir para a cama cedo hoje, ou pode fazer algo um pouquinho perigoso e muito divertido.

Ele põe as roupas em meus braços e me empurra na direção do dormitório.

Quando saio do quarto, olho para baixo, para mim mesma.

Uso uma blusa branca com mangas largas e presas nos pulsos. O vestido é preto e simples, com um corpete que se ajusta aos seios e à cintura e uma saia que desce solta sobre as pernas. É pobre, sem graça, típico de uma camponesa.

Leandros para atrás de mim e solta meu cabelo impecável.

— Pare!

Tarde demais. As mechas caem em torno do meu rosto em ondas soltas.

— Minha criada demorou uma hora para fazer esse penteado.

— E ficou lindo — diz Leandros. Alguma coisa no brilho travesso em seus olhos me impede de continuar protestando.

Teremos uma aventura, mesmo que eu esteja malvestida. E Leandros vai me dar atenção durante a noite toda. Foi o que eu disse a ele que queria de Kallias. E ter outro homem disputando minha atenção, alguém que não esteja fazendo chantagem comigo, é uma oportunidade boa demais para deixar passar.

É mesquinho, eu sei. Mas quero punir Kallias. E preciso me distrair, só por uma noite, do barão e do oficial de polícia que decidiram me arruinar.

— Vamos sair daqui antes que alguém me veja — resmungo.

Sorrindo, Leandros me conduz pelo corredor até a escada que é usada pelos criados, por onde descemos.

Há dois cavalos encilhados e prontos para nós atrás do palácio, seguros pelas rédeas por um cavalariço. Leandros dá uma moeda ao menino, antes de se inclinar ao meu lado e unir as mãos.

— O que está fazendo?

— Ajudando você a montar. — E acrescenta, ao perceber minha confusão: — Não pode cavalgar sentada de lado na sela. Camponesas não fazem esse tipo de coisa.

— Não sou uma camponesa!

— Esta noite é. Agora suba.

Nesse momento, percebo que não tenho muitas opções. Ou vou em frente, ou desisto. Mas não posso mais gritar que sou uma dama. Não aceitei sair com Leandros porque queria ser tratada como uma dama. Damas não ficam sozinhas com homens que não são da família. Não se aproximam do antigo melhor amigo do rei para obter mais informações sobre como seduzir o soberano.

Apoio um pé em suas mãos unidas e passo uma perna por cima do cavalo. O tecido da saia sobe, e Leandros ajuda a endireitá-lo, cobrindo minhas pernas.

Quando ele faz isso, no entanto, um dedo toca minha panturrilha nua.

Inspiro com um pouco mais de intensidade. Faz semanas que não sou tocada. O maior período em anos.

— Desculpe — ele diz. — Não queria...

— Não se preocupe — respondo. — Vamos. Estou pronta para esse entretenimento que prometeu.

Leandros monta em seu cavalo.

— Vamos lá, então.

Passamos por ruas calçadas com pedras e lanternas de velas acesas, o cavalo de Leandros na frente do meu. Descemos as ruas sinuosas da montanha, camada após camada de vizinhanças tranquilas, hospedarias malconservadas e até uma casa de indecências.

Não há muita gente nas ruas, não tão tarde da noite, quando está escuro demais para os mercadores venderem seus produtos. Uma parte de mim se sente mais e mais culpada à medida que nos afastamos do palácio, como se eu estivesse abandonando todo o meu propósito. Mas não é assim. Preciso de uma noite de diversão. Uma aventura. E esta noite não é totalmente sem propósito.

— Diga — falo quando os cavalos entram em outra rua —, como você era quando mais jovem?

— Ignorante. Esperançoso. Despreocupado.

— Mais despreocupado do que é agora?

Ele sorri, e seus dentes brilham ao luar.

— Muito mais.

— Você era amigo do futuro rei. Que tipo de coisa faziam juntos? — Espero que a pergunta sirva como uma boa transição, que encubra minha avidez por informações sobre Kallias.

Ele pensa um pouco.

— Uma vez pegamos sapos do lago e os colocamos na cama da tutora dele.

— Tenho certeza de que ela mereceu.

— A voz dela era horrivelmente dura, e Kallias sempre se perguntava se poderia fazer alguma coisa para provocar uma mudança no tom.

Dou risada.

— E você se dispôs a ajudar.

— Ele foi meu único amigo por um tempo. Fazíamos muitas coisas juntos. Luta de espadas. Cavalgadas. Jogos. Kallias adora competições. Ele ama vencer. Mas que homem não gosta?

— Que *pessoa* não gosta? — corrijo.

— Você gosta de competição, Alessandra?

— É claro.

— Que bom. Agora estou mais convencido de que vai apreciar o entretenimento esta noite.

Paramos diante de um prédio comum, paredes retas, escuridão e silêncio. Leandros amarra os cavalos em um poste próximo. Temo que não estejam ali quando voltarmos, mas não vou deixar que isso estrague a noite.

De algum jeito, Leandros encontra uma escada. Suponho que é preciso saber procurá-la para conseguir encontrar. Ele segura meu braço e me leva degraus abaixo, até sermos envolvidos pela completa escuridão.

— Acho melhor avisar que eu contei às minhas criadas com quem sairia hoje. Se eu não voltar, elas vão saber que você me matou.

Quase posso ouvir seu sorriso no escuro.

— Não vai morrer pelas minhas mãos. Já estamos chegando.

Um rangido de dobradiças, uma corrente de ar e passamos pela porta de um porão. Uma tocha projeta luminosidade para o corredor. Ao longe, escuto um retumbar baixo que pode ser gritos.

Quando atravessamos o novo corredor, Leandros me diz:

— Não importa o que fizer, fique perto de mim o tempo todo.

Viramos em uma esquina, descemos uma escada menor e finalmente, finalmente, passamos por uma porta que se abre para luz, barulho e cheiro de cerveja.

— Boxe? — pergunto ao me deparar com a cena.

Lá na frente, o piso tem uma leve inclinação para baixo, o que nos permite ver o que acontece no meio dele. Dois homens se encaram, saltitam na ponta dos pés descalços, as mangas enroladas até os cotovelos, o suor pingando do rosto.

Moedas mudam de mãos, garotas circulam com bandejas cheias de canecas, homens e mulheres gritam para os oponentes, vaiando e torcendo.

— Vamos chegar mais perto. — Leandros me conduz a uma mesa vazia. Sentamos, e uma jovem com um traje parecido com o meu se aproxima e pergunta se queremos comer ou beber alguma coisa.

— Uma cerveja para mim — Leandros pede, depois me encara.

— Vou querer a mesma coisa. — Por que não? O fato de preferir bons vinhos não quer dizer que não posso experimentar alguma coisa mais simples de vez em quando.

Olhamos para a cena lá embaixo bem a tempo de ver o lutador maior acertar o queixo do menor com um soco violento. O atingido é jogado para trás e cai no chão de madeira com um *baque* audível. A plateia explode com uma mistura de aplausos e gemidos.

A atendente volta com nossas bebidas, deixa uma caneca diante de cada um de nós. Leandros leva a caneca aos lábios e bebe metade do conteúdo de uma vez só.

Para não ficar para trás, também bebo, tentando não sentir o gosto do líquido vulgar que desce pela minha garganta. Amargo e aguado, absolutamente repulsivo, mas esquenta minha barriga. Bebo tudo, depois bato com a caneca vazia na mesa.

— Eu sabia que você ia gostar deste lugar — Leandros comenta. — Você desempenha bem o papel da respeitável filha da nobreza, mas por trás dessa fachada há uma garota que quer se divertir um pouco.

Meu sorriso não é forçado.

— Com que frequência você vem aqui?

— Menos do que gostaria. Meu tio espera muito de mim. Se souber aonde eu venho... — Ele estremece e não conclui a frase.

Solto um grunhido nada apropriado para uma dama.

— Não vamos falar sobre responsabilidades hoje. É por ter responsabilidades que Kallias não passa mais tempo comigo. Bobagem. Se alguém pode fazer alguma coisa acontecer, esse alguém é o rei. Se ele quer uma agenda menos cheia, é só ordenar.

— Se alguém pode tirá-lo de sua concha, esse alguém é você. Dê um tempo a ele. E, se ele não tiver mesmo salvação, bem, eu estarei aqui.

Agora a caneca de Leandros também está vazia, e ele levanta dois dedos para chamar a atendente. Uma nova exclamação geral se levanta da plateia quando o lutador grandalhão derruba mais um oponente.

— Tenho que me casar com um homem rico — digo. — Meu pai é ganancioso e não vai aceitar menos. — Ah, espere. Não, acho que não é mais assim, certo? No meio de todas as coisas que não estão mais no meu caminho, esqueci que meu pai e sua situação deixaram de ser um problema meu.

— Para sua sorte, sou repulsivamente rico — Leandros revela.

— E se contenta em ser um prêmio de consolação?

— Você se acostuma com isso quando vive no palácio com o rei.

Cruzo os braços.

— Tive a impressão de que o rei não demonstrava interesse por nenhuma jovem antes de eu chegar à corte.

— Ele não precisa disso. Elas ainda o querem e são obrigadas a se contentar comigo. Mas tenho certeza de que você não vai ter esse problema.

A segunda caneca de cerveja é posta na minha frente. O sabor desta é melhor que o da primeira.

— Ele não vai desrespeitar as regras que criou — digo. — Nem mesmo por mim. — A cerveja deve estar soltando um pouco minha língua, mas não consigo me importar muito.

— Não poder tocar é um problema?

Escondo o rosto atrás da caneca.

— As mulheres têm necessidades, assim como os homens.

Os dentes de Leandros aparecem quando ele levanta a caneca.

— Talvez ele só precise que você tome a iniciativa.

— E acabar nas masmorras? Acho que não.

— Então vai ter que encontrar outra pessoa para satisfazer essas necessidades. Enquanto isso, pelo menos.

— E você gostaria de ser essa pessoa, não é?

— Sou um homem de interesses básicos. Cerveja. Esportes. Sexo. Não sinto falta de mais nada.

— Não consigo imaginar por que ainda não tem alguém.

— Todas as chances estão contra — ele diz, balançando a caneca em minha direção.

Minha cabeça é tomada por uma confusão deliciosa, e me pego sorrindo mais para Leandros do que sorriria normalmente.

— Está tentando me embebedar? — pergunto.

— Mesmo que estivesse, não seria para ter alguma vantagem. Só para ajudá-la a se divertir mais. Agora venha!

Ele me tira da cadeira e me puxa pela mão. Pego a caneca para beber o que resta nela e descubro que já está vazia. Como isso aconteceu?

Meus passos são um pouco incertos quando Leandros e eu atravessamos a pequena multidão para chegar mais perto dos lutadores. Conseguimos abrir caminho até a frente. O grande bruto ainda não foi derrotado.

— Ver é só metade da diversão! — Leandros grita para ser ouvido em meio aos berros da plateia. — Vencer é o verdadeiro esporte.

Um garoto que não pode ter mais que doze anos corre pela parte externa do círculo, carregando uma grande taça diante dele.

— Depositem aqui suas apostas. Chances de dez contra um para o nosso mais novo oponente!

Um homem menor e com o nariz torto entrou no círculo de espectadores. Depois de tirar a camisa, ele gira os braços e pula de um pé para o outro.

Leandros exibe uma nota.

— Dez necos no bruto.

— Não é muito ousado, senhor — o menino responde, mas pega o dinheiro e o coloca na taça.

— Eu aposto para ganhar.

— E a moça? Vai apostar? Torça pelo menor, seja uma boa esportista! Ele ainda pode nos surpreender!

Estudo os dois oponentes com atenção, analisando seus movimentos. O de nariz torto é muito menor, mas está descansado, enquanto o bruto já gastou muita energia. Mesmo assim, o maior parece capaz de pegar o Nariz Torto e dobrá-lo ao meio com pouco esforço.

Estou prestes a me recusar a apostar quando percebo uma coisa.

O bruto estende os braços para a frente e, ao alongá-los, se encolhe quase imperceptivelmente, antes de massagear o lado direito do corpo.

Costelas machucadas, provavelmente. Embora esteja vencendo as disputas, sofreu alguns golpes. E está sentindo os efeitos.

— Por que não? — respondo enfim. — Digamos... — Finjo estar revirando os bolsos. — Vinte e cinco necos no homenzinho?

— Boa aposta, moça! — comemora o menino, arrancando o dinheiro da minha mão e se afastando depressa, como se tivesse medo de me ver mudar de ideia.

— Isso foi tolice — diz Leandros. — Você sabe, o menino só ganha migalhas do que o proprietário arrecada com as apostas.

— Não fiz isso por caridade. Apostei para ganhar.

O desdém se transforma em gargalhada.

— Não quero que fique azeda pelo resto da noite. Vai me culpar por perder seu dinheiro.

Reviro os olhos, e nos viramos para assistir à luta. Os adversários esperam em lados opostos de uma linha desenhada no assoalho, até que um mediador bate a mão no chão e eles se atacam.

Nariz Torto tem os pés rápidos e desfere golpes diretos contra o bruto antes de se afastar. O bruto o observa com atenção, mantendo os olhos em seus punhos. Depois de uma esquiva, ele solta um soco de esquerda e acerta em cheio o peito do menor. Ele é jogado vários passos para trás, mas não perde o equilíbrio.

Nariz Torto estala o pescoço para um lado, antes de avançar e soltar um soco contra o rosto do grandalhão. O bruto desvia do golpe e acerta o estômago do Nariz Torto.

Ele cai na minha frente.

A plateia enlouquece. Ouço os gritos de "Pontin, Pontin, Pontin" e deduzo que esse deve ser o bruto.

— Levante-se! — imploram algumas vozes, tentando incentivar o rapaz, que, no chão, parece fazer esforço para respirar.

— Mais sorte na próxima vez — Leandros me diz enquanto encolhe os ombros.

Mas ainda não acabou. Dou um passo adiante, agarro Nariz Torto pelo braço suado e o obrigo a ficar em pé. Ele se apoia em mim e, finalmente, consegue levar ar aos pulmões.

— Agora escute — falo em voz baixa. — Apostei muito dinheiro em você, e não vai me fazer perder, vai?

— Ele é muito forte, senhora — o homem responde, arfante.

— E tem uma costela machucada do lado direito. Pare de tentar acertá-lo no rosto e busque um alvo mais baixo. Quebre os ossos dele. — Sem dizer mais nada, coloco-me atrás dele e o empurro para a luta.

Leandros torce o nariz.

— Está cheirando a homem suado.

— Como se fosse possível sentir algum outro cheiro além do meu hálito de cerveja.

— Se eu estivesse perto o suficiente para cheirar seu hálito, mas...

A luta continua, e Leandros não termina a frase. Não quando o pequeno lutador investe contra Pontin com o punho esquerdo mirando sua cabeça, mas desfere um violento soco de direita contra suas costelas.

Gotas de saliva voam da boca de Pontin, mas Nariz Torto não para por aí. Com uma sequência de socos rápidos, ele surra Pontin como um padeiro sovando pão.

Em poucos segundos, o grandalhão cai.

E não se levanta.

A plateia se cala.

Levanto as saias, passo por cima do bruto caído e levanto o punho de meu pequeno lutador. Então o barulho explode, e meus ouvidos quase explodem também com a força da comoção.

Notas e moedas trocam de mãos rapidamente, e o vencedor se inclina para plantar um beijo ensanguentado em minha bochecha.

Estou inebriada demais com a vitória para me importar.

Satisfeita, volto ao meu lugar, e o menino com a taça reaparece, brandindo um enorme maço de notas em minha direção.

— Duzentos e cinquenta necos, senhora. Uma excelente aposta. Mas não gostaria de investir a quantia na próxima luta? Ninguém tem essa sorte só uma vez quando joga. Tem um bom olho para reconhecer o talento! E se eu ficar com esse dinheiro e colocá-lo mais uma vez em seu vitorioso?

— Talvez na próxima vez — respondo, e pego meu dinheiro, guardando-o.

Não consigo disfarçar o sorriso vaidoso quando olho para Leandros.

— O que disse a ele? — ele pergunta, olhando perplexo para seu campeão caído no chão, imóvel.

— Ele só precisava da atenção de uma mulher para encontrar a coragem para vencer a luta.

O mediador silencia a plateia com um apito.

— Quem vai enfrentar nosso novo campeão? Quem está pronto para ganhar algum dinheiro no ringue?

Seguro o braço de Leandros para levantá-lo, mas ele se solta.

— Fico satisfeito sendo apenas espectador.

Dou risada, ainda sob o efeito maravilhoso da cerveja, e vemos um novo oponente entrar no ringue.

Não apostamos mais nenhum dinheiro, mas Leandros e eu discutimos entre nós quem vai ganhar.

Depois de mais três lutas, Leandros perdeu completamente o orgulho.

— Ninguém acerta tantas vezes seguidas!

— Não é sorte — protesto. — É observação cuidadosa.

Apesar de eu ter vencido todas as apostas que fizemos entre nós dois, Leandros parece duvidar de mim. Suponho que tenha que continuar provando isso a ele.

Mas o lugar começa a esvaziar, os homens no círculo vão se retirando, ensopando de suor as pessoas que não saem da frente com a devida rapidez.

— A noite ainda é uma criança. As lutas já acabaram? — pergunto.

Leandros balança a cabeça e sorri.

— Só as *masculinas*.

— Masculinas? — repito.

Alguém seca o assoalho com um pano e espalha uma espécie de pó na área destinada aos lutadores. Imagino que seja giz.

Então uma mulher entra no ringue. Ela se veste com simplicidade, mas de maneira escandalosa, com as saias levantadas até a metade das coxas e presas por cordões.

Para poder lutar, percebo.

Ela é muito impressionante, cheia de músculos firmes e graça feminina. Com aquelas bochechas redondas, os olhos pequenos e o nariz delicado, ninguém jamais imaginaria como passa as noites. Ela mantém o cabelo bem preso.

Seu rosto é sério, sem sorrisos.

— Quem vai competir com a campeã da noite passada, a Víbora? — desafia o mediador, andando em círculos para analisar a plateia, que agora dobrou de tamanho. Alguém atrás de mim me empurra, e reajo projetando o quadril para trás com força.

— Por que deixam as mulheres por último? — pergunto.

— Porque as lutas são muito mais interessantes — Leandros responde.

— Sem dúvida porque a plateia consegue ter uma excelente visão das pernas delas?

Leandros não diz nada, o que confirma minhas suspeitas.

Finalmente, uma mulher entra no círculo de pó de giz. Ela tem ossos maiores que os da Víbora, mais curvas, mas sei que não vai vencer, porque seus movimentos são lentos.

— A Víbora vai acabar com ela — comento com Leandros.

— Vou apostar na desafiante.

Ele perde.

A Víbora faz jus ao nome. Seus golpes são rápidos, uma sequência ininterrupta, e a outra mulher não tem chance de defesa. Ela não devia ter deixado a adversária bater primeiro.

A Víbora enfrenta uma segunda oponente.

E a terceira.

A atendente traz mais cerveja, e perco as contas de quantas outras canecas ela me serve.

Há coisas que eu deveria estar perguntando a Leandros. Questões sobre Kallias, se ele já teve amantes no passado. Eu devia estar descobrindo... coisas. Alguma coisa que possa ajudar com minha reputação, será?

Mas não consigo lembrar, e no momento não me importo com nada disso. Estou me divertindo muito vendo a Víbora.

E noto que, toda vez que ela se prepara para um direto, contrai a mandíbula ligeiramente. Seus movimentos são bem previsíveis. Ela gosta de começar com golpes altos, acertando o rosto da adversária antes de descer até o estômago e bater para deixá-la sem ar.

— Quem é a próxima? — pergunta o mediador. — Quem vai enfrentar nossa campeã e ganhar uma parte dos lucros da casa se for vitoriosa? Você?

Ele aponta uma jovem delicada na frente do círculo. E a moça balança a cabeça com veemência.

— Você? — Uma garota mais forte, com um físico mais apropriado para o combate, mas que também recusa o convite.

Talvez seja a cerveja. Ou a euforia de todas as vitórias anteriores. Talvez seja meu desejo profundo de ser reconhecida pelo mundo.

— Eu vou competir! — anuncio.

Leandros vira a cabeça bruscamente, o rosto tomado pela confusão, como se alguém tivesse falado por mim.

— Excelente! Temos uma lutadora. Aproxime-se, jovem!

Dou um passo, mas Leandros segura meu braço com força.

— O que está fazendo?

— Competindo.

— Não pode! O rei vai pedir minha cabeça.

Eu me inclino para a frente.

— Que bom que não precisamos contar nada disso a ele.

— Alessandra! Você é uma dama!

— Hoje não — lembro, puxando o braço para me soltar antes de entrar no círculo.

Olho para minhas saias pesadas, mas perco o equilíbrio quando abaixo a cabeça. Por sorte, consigo me recuperar antes de cair.

— Alguém tem um cordão para me emprestar?

Pelo menos cinco homens arrancam faixas de cabelo, gravatas, cintos e outros itens das vestes para oferecer a mim.

Aceito um cinto, que uso para levantar as saias e prendê-las longe das pernas, apertando-o até fechá-lo nas costas.

Ouço vários assobios de apreciação.

Que bom que Leandros providenciou roupas velhas para eu usar esta noite. Odiaria arruinar um dos meus vestidos.

— Como é seu nome, moça? — pergunta o mediador.

Penso em dar meu nome verdadeiro, mas prefiro a ideia de um apelido mais divertido, como Víbora.

Uma imagem de Kallias me vem à mente, da posição que desejo com tanto ardor.

— Pode me chamar de Rainha das Sombras.

O mediador grita o título para a plateia. O menino com a taça corre por fora do círculo, e os cavalheiros e as damas fazem suas apostas.

— Ao centro, senhoras.

Mantenho os olhos nos queixos dela.

Sim, são dois. A mulher não tinha um só quando começou a lutar?

— Lutem — diz o mediador, batendo com a mão no chão.

A Víbora ataca meu rosto imediatamente, como eu já esperava. Eu me abaixo e acerto um soco bem no meio de seu estômago.

Ela recua, levando os braços ao local onde foi atingida. A plateia enlouquece, e minha mão pulsa. Mantive o polegar protegido, mas pele e articulações não estão acostumadas a esse tipo de contato.

A Víbora se recupera um instante depois, balançando as mãos como se pudesse se livrar da dor dessa maneira. Ela se aproxima de mim saltitando, e olho diretamente para seu rosto.

Vejo a mandíbula se contrair e o punho esquerdo se projetar. Dou um passo para o lado, tento acertar um direito em seu rosto, mas ela bloqueia meu ataque com um braço que parece ser de aço, e sinto o impacto na forma de uma vibração.

Ela acompanha a defesa com um soco em meu rosto.

Dessa vez não desvio.

O golpe acerta a área logo abaixo do meu olho, e meu pescoço estala com o movimento da cabeça.

A gravidade se impõe, me puxa para o chão. Vejo fileiras e fileiras de pernas vestidas com calças do lugar onde caio. Estão girando. Não, a sala toda está rodando. Sinto um líquido escorrendo pelo meu rosto. Sangue? Lágrimas? Saliva? De algum lugar distante, penso ouvir a voz de Leandros.

Depois tudo escurece.

CAPÍTULO 14

— Menina tola, tola — Leandros repete quando chegamos ao castelo, nas primeiras horas da madrugada. Desde que recuperei a consciência, ele não fez nada além de me obrigar a engolir pão e água. Estou praticamente sóbria, mas o lado esquerdo de meu rosto parece ter sido atingido por um tijolo. Cortesia da Víbora.

Percorremos um corredor silencioso. Criados e homens do rei há muito se recolheram para seus aposentos.

— Na hora achei que fosse uma boa ideia — digo.

— Da próxima vez, não beba tanto.

— Aquela cerveja de camponês é forte.

— Qualquer cerveja é forte se você bebe seis canecas.

Toco hesitante a região do meu olho e me contraio.

— Não acredito que machuquei meu melhor atributo. — Não sei o que vou fazer a respeito do olho roxo. Vou ter que operar um milagre com meus pós faciais para esconder o hematoma.

Chegamos à porta dos meus aposentos, e Leandros baixa a voz ao me encarar.

— Todos os seus atributos são os melhores. Nenhuma mulher chega aos seus pés.

Ele se inclina e beija a parte escura em torno do meu olho. Quando recua, olha para minha boca.

Foi uma noite incrível. Não a esquecerei tão cedo. E Leandros é bonito. Bonito demais para o próprio bem.

Levanto a mão para tocar o cabelo castanho-dourado e deslizo a mão para a parte de trás da cabeça com a intenção de puxá-lo para mim.

Mas paro.

Estou aqui para seduzir o rei. Não seu amigo de infância.

Mas ele saberia sobre um beijo?

Não seria um beijo. Não tenho dúvida de que Leandros beija muito bem, e em pouco tempo eu o levaria para dentro do meu quarto.

Quero um reino ou uma experiência na cama? Não deveria ser tão difícil tomar essa decisão. Mas faz semanas desde a última vez que estive com alguém.

Suspiro e abaixo a mão.

— Boa noite, Leandros. Obrigada por hoje. Não esquecerei.

Um sorriso triste toca os lábios dele, mas, sempre cavalheiro, Leandros assente e se afasta pelo corredor.

Arrependo-me da decisão assim que fico sozinha no corredor vazio e frio, mas é tarde demais para mudar de ideia.

Pego a chave do meio do dinheiro que guardei no bolso e entro no quarto.

Primeiro chuto os sapatos, depois esvazio os bolsos e deixo tudo em cima de uma mesa. Então levanto a cabeça.

Kallias está no quarto.

Ele está sentado na minha cama, de pernas cruzadas. Os punhos da camisa estão desabotoados, mas ele continua de luvas. Não usa colete ou paletó, e uma pequena porção da parte de cima do peito aparece, sem uma gravata ou colarinho fechado.

Apesar de parecer relaxado, ele está completamente alerta.

— Teve uma noite agradável? — pergunta sem olhar para mim, sem que a voz ofereça alguma sugestão de sua verdadeira disposição.

— Tive.

— Parece que Leandros também se divertiu. Por que não se despediu dele com um beijo?

Ele estava ouvindo. Devia estar. Ah, nunca me senti mais grata pela coragem de rejeitar Leandros.

— Uma dama nunca beija depois do primeiro encontro.

— Então queria? — Agora ele olha para mim. E o olhar encontra meu olho roxo como uma flecha buscando um alvo. Depois se levanta e vem em minha direção.

— O que aconteceu? Leandros...?

— É claro que não.

Ele levanta a mão para tocar meu rosto, e fico perfeitamente imóvel. Um dedo enluvado toca por um breve instante a pele embaixo do meu olho. O couro da luva é liso e frio.

As mãos de Kallias se fecham, e ele abaixa os punhos cerrados.

— Ele me levou ao boxe.

— Boxe?

— Sim, para ver as lutas. Depois de vencer várias apostas seguidas, decidi tentar.

Kallias parecia ter ouvido uma pergunta para a qual não existia resposta.

— *Por quê?* Para que fazer isso? Você apanhou!

Endireito as costas.

— Bom, sim. Mas me diverti muito antes disso.

Uma risada arfante escapa por entre os lábios do rei, e posso ver que não é uma demonstração de bom humor.

— O que está fazendo aqui? — questiono com irritação.

— Cancelei as reuniões desta noite — ele diz. — Pensei em surpreender você com um convite para sair, mas não a encontrei em lugar nenhum. E decidi esperar.

— Quantas horas passou sentado na minha cama?

Ele desliza os dedos pelo cabelo em um gesto nervoso.

— Por que passar a noite com Leandros?

— Importa com quem passei a noite? Ele é gentil e divertido, e *tem tempo para mim*.

Kallias fica quieto por um momento, como se tentasse formular o próximo argumento. Não dou a ele essa oportunidade.

— Eu concordei com seu plano — digo. — Estou fingindo ser sua namorada. Mas sabe o que mais faz parte do acordo, Kallias? Amizade. Você prometeu que seria meu amigo. E não estava cumprindo a promessa. Tive que procurar amizade em outro lugar.

— Você tem Rhoda e Hestia.

— Rhoda e Hestia não vão me tirar para dançar nas festas. Sabia que nenhum homem se aproxima de mim? Sou vetada. É como se eu tivesse contraído a praga.

Ele fica em silêncio.

— Leandros e os amigos dele são os únicos que me tratam como uma pessoa, não como uma futura rainha. Sabe por que eles têm empatia comigo?

Porque também sabem como é ser chamado de amigo e depois deixado de lado. Talvez eu *tenha* me sentido tentada a beijar Leandros. Talvez esteja solitária. Certamente você sabe como é isso!

Kallias reage como se eu o tivesse esbofeteado.

Não sinto pena. Nem um pouco.

— Não sou uma boneca que você pode enfeitar e deixar no canto até se sentir disposto para brincar, Kallias. Sou uma pessoa. E, se não pode respeitar isso, pego minhas coisas e vou embora amanhã.

Ai, espero que não seja o resto de cerveja falando por mim. Com certeza é minha mente sensata, certa de que Kallias não vai desmascarar meu blefe. Que vai se desculpar e me implorar para ficar. Que vai mudar seu jeito e começar a me dar atenção.

Ou talvez eu não consiga evitar a ameaça, bêbada ou não. Kallias me causa uma raiva que ninguém mais jamais causou. Nem meu pai.

Prendo a respiração e espero que ele fale alguma coisa.

As sombras do rei se expandem, são como chamas envolvendo todo o seu corpo. Ele se vira e sai sem olhar para trás, desaparece pela parede de pedras sólidas.

Ai, céus.

O que foi que eu fiz?

Caio na cama. Apesar de tudo estar dando errado, não consigo resistir à exaustão. O boxe, combinado ao adiantado da hora, praticamente me arrasta para o esquecimento.

No entanto, antes de adormecer, sinto a pele em volta do meu olho roxo esquentar. Não é dor. Não é a lembrança de um beijo ali depositado.

É o fantasma da mão coberta por uma luva.

Minha cabeça pulsa assim que acordo. É uma combinação perfeita de cerveja demais e uma péssima noite de sono.

E, para completar, tudo desandou.

Que opção eu tenho além de cumprir minha ameaça e ordenar aos criados que comecem a fazer minhas malas? As palavras queimam em minha garganta quando dou as ordens, e perco a paciência com dois lacaios que são lentos demais para meu gosto.

Depois de um momento, percebo que esse trabalho vai consumir horas. Não faz sentido ficar ali esperando que eles terminem.

Melhor tentar viver meu dia normalmente.

Rhoda e Hestia conversam, enquanto eu olho para o assento vazio na ponta da mesa no grande salão. Kallias não está ali.

Voltarei a vê-lo antes de partir?

E por que diabos estou esperando minha bagagem ser preparada antes de ir embora? Ela chegará à propriedade de meu pai, mesmo que não viaje comigo.

Na verdade, acho que não voltarei à residência Masis. Como poderia, depois de declarar que não preciso de meu pai?

E, honestamente, prefiro não ver a cara dele tão cedo. Não, vou para uma hospedaria. Melhor ficar sozinha por um tempo, até conseguir repensar tudo.

Aquela cadeira continua vazia durante todo o almoço. É claro, ele não quer me ver.

Eu o perdi. Perdi um trono, uma coroa, a admiração de um reino, o poder de ser uma rainha.

Volto aos meus aposentos sem pressa, depois de passar a tarde na sala de estar, costurando. Como se algum plano brilhante para salvar tudo pudesse me ocorrer se eu tivesse tempo.

O que vou fazer? Vou realmente me deixar perder tudo?

Primeiro, é melhor examinar meu olho, verificar se o pó facial continua cobrindo o hematoma. Depois... Não sei o que fazer depois.

Se minha bagagem estiver pronta, vou embora. Se não, adio um pouco mais a partida.

Entro em meus aposentos, preocupada por não ouvir a movimentação de pés. Devem ter terminado o serviço! Quando chego ao quarto, porém, me deparo com o inesperado.

É como se eu não tivesse dado ordem nenhuma. O quarto foi limpo. A cama está arrumada. O pó foi removido da mobília. Mas o guarda-roupa ainda está ocupado pelas minhas roupas. Todos os meus cosméticos continuam sobre a penteadeira.

A bagagem não foi preparada.

Aqueles criados preguiçosos. Volto ao corredor com passos firmes, ansiosa para encontrar alguém com quem gritar, e sou imediatamente abordada por um serviçal.

— Milady. — Ouço antes que possa pronunciar qualquer palavra. — O rei solicita sua presença. Pode me acompanhar?

Sim, posso e quero. Kallias tem mais alguma coisa a dizer sobre os eventos da noite passada? Ele quer me banir do palácio em público? Expulsar-me por ter saído com alguém que um dia foi seu amigo?

Contudo, se existe ao menos uma pequena chance de ele querer esquecer a discussão e voltar ao que éramos antes, preciso aproveitá-la. Posso seduzir um rei, mesmo que só o veja durante meia hora, duas ou três vezes por dia, não? Posso superar as festas nas quais nenhum homem fala comigo. É por pouco tempo. Até poder me casar com o rei, depois matá-lo. Então poderei ter toda a companhia masculina que quiser.

Mas, inferno, por que Kallias tem que tornar tudo tão difícil?

O serviçal me leva ao primeiro andar e passa por uma saída no fundo do palácio. Ele para diante de uma carruagem simples e abre a porta para mim.

Lá dentro, vejo o contorno de uma calça preta e sapatos elegantes.

Kallias?

Ele vai me acompanhar pessoalmente até a saída do palácio? Por quê?

Com um supremo esforço para manter a dignidade, entro na carruagem e sento na frente do rei.

A porta é fechada, e Kallias usa o florete que repousa a seu lado para bater duas vezes no teto do veículo.

Depois de um estalo de rédeas e do movimento brusco de cascos dos cavalos, partimos.

As sombras dançam nas almofadas, em torno de suas pernas e dos ombros. Ele usa uma camisa de algodão branco. Sem paletó ou colete. Embora esteja de luvas. A calça de hoje é muito simples. Os sapatos são bons, mas suspeito que seja por ele não ter nada diferente.

A expressão sugere que ele está esperando que eu faça uma pergunta. *Por que estamos aqui? Para onde está me levando? Ainda está zangado?*

Mas não dou a ele esse prazer.

Levanto o nariz e olho pela janela, para a paisagem. Não há muito o que olhar. Casas e ruas de pedras e pessoas comuns cuidando de seus afazeres diários.

Mas então a carruagem faz uma curva, e sou jogada do meu lugar para o colo de Kallias.

A sensação lembra fumaça passando pelos meus membros, e meu nariz é invadido pelo cheiro almiscarado de lavanda e menta. Mas não sinto o contorno de Kallias contra o corpo.

Quando abro os olhos, percebo que não caí em cima dele.

Passei através dele.

Estou dentro dele.

Estou de joelhos no assento que o rei ocupa, envolta por ele e suas sombras.

— Aah!

Jogo o corpo para trás, temendo que, de alguma forma, ele grude em mim. Que eu tenha capturado as sombras, que fique encapsulada para sempre na escuridão.

A sensação enfumaçada diminui no mesmo instante em que a carruagem para de repente. Tenho que plantar os pés com mais firmeza para não cair para a frente, novamente sobre o rei.

Mas então percebo...

— Eu o toquei.

Infringi a lei.

Ele já está zangado comigo.

E agora, o que vai fazer?

Levanto a cabeça e vejo que Kallias ainda está inteiro. Não o desmontei ao cair sobre a massa incorpórea e móvel que é seu corpo.

Seu rosto ainda é duro como pedra, embora não tenha mais a mesma solidez de antes.

— Tudo bem, Majestade? — pergunta o condutor.

Os olhos de Kallias não se desviam dos meus.

— Estamos bem. Siga em frente.

— Sim, Majestade.

Percebo que estamos nos movendo montanha acima, não abaixo. Por isso caí do assento, por isso sinto como se estivesse prestes a cair de novo.

E agora receio que o rei esteja me levando a algum lugar para me matar.

Eu poderia fugir? Saltar da carruagem e desaparecer, antes que ele consiga me seguir? E o que vai ser de mim, então?

Eu deveria tentar. Deveria pensar em alguma coisa.

— Você é de verdade? — pergunto, antes de conseguir deter as palavras que saltam de minha boca.

— Bastante — ele responde.

— Mas você não é sólido. É todo... de sombras. Machuquei você? É por isso que não quer ser tocado? Vai me matar? — As perguntas se atropelam, cada uma começando antes de a outra terminar.

Ele toca o cabo do florete. Espero que seja para ocupar as mãos, não porque está pensando em usá-lo em mim.

— Não — responde finalmente. — Para todas as perguntas.

Meu coração se acalma um pouco. Ele não tem motivo para mentir para mim. Se fosse me matar, imagino que já teria matado.

— Como é que consegue tocar a espada, mas não a mim?

Ele não pode ser tocado por coisas vivas? Isso tornaria muito difícil a consumação de um casamento, com certeza. Mas eu senti a pressão da luva no rosto.

Por um segundo, as sombras desaparecem. Tudo que resta é Kallias. Real. Humano. Corpóreo. Tocável.

Bonito.

E, no segundo seguinte, ele é novamente cercado de sombras.

— Posso ligar e desligar a habilidade — diz. — Posso forçar meus dedos a se solidificarem para pegar alguma coisa, enquanto o resto de mim continua intangível.

— Mas por que a lei? Se ninguém pode feri-lo, por que proibir as pessoas de tocá-lo? Por que as luvas? *Dói?* Tocar alguém diretamente, pele com pele?

— Não sinto dor quando toco alguém. A menos que estejam me machucando de algum jeito.

Então por quê? Quero gritar. Por que afastar todo mundo? Por que se isolar de todos? Por que viver sozinho e sem contato físico?

— Se eu tocasse alguém diretamente quando não estivesse na forma de sombras, minha habilidade desapareceria sempre que eu estivesse na presença dessa pessoa. Eu ficaria corpóreo sempre que ela estivesse por perto. Ficaria suscetível a morte, dor e todo o resto. Meu pai viveu mais de trezentos anos. Uma vida longa e solitária, até decidir se casar com minha mãe. Então ele se tornou mortal. Ela era a âncora que o mantinha no nível do concreto. E qualquer um poderia matá-lo quando minha mãe estivesse por perto. E mataram — conclui. — Apaixonar-se foi o que o matou. Agora entende por que eu quero apaziguar o conselho sem realmente cumprir a vontade deles. Alguém matou meus pais, e farão o mesmo comigo se eu me permitir essa aproximação com alguém. Às vezes até penso se a morte de meu irmão foi mesmo acidental.

Não ouso perguntar nada, por medo de que ele pare de fazer confidências.

— Ele não era como eu, sabe? — diz Kallias. — A habilidade passa de pai para filho. Mas meu irmão Xanthos? Ele não a tinha. Creio que por isso morreu tão jovem. Alguém quis tirá-lo da linha de sucessão. Meu pai era muito mais protegido. Demorou mais para encontrarem um jeito de acabar com ele.

Mal posso acreditar que ele está confiando tanto em mim. Mas também não consigo deixar de pensar que isso pode ser uma espécie de teste.

— Quando entrou no meu quarto naquela noite, queria saber exatamente o que eu tinha falado. Porque se as pessoas pensassem que tínhamos nos tocado...

— Viriam atrás de mim — o rei conclui. — E eu teria que estar sempre alerta.

— Por que está me contando tudo isso? Tem certeza de que não vai me matar?

— Você estava certa, Alessandra. Ontem à noite. Em todas aquelas coisas que disse. Tenho medo de viver de verdade. Estar com você fora das refeições, sempre tão vigiadas, me torna vulnerável. Se alguém descobrisse meu segredo, se nos tocássemos por acidente... eu poderia ser morto. Mas isso não é vida. Não posso ter ninguém perto de mim fisicamente, mas isso não significa que não posso deixar você entrar na minha vida. Eu... gosto de você e espero que goste de mim também.

Algo em mim... amolece. Tem alguma coisa em olhar para esse homem sombrio, poderoso, e ouvir o que ele espera para nós. Desperta em mim o desejo de tornar essas expectativas reais.

Antes de acabar com a vida dele, é claro.

— Então, está me levando...? — pergunto.

— A um dos meus lugares favoritos. Vamos passar um tempo juntos. Fora do palácio. E não porque assim vamos convencer o conselho de nosso envolvimento, embora isso seja um benefício. Vamos sair juntos porque somos amigos, e você merece um pouco de diversão de verdade.

— A noite passada foi divertida.

— Diversão comigo — ele esclarece, levantando o queixo. — Não vai mais haver noites com Leandros.

Levanto uma sobrancelha.

— Estou tentando fazer concessões. Vou passar mais tempo com você, e não podemos deixar que o conselho descubra que está compartilhando seus favores com mais de um homem.

— Muito bem — concordo. — Mas me reservo o direito de encontrar quem eu quiser se você voltar a se comportar como um idiota.

Às vezes me pergunto se é questão de tempo até eu ir longe demais. Até dizer alguma coisa que finalmente o tire do sério e o convença a se livrar de mim de uma vez por todas.

Mas descobri que, durante todas as nossas conversas, não tive que fingir. Quando falo coisas, é porque sinto e penso de acordo com elas. Posso estar tentando conquistar o coração de um rei, mas...

Ainda sou eu mesma.

Isso nunca aconteceu antes.

— É justo — responde.

Eu o recompenso com o mais encantador dos sorrisos, e não é forçado.

— Será que posso me sentar a seu lado? — pergunto. — Para não cair do banco de novo? A subida é muito íngreme.

Ele responde deslizando para o lado na almofada. Eu me acomodo ao lado dele, e só minhas saias tocam suas sombras.

— Muito melhor. Obrigada.

CAPÍTULO
15

Quando a carruagem para, o condutor salta de seu poleiro, abre a porta e estende a mão para me ajudar a descer o único degrau. A sobressaia de hoje é fina, de um tecido verde que brilha ao sol. A calça embaixo dela é justa, confeccionada de forma que o tecido preto drapeado crie a impressão de pétalas de flor.

— Não tive a oportunidade de elogiar seu traje.

— Este é um dos poucos que eu ainda não tinha usado. Estava brava com você e não queria me vestir com sua cor favorita.

— Mas decidiu usá-lo mesmo assim?

— Pensei que assim o deixaria mais zangado quando me visse partindo com todas as minhas coisas.

Ele sorri.

— E eu teria deixado. — Kallias olha para o condutor. — Pode ir dar uma caminhada. Não vamos precisar de sua assistência por algum tempo. Voltaremos quando decidirmos.

O condutor assente, antes de se afastar por uma trilha à esquerda da carruagem. Ele desaparece entre as árvores. Kallias pega o florete dentro da carruagem e o prende à cintura. Depois pega um grande cesto de vime do compartimento de bagagens, em cima do veículo.

— Por aqui — diz.

Quando segura o cesto com uma das mãos, o vime desaparece de repente, envolvido por completo pelas sombras, até todo o objeto ser cercado por elas, como o rei.

— Quando toca alguma coisa, ela se torna intangível como você? — pergunto.

— Tenho que segurar o objeto com a mão corpórea. Depois, quando retorno ao estado de sombras, o objeto se transforma comigo. Uma bênção — acrescenta. — Ou a corte ficaria muito agitada quando as roupas que visto me atravessassem.

Não posso deixar de rir disso.

A grama é macia sob meus pés no caminho pelo qual Kallias me leva na direção oposta à do rio. O terreno acompanha o sobe e desce do relevo das colinas. Estou grata por ter vestido uma calça e escolhido botas mais resistentes.

— Não se preocupa por estar aqui em cima sozinho? — pergunto.

— Por que me preocuparia? Eu não posso ser ferido.

— Mas eu posso.

— Não se preocupe. Vários cavaleiros nos seguem a uma distância discreta. Usamos uma carruagem comum, em vez do veículo real. Meus homens circulam pelos limites desta área. Além do mais, ninguém passa por aqui a menos que queira atravessar a fronteira para outro reino, e por que alguém faria isso? Invasores não podem vir para o nosso lado, porque há homens postados do outro lado da montanha. E não carrego esta espada só pelo visual — ele acrescenta. — Sei usá-la. Fique tranquila, o único perigo por aqui sou eu.

— E devo ter medo de você?

— Nunca.

Além da próxima subida, vejo um grande carvalho, com galhos que oferecem uma sombra agradável em meio ao ar morno. Vejo um lago a algumas dezenas de metros, a superfície ondulando pelo contato de insetos com a água ou um peixe fazendo uma breve aparição.

Um campo de narcisos se estende à nossa volta, as pétalas douradas balançando ao vento, colorindo tudo como o cenário de uma pintura perfeita.

Isso me dá ideias para a criação de novas roupas. Na próxima vez que vier aqui, vou trazer meu bloco de desenho.

Kallias retira um cobertor xadrez vermelho e branco do cesto e o estende à sombra da árvore. Ele se acomoda sobre o cobertor de pernas cruzadas e então começa a verificar o que mais tem na cesta.

Eu me sento ao lado dele. Perto, mas não o suficiente para tocá-lo.

— É bonito aqui — digo.

— Minha mãe nos trazia a este lugar quando éramos meninos, Xanthos e eu. Brincávamos na lama, pegávamos sapos, colhíamos flores. Ela nunca estava ocupada demais para nós, apesar de ser uma rainha.

— Parece que ela era divertida.

— Era. Eu... sinto saudade dela. — E olha para os narcisos. — Minha mãe adorava flores. Até hoje os zeladores da propriedade tomam todas as providências para manter seus canteiros de flores na área externa do palácio.

Finalmente ele está se abrindo. É disso que preciso para nos aproximar mais.

— Sinto muito — digo. — Também perdi minha mãe. Eu tinha onze anos quando a doença a levou. Por alguma razão, mal me lembro dela. Lembro-me principalmente de minha governanta. Não via minha mãe com muita frequência. Meu pai a amava profundamente, e não suporto meu pai. Por isso penso se teria gostado dela caso a tivesse conhecido bem... Lamento que tenha perdido a sua.

— Obrigado. — Ele respira fundo. — Mas não trouxe você aqui para falar de coisas tristes. Viemos aqui para comer. — Ele gesticula mostrando toda a comida que arrumou diante de nós.

Tem comida suficiente para vinte pessoas. Vejo pelo menos cinco tipos diferentes de sanduíche, de pepino a porco desfiado. Morangos limpos e calda de chocolate para banhá-los. Coxas de frango temperadas com alecrim. Folhas verdes picadas com tomates e cenouras. Cachos de uvas.

Minha boca saliva diante de tudo isso.

Kallias e eu saboreamos a refeição, e dessa vez ele ouve atento quando relato a noite anterior golpe a golpe. Eu me orgulho das apostas que fiz. Quero contar a ele como descobri os pontos fracos daquelas pessoas e os usei em proveito próprio.

— Você seria uma excelente general. Talvez eu deva demitir Kaiser e contratar você para o lugar dele.

Lambo calda de chocolate dos dedos.

— Lamento, mas não tenho conhecimento sobre armas. Embora tenha sempre uma adaga comigo.

A que usei para matar Hektor.

— Isso é bom. É preciso estar sempre preparado para o imprevisível. — Ele se deita de costas, de estômago cheio, e nós dois desfrutamos do momento de solidão. Estamos livres do palácio. Livres de responsabilidades neste lindo lugar.

— É uma pena não ter lembrado de trazer trajes de banho para nós. A água é muito refrescante nesta época do ano — ele observa.

— Quem disse que precisamos dos trajes de banho?

— Sua roupa é limitadora, e a sobressaia absorveria água como uma esponja. Você se afogaria.

— Não sugeri que ficássemos vestidos. — Falo antes de perceber que as palavras podem ser ousadas demais.

Kallias olha para mim com um sorriso travesso.

— Ora, Lady Alessandra, quanto mais a conheço, mais gosto de você.

Ele se levanta, segura a gola da camisa de algodão e a tira com um único movimento. Olha para mim contestando o blefe, me desafiando a tirar a roupa.

Só me distraio por um momento com a visão dos músculos de seu peito. Ficavam bem escondidos embaixo da camisa solta. Sob as camadas de coletes e jaquetas que ele costuma usar.

Mas agora ele está à mostra, e decido que essa é sua melhor versão.

Olho dentro dos olhos dele enquanto abro os botões da sobressaia. Depois de desabotoar o traje, eu me dispo, fico apenas de calça e uma blusa justa e sem mangas.

— Seus guardas? — pergunto.

— Não podem nos ver — ele responde, e sua voz fica mais profunda a cada palavra. Depois se vira, como se tivesse que fazer um grande esforço para isso.

Ele se vira!

Mas que diabos?

— O que está fazendo? — pergunto.

— Esperando minha amiga tirar a roupa e entrar na água.

Ah, é assim que vai ser?

Essa é a realidade das coisas entre nós ou Kallias está tentando impor à força essa distinção no nosso relacionamento?

Fazendo todo o barulho que posso, tiro as botas e a calça, dispo a blusa e os trajes de baixo e depois me aproximo da água, imaginando se Sua Majestade vai espiar. Se é só uma encenação ou se ele planeja me pegar desprevenida.

Ele nem se mexe.

O Rei das Sombras é um tremendo estraga-prazeres.

A água é fria no início, mas me acostumo depois de alguns segundos e me atrevo a afundar mais e mais, até todas as partes importantes estarem cobertas.

— Pronto — aviso a ele.

O rei se vira e move o dedo, descrevendo um círculo. Minha vez de ficar de costas enquanto ele tira o restante das roupas.

Meus dedos dos pés afundam no lodo macio quando me viro para o outro lado. Evito pensar em todas as criaturas que habitam o lago e, em vez disso, tento imaginar como é o corpo de Kallias nu. Toda aquela pele bronzeada e os músculos firmes.

Estou tão distraída que me assusto ao ouvir passos atrás de mim.

— Pode olhar agora — ele diz.

A água é tão turva que posso ficar na frente de Kallias e não ver nada abaixo da superfície.

Que pena.

Ele disse que não podia tocar. Não falou nada sobre olhar. Então, por que quis se virar de costas? E por que me obrigou a me virar também?

Fico desanimada de repente e me apresso em pensar em alguma coisa para dizer, antes que nosso passeio se torne desconfortável.

— É mais fácil flutuar cercado de sombras? — pergunto.

— Na verdade, sim.

Ele está submerso só até a cintura, o que me permite ter uma boa visão de seu tronco. Não tem nenhuma marca nele. Nem cicatriz nem sarda. Como pode ser tão perfeito?

O silêncio se prolonga, enquanto nós dois pensamos sobre o óbvio. Estamos nus. Em um lago. E não fazemos nada.

Como foi que minha vida se transformou nisso?

Preciso dizer alguma coisa. Mas todos os assuntos que passam pela minha cabeça são terrivelmente impróprios.

— Você é virgem? — pergunto.

Bom trabalho, Alessandra.

Mas ele parece se divertir com a pergunta.

— Não. Você é?

Eu devia dizer que sim. Toda a reputação de uma dama depende disso, como bem sei. Mas o jeito como ele formula a pergunta, com toda a franqueza, me faz pensar...

— Teria alguma importância se eu não fosse?

— Nenhuma — ele responde sem pestanejar.

— Mas é praticamente uma lei tácita que as damas sejam virgens em sua noite de núpcias.

— Eu não criei essa lei. Na verdade, fiz questão de assegurar às mulheres os mesmos direitos dos homens. É o que minha mãe teria desejado. Além do mais, como os homens podem desejar que todas as mulheres permaneçam virgens, e eles não? Essa conta não fecha.

Ele está falando sério. Passei esse tempo todo preocupada com Myron e a chance de ele estragar tudo, e não precisava ter me incomodado com isso.

Assim que voltarmos, a primeira coisa que vou fazer é executar suas dívidas.

— Não — respondo finalmente. — Não sou virgem. — E me apresso a acrescentar: — Então, você se permite tocar as pessoas, afinal?

— Eu tocava, sim. Antes de ser rei.

— E essas mulheres não estão por perto para anular sua habilidade?

— Quando eu era mais jovem, pagava bem pela atenção das mulheres. Cortesãs, em sua maioria, a quem eu dava pequenas fortunas para que pudessem recomeçar a vida em um dos outros cinco reinos.

— Isso é... inteligente.

Ele olha para a água, para as gotas que caem de seus dedos.

— Quase me arrependo. Quem sabe fosse melhor não saber o que estou perdendo.

Talvez eu devesse demonstrar empatia. Em vez disso, pergunto:

— Um ano inteiro de celibato?

— Sim.

— E planeja continuar assim? — Talvez haja pausas desnecessárias entre uma palavra e outra, mas não consigo evitar. — Não deve valer a pena.

Ele encolhe os ombros.

— Sou o homem mais poderoso do mundo e vou viver para sempre. Imagino que os homens abririam mão de muito mais só pela imortalidade.

Hum. O que eu daria por esse poder?

Suponho que não tenha importância. Tudo que preciso fazer é investir meu tempo. Não preciso desistir de nada.

— De onde vem essa habilidade das sombras? — pergunto.

— Minha família reina desde o início dos tempos. Bem, foi o que me disseram. Um de meus ancestrais, um homem chamado Bachnamon, teve que lutar para manter seu trono. Muitos atentados foram cometidos contra a vida dele. O próprio primo tentou usurpar o trono. Primeiro ele rezou pedindo ajuda aos deuses. O deus da força. O deus da sabedoria. O deus da justiça. Ele pediu força para manter seu poder, para ser forte o bastante para destruir os inimigos. Queria que sua linhagem se mantivesse no poder para sempre. Ninguém o atendeu.

"Então, ele rezou para os demônios. O demônio do sofrimento. O demônio da vingança. O demônio da dor. O último respondeu. O poder das sombras foi concedido a Bachnamon. Ele se tornou invulnerável à morte e à dor, desde que permanecesse em sua forma de sombras. Mas, como essa habilidade foi conferida por um demônio, havia um preço. Ele teria a imortalidade, desde que passasse a maior parte de seus dias nas sombras. Se não, a habilidade seria passada para seus filhos."

Fico ali digerindo toda essa informação por um momento, enquanto vejo fios de sombras subindo pelos seus braços.

Olho em seus olhos, mas o vejo atento a uma gota de água que escorre de meu ombro.

Ele tosse.

— Agora é minha vez de perguntar. Quero saber sobre os homens que tiveram a sorte de receber seus favores. Houve mais de um? — E seu tom de voz muda. — Tem alguém esperando por você agora?

A dúvida parece enchê-lo de horror.

— Não tenho ninguém agora. Mas, como disse, cresci recebendo pouca atenção da família. Então, eu a procurava em outros lugares.

— Ah, Alessandra. Se a tivesse conhecido antes... Eu nunca a ignoraria.

— Que rei galante.

— Quantos homens?

Dezenas.

Em vez de responder, devolvo:

— Quantas mulheres?

Acredito que nossas respostas sejam semelhantes.

— Muito bem. Fique com sua resposta, e fico com a minha — ele decide.

— É justo. E agora, posso nadar?

— É claro. Mas, se eu chegar primeiro ao outro lado do lago, você vai ter que responder qualquer pergunta que eu fizer.

— Combinado — respondo, e parto imediatamente.

Mas ele vence.

— Quero saber sobre o primeiro rapaz — ele anuncia. — Como começou e como acabou?

Só penso em Hektor Galanis quando me lembro de sua morte. O início de nosso relacionamento é algo em que não penso muito.

— Ele era o quinto filho de um barão — começo. E percebo que talvez não deva falar dele no passado. Estou praticamente admitindo que sei que está morto, e há uma investigação em andamento. Preciso ser mais cuidadosa com as palavras. — Meu pai tem negócios com o pai dele — continuo. — Ele foi à nossa propriedade com os outros irmãos. Os mais velhos se interessaram por Chrysantha assim que chegaram. Mas Hektor me escolheu. E eu me senti atraída por ele só por isso. Eu tinha quinze anos. Na época não tinha nenhuma experiência com os homens. Mal os via, trancada em casa como vivia. Devorei os elogios de Hektor. Sentia grande prazer com sua proximidade. E, na segunda visita que fez com o pai, ele me levou a um canto mais reservado da casa e me beijou. Na visita seguinte, ele me despiu.

Kallias é o melhor ouvinte que já conheci. Ele consegue ficar imóvel e aquietar as sombras à sua volta.

— Isso continuou por dois meses. Naquela época, felizmente eu tinha uma criada que me ensinou como prevenir a gravidez. Aprendi as coisas da alcova. Hektor tinha grande prazer em me instruir e satisfazer. Até que encontrou outra pessoa. Uma pessoa nova, inexperiente e disposta a se deitar com ele. E foi assim que acabou. — Faço uma pausa, pensando que a história pode ser encerrada aqui, mas me sinto impelida a acrescentar: — E jurei que nunca mais me apaixonaria. Então, todos os homens depois de Hektor foram usados e descartados assim que eu me cansava deles.

Encontro uma área de água mais fria e recuo alguns passos. Não sei se Kallias está perturbado com o que acabei de contar ou se não sabe o que dizer, então pergunto:

— Já se apaixonou por alguém?

— Não — ele responde. — Nunca. Como é?

— Horrível.

O silêncio se prolonga, mas não de um jeito desagradável. Sinto-me mais próxima de Kallias do que jamais estive. Exposta de um jeito que não tem a ver com minha nudez.

Um movimento chama minha atenção.

— O que foi isso? — pergunto, olhando por cima da cabeça de Kallias. — Um de seus guardas?

O rei se vira e olha para trás, na direção da margem e dos restos abundantes de nossa refeição.

— Não — ele diz. — Alessandra, fique onde está.

Kallias nada para a margem com braçadas vigorosas e vai em direção à silhueta que permanece próxima do nosso piquenique, olhando para a comida.

Acho que é um homem, mas é difícil ter certeza, com todas as vestes que o cobrem. Um manto esconde boa parte do corpo. Um capuz encobre o rosto.

— Alto! — grita Kallias, o tronco emergindo da água, enquanto o restante permanece submerso. — O que pensa que está fazendo?

O homem se vira, e o capuz cai. Não que isso revele muito. Um pano marrom cobre seu rosto do nariz para cima, com duas frestas por onde os olhos enxergam o mundo.

— É muita comida para apenas duas pessoas. — O desconhecido responde com uma voz estranhamente profunda, como se tentasse disfarçar o verdadeiro timbre. — Com certeza já se fartou, e os pobres têm mais fome a cada minuto. Vou distribuir suas sobras para os mais necessitados.

É ele. O bandido mascarado que rouba dos nobres.

O homem mascarado recolhe o cobertor pelas pontas, reunindo toda a comida no centro. Guarda a trouxa no cesto.

— Isso é propriedade do rei! — Kallias avisa. — Solte imediatamente!

— O rei que cobra impostos altos para poder manter tropas em todas as terras que conquistou. Enquanto você começa novas guerras em reinos indefesos, seu povo sofre. É hora de cuidar de quem mais precisa de sua proteção.

Sem dizer mais nada, o bandido salta sobre o cavalo que deixou esperando e parte a galope para a colina mais próxima.

Kallias olha para mim.

— Vista-se. Depressa. — E sai correndo da água, gritando para chamar os guardas. Percebo que continuo olhando quando ele abaixa para pegar a calça e a veste sem hesitação.

— Depressa! — ele grita para mim novamente, depois corre para a carruagem.

Sem esperar uma nova ordem, nado para a margem, torço o cabelo e tento tirar o excesso de água que escorre pela minha pele. Não é fácil me vestir. Tudo é justo, difícil de fazer escorregar na pele molhada. Depois de muito esforço, consigo me vestir e corro atrás de Kallias.

CAPÍTULO
16

— Como foi que ele passou por vocês? — Kallias grita com uns dez homens que cercavam a carruagem. Nosso motorista tinha voltado e carregava um buquê de flores do campo que pretendia levar para casa, provavelmente para uma namorada. Mas Kallias não presta atenção nele. — São pagos para fazer um trabalho. Proteger seu rei. E falharam. Como? Que diabos estavam fazendo?

Metade dos homens olha para mim.

— Estávamos despreparados para a... hum... distração — responde um deles.

— Devo entender que deixaram de me proteger porque não estavam tratando a dama com o respeito que ela merece?

— Não pode nos culpar, senhor. Ela estava *nua*.

Kallias dá um passo adiante, puxa a espada e enterra nesse que falou por último. O homem olha para baixo, para o cabo saliente em sua barriga, os olhos arregalados. Ele cai quando Kallias puxa a espada de volta.

Lembro de Hektor e seus últimos suspiros. Foi a única vez que vi a morte.

Até agora.

Os outros guardas recuam, temendo serem os próximos, provavelmente.

— Mais alguém quer oferecer suas desculpas? — Kallias pergunta em voz baixa.

Ninguém fala nada.

— Você. — Ele aponta para um dos guardas. — Vá na frente e convoque meu conselho. Vamos nos reunir assim que eu voltar.

Durante a viagem de volta na carruagem, Kallias mantém o dorso da mão pressionado contra a boca enquanto pensa. Ele olha para algum lugar distante. Não está me evitando, só está perdido nos próprios pensamentos.

— Perdão. — Olha para mim de repente. — Você não devia ter visto aquilo. Eu não devia... na frente de uma dama... O que deve estar pensando de mim agora?

Eu me mantive absolutamente calma o tempo todo. Não senti que podíamos estar em perigo quando o bandido atacou. Não na segurança da água. E me espanto com a pergunta de Kallias.

— Agora acredito em você — digo. — Você sabe usar aquela espada.

Sua expressão se torna incrédula.

— Não está com medo? De mim?

— Defendeu minha honra. Por que eu deveria estar com medo de você?

— Porque matei um homem na sua frente.

Dou de ombros.

— Um rei tem que tomar decisões difíceis. Você precisa eliminar quem lhe desobedece. Fazer deles um exemplo. É assim que mantém a ordem. Acha que não sei disso?

— Mesmo assim, não devia ter feito isso na sua frente. — Ele desvia o olhar.

— Kallias.

Seus olhos se voltam para mim mais uma vez.

— Não tenho medo das decisões que é obrigado a tomar como rei e nunca pensaria menos de você por causa delas. Na verdade, fiquei surpresa por ter matado um só.

A voz dele fica mais baixa.

— Os outros também vão morrer, mas não quando estou em menor número e quando temos que contar com eles para nos proteger na viagem de volta.

A carruagem para na frente do palácio, e Kallias salta. Está descalço, vestido apenas com a calça, pois o resto das roupas ficou para trás em nossa saída apressada. Não que seja fácil perceber. Suas sombras se projetam com força total. Cada centímetro de pele nua é encoberto por uma escuridão nebulosa.

Vou atrás dele, e ele não fala nada quando subimos a escada, percorremos corredores, atravessamos portas. Mulheres e serviçais se assustam ao ver o peito nu e as sombras tempestuosas quando passamos por eles, até finalmente chegarmos a uma sala de reuniões.

Cinco indivíduos estão sentados em torno de uma grande mesa. Kallias ocupa a sexta cadeira. Na ponta da mesa.

— Ikaros, providencie uma cadeira para Lady Stathos.

Se o resto do conselho estranha minha presença, ninguém diz nada. O tio de Leandros pega uma cadeira da periferia da sala e a coloca no canto da mesa, ao lado do rei.

— O problema desse bandido mascarado já foi longe demais — Kallias declara assim que me sento. — Como avançou nosso plano para pegá-lo?

Não creio que Kallias esteja nervoso por ter perdido um pouco de comida. Não, é o fato de alguém ter roubado *do rei*, de esse bandido ter se atrevido a desafiar seu monarca. O problema se tornou pessoal, e Kallias precisa lidar com ele imediatamente.

— As moedas ficaram prontas — diz Lady Terzi.

— E fiz circular a notícia de que serão transportadas em breve — acrescenta Lady Mangas.

Ikaros Vasco tamborila com os dedos na mesa.

— Se o bandido foi visto tão perto do palácio, certamente morderá a isca.

— Assim que ele atacar e redistribuir o ouro, minhas tropas estarão prontas para capturar os camponeses pegos com elas — anuncia Kaiser.

Ampelios muda de posição na cadeira.

— E então eu estarei pronto para interrogá-los. Vamos pegá-lo, senhor.

Kallias respira por um momento, pensa em tudo. Se algum membro do conselho estranha sua seminudez ou as roupas úmidas, permanece em silêncio, o que é uma decisão sábia.

— Muito bem — diz Kallias. — Quero relatórios diários sobre como isso está progredindo. E, Kaiser, garanta que todos os homens que nos acompanharam nesse passeio sejam enforcados.

No dia seguinte, a sala de estar vibra com a fofoca. Sei imediatamente que é sobre mim, pois todas se calam quando entro no aposento com meu último trabalho de costura, a parte de cima que vai completar a saia de comprimento irregular. (Decidi fazer algo justo e decotado.) Algumas mulheres pegam seus bordados e tentam parecer ocupadas. Outras olham para mim, mas minhas boas amigas sorriem.

— Guardamos um lugar para você! — diz Rhoda, apontando uma cadeira com almofada diante dela.

Falamos sobre amenidades quando me sento no local indicado.

— *Desembuche!* — Hestia exige assim que minha bunda encontra a almofada. Olho para Rhoda pedindo ajuda.

— Você foi nadar com o rei! — Rhoda explica, e a sala fica em silêncio, prendendo a respiração e esperando que eu entregue toda a história.

— E ficamos *nus* — anuncio.

As mãos de Hestia cobrem a boca, enquanto Rhoda sorri, encantada.

— Ele foi um perfeito cavalheiro — garanto à sala, embora dirija a atenção às minhas amigas. — Não me tocou. Nem olhou enquanto eu me despia.

Uma garota do outro lado da sala cobre a boca e tosse.

— Pelo seu bem, espero que o pedido não demore. Nenhum outro homem vai querer você agora. Não importa se se mantiveram castos ou não. Nudez é nudez.

Outra garota reage chocada ao comentário, incapaz de acreditar em tamanha ousadia com a namorada do rei.

— Tive uma boa conversa com o rei sobre virgindade — digo, e repito o que falamos. No fim, concluo: — Considerando que pelo menos metade de vocês já se entregou a algum homem, suponho que fiquem gratas por não terem mais que esconder suas explorações como um segredo crucial. Eu certamente não vou me esforçar para isso.

Na verdade, naquela manhã executei a dívida de Myron. Ele tem um mês para me entregar todo o dinheiro, antes que eu leve o caso à polícia.

Apenas um momento depois de eu dizer isso, a sala é invadida por novas fofocas. Dessa vez as mulheres compartilham suas façanhas secretas ou confessam o desejo de viver essa experiência. Satisfeita com o que comecei, olho para Rhoda e Hestia.

— E eu me considerando ousada por abandonar o luto tão cedo — pondera Rhoda. — Você está mudando tudo.

Encolho os ombros.

— Simplesmente penso que devemos ter os mesmos direitos que os homens. Inclusive no quarto.

Quando o desjejum é servido, ainda não estou vestida, continuo de camisola. Esta é preta e justa. As mangas curtas cobrem os ombros, mas o tecido de seda se abre dos dois lados da barriga, desde o fim das costas até abaixo do quadril. Escolhi esse modelo porque os homens amam usar minha cintura e meu quadril como alças quando estão me beijando.

Escovo os cabelos antes de entrar na sala de estar para fazer a refeição.

Kallias se levanta da mesa do café assim que abro a porta, e seus olhos se dirigem imediatamente à abertura da camisola, onde ele pode ver a pele macia e adivinhar minhas curvas.

— A criada não me avisou que você tomaria café comigo — digo, para justificar o traje. — Vou vestir um robe.

— Não — ele protesta.

Levanto uma sobrancelha.

— Quero dizer, eu sou o intruso. Pode vestir o que quiser em seus aposentos. — E olha para o meu rosto. — Quer companhia?

— É claro. — Eu me sento na frente dele.

— Sua traje de dormir é... diferente — ele acrescenta.

— É arejado.

— Sente muito calor quando dorme?

— Só quando não durmo sozinha.

Kallias olha para a porta.

— Não tem ninguém lá — garanto. — Não quis dizer que tive companhia esta noite.

Ele olha para mim de novo.

— Fala isso com um tom quase melancólico.

Bem, agora que estamos sendo honestos sobre nossas explorações passadas...

— É que... faz muito tempo.

— Mais tempo do que para mim?

— Diabos, não!

Ele me encara, e acabo rindo da conversa.

— Quanto tempo faz para você? — ele quer saber.

Verdade ou mentira?

— Pouco mais de um mês.

Ele pisca. Tenta começar uma nova frase, mas desiste três vezes, antes de perguntar:

— Alguém que eu conheça?

— Era um ninguém. Alguém com quem me divertia e passava o tempo, enquanto esperava Chrysantha ficar noiva.

O silêncio se prolonga quando nos aproximamos desse assunto tão perigoso. Finalmente, ele dispara:

— Um mês? Um mês é muito tempo para você?

— Nem todo mundo tem o seu autocontrole.

— Não sou tão controlado quanto pode pensar. — Ele olha para as batatas raladas sobre a mesa. A comida em que não tocamos.

— Ah, é? Tem algum relacionamento secreto? — As palavras saíram amigáveis e distantes, mas, por alguma razão, comecei a enxergar pontinhos vermelhos com o canto dos olhos.

— Não foi isso que eu quis dizer. — Kallias leva um pouco de comida à boca e mastiga devagar, como se desse a si mesmo uma desculpa para não falar mais.

Ele é salvo por batidas na porta. Uma criada vai atender e volta com uma carta para mim.

— Deixe sobre minha mesa. Eu cuido disso mais tarde — oriento.

— Não. — Kallias protesta, apressado. — Por favor, não negligencie sua correspondência por mim. Pode ser importante.

Ele está tentando ganhar mais tempo. Muito bem, que seja.

Pego a carta e a leio:

Para Lady Alessandra Stathos,
Estou investigando o desaparecimento de meu filho Hektor, que está ausente desde 27 de julho, há três anos. Soube que pode ter mantido algum tipo de relacionamento com meu filho e espero que tenha alguma informação relacionada a seu desaparecimento.

Pode me fazer o favor de vir à minha propriedade para conversarmos? Odiaria levar essa questão à casa do rei.

Sinceramente,
Faustus Galanis, Barão de Drivas

A ameaça grosseira não passa despercebida. *Ou você vem me encontrar, ou eu vou atrás de você.*

— Algum problema? — Kallias pergunta.

Levanto a cabeça e me recupero depressa.

— É um convite para visitar a casa do Barão de Drivas. — Não é mentira.

— Ah. Conheço o barão, mas acho que não o vi mais que um punhado de vezes. Se quiser ir, será uma honra acompanhá-la.

Aperto a carta entre as mãos. Kallias pensa que fui convidada para uma festa ou algum evento. E está tentando demonstrar que agora vai se dedicar de corpo e alma à nossa encenação.

— Na verdade, o barão me deixa... pouco à vontade.

O comentário atrai toda a atenção de Kallias.

— Ele fez alguma coisa inoportuna?

— Esteve falando com meu pai e minha irmã. Agora, praticamente ameaçou vir ao palácio se eu não for encontrá-lo. Creio que esteja tramando alguma coisa.

Tenho feito de tudo para nunca mentir para Kallias. É muito fácil ser pega em uma mentira. Mentiras são fáceis de descobrir. Deixo Kallias tirar as próprias conclusões a partir de minhas palavras.

— O barão tem muitos filhos, não tem? — pergunta o rei.

— Sim — respondo, resignada.

— Talvez eu deva conversar com ele sobre você não estar disponível.

— Ah, por favor, não dê tanta importância a isso — protesto. — Mas, se não for pedir demais, caso ele tente vir ao palácio...

— Não vou permitir que os guardas o deixem entrar. Não precisa dizer mais nada.

Relaxo. Enquanto tiver a confiança de Kallias, não preciso me preocupar com o barão. Hektor não vai estragar isso.

Kallias volta ao café da manhã, enquanto eu penso em uma resposta para o barão. Vou dizer que, apesar do que ouviu, mal conheci o filho dele e receio não ter informação alguma que possa ajudá-lo nessa busca. E termino dizendo que sinto muito.

Sim, isso deve resolver a situação, por ora. Claro que não posso sair do palácio para lidar com o assunto pessoalmente. Não quando as coisas finalmente estão progredindo entre mim e Kallias.

Vejo Kallias outra vez na hora do almoço.

Duas vezes em um dia.

— Vai gostar de saber que seus dois planos estão progredindo de maneira esplêndida — ele me diz quando um serviçal traz uma tigela de sopa para o rei. — As pessoas de Pegai votaram para escolher seus representantes no conselho. A voz escolhida pelo povo é seguida discretamente por todos os lugares aonde vai. Logo saberemos quem são todos os líderes da rebelião. Quanto ao bandido, ele atacou esta manhã e levou as moedas alteradas. Vamos começar a procurar o ouro perto das cidades amanhã cedo.

As pernas de Kallias se movem energicamente embaixo da mesa. Ele está de bom humor.

Uma onda de prazer me invade quando ouço suas palavras.

— Excelente. Tenho grande interesse em permanecer informada sobre as duas situações.

— É claro. Estou começando a perceber que não há nada que eu ainda queira esconder de você.

Um silêncio amigável se instala entre nós enquanto saboreamos a comida. Em dado momento, descubro que Kallias me observa pelo canto do olho. Quando viro a cabeça, ele sorri ao ser surpreendido.

— O que está olhando?

— Devia ser óbvio. Não quer me perguntar em que estou pensando, em vez disso? — Seus olhos são fogo, e penso no quanto pode ser perigoso fazer essa pergunta.

Mas faço mesmo assim.

— Estou pensando — ele responde — que você é bonita, e todo homem neste palácio gostaria de ser eu neste momento.

Meu estômago parece vibrar.

— Você é o rei. Todo homem gostaria de ser você.

— Não. Todo homem gostaria de estar ao seu lado.

— Você disse que eu não era suficientemente bonita para ser tentadora.

Ele pega o guardanapo do colo e limpa os dedos.

— Eu menti. Você é a coisa mais impressionante que já pôs os pés em meu palácio.

Nós nos encaramos. Não há nada que eu possa fazer além de manter a conexão ardente entre nós.

E, mesmo consciente de que ele não vai descumprir a lei – ainda não – por mim, saber que tenho algum poder sobre ele desenha um sorriso lento em meus lábios.

Ele olha para minha boca e para o rubor que tinge minha pele.

— Por que está me dizendo isso? — pergunto finalmente. E então percebo. — Não quer que eu desfrute da companhia de Leandros.

Ele admite.

— Quero você só para mim.

Eu não devia estar surpresa por um rei ser egoísta, exigente, às vezes até cruel. Mas ele também é outras coisas. É inteligente, bonito e generoso. E não é totalmente imutável. Já está mudando seu jeito por mim.

— Acho, Majestade, que toda essa conversa sobre indulgências no passado está mexendo com sua cabeça.

— Talvez eu só esteja de bom humor. Tudo está indo muito bem.

E tudo graças a mim.

Realmente, todo mundo vai ficar muito feliz quando eu for a soberana dos reinos.

Quando Kallias se retira, um pouco mais tarde, ele mal desapareceu além da primeira esquina no corredor quando Hestia e Rhoda se sentam nas cadeiras vazias perto de mim.

— Ouvi dizer que o rei fez a refeição matinal em seus aposentos hoje — Hestia comenta, balançando as sobrancelhas.

— É verdade. Mas foi só isso. Desjejum.

— Nenhuma fofoca nova, então?

— Receio que não.

— Ah, muito bem. Vamos ter que recorrer a fofocas menos empolgantes para ocupar nossa tarde.

— E se falarmos de todas as suas danças no baile da noite passada? — sugere Rhoda. — Com *Lorde Paulos*.

Com tudo que está acontecendo, esqueci de perguntar às minhas amigas sobre o evento que perdi. Parece que tudo correu muito bem para Hestia.

— Foram só algumas danças — diz Hestia. — Não foi nada. De verdade.

— Nesse caso, por que ele a está observando agora?

— O quê? — Hestia vira a cabeça a tempo de ver o homem que deve ser Lorde Paulos desviar o olhar rapidamente.

Ele é um pouco mais velho que ela, com fios grisalhos nas têmporas, mas ainda muito bonito.

Sorrio.

— Viu? — Rhoda continua. — E por acaso ouvi quando ele contou aos amigos que você tem cheiro de frutas na primavera. Os homens não dizem essas coisas a menos que estejam encantados.

— Não dizem? — Hestia olha para a superfície da mesa e sorri, acanhada.

— E é óbvio que ele gostou muito da conversa que vocês tiveram. Sobre o que falaram?

— Bem, eu comecei falando sobre as últimas modas no palácio, mas a conversa acabou desviando, de alguma forma, para jogo.

— Jogo? — Rhoda repente.

— Meu pai adora jogar cartas, e me ensinou. Lorde Paulos e eu falamos sobre alguns de nossos movimentos favoritos em diversos jogos. Somos obcecados por estratégia. Sei que não é muito apropriado uma dama falar sobre essas coisas, mas foi tremendamente divertido.

Às vezes Hestia consegue ser bem ingênua, mas sei que ela é só uma criança, filha de mãe ausente e de um pai que não sabia bem como criar uma menina. Ela pode estar exagerando no esforço para me imitar, mas me pergunto se é por ter tanto medo de fazer ou dizer a coisa errada que acha que imitar os outros é o único jeito de estar segura. Assim, a rejeitada não é ela.

— Hestia — começo —, sabe como consegui chamar a atenção do rei?

Ela balança a cabeça, negativamente.

— Sendo eu mesma. Falando sobre o que queria falar, me comportando como desejava me comportar e vestindo o que queria vestir. Não foi me encaixando em um padrão que atraí a atenção de Sua Majestade. Se quiser encontrar alguém compatível, sugiro que faça a mesma coisa. Não tenha medo de quem você é. Fale o que sentir vontade. Seja quem quiser ser. Não tente ser outra pessoa. Você não quer atrair um homem que me quer. Quer atrair um homem que deseja *você*.

Hestia pisca algumas vezes, antes de olhar para as roupas que está usando, e que parecem o vestido justo que usei na semana passada. Ela passa um minuto pensando, olhando para o tecido liso que envolve sua cintura. De repente se levanta, caminha até Lorde Paulos e se senta na cadeira vazia ao lado dele.

Rhoda pula para a cadeira que ela deixou vazia, para podermos conversar com mais facilidade.

— Estou tentando dizer a mesma coisa a ela há anos. Acho que só a futura rainha para convencê-la disso.

— Acha que logo teremos o anúncio de um noivado?

— Espero que sim.

Nós duas nos encostamos na cadeira e olhamos para Lorde Paulos, que agora ri do que Hestia acabou de dizer.

— E você? — pergunto. — Algum progresso em sua busca por uma paixão?

— Ah, tem sido terrível.

— Como assim?

Rhoda empurra um cacho negro para trás do ombro.

— Pensei em um sistema de busca para homens disponíveis. Mas nenhum deles é o que eu quero.

— Precisa me contar que sistema é esse que inventou! — reajo, completamente intrigada com a conversa.

— São três categorias diferentes pelas quais os homens são julgados. Aparência, comportamento e personalidade. Cada categoria é classificada de um a cinco, sendo um a nota mais baixa e cinco a mais alta. Vamos ver Lorde Toles, por exemplo. Com seus traços esculpidos e complexão morena, ele leva um cinco em aparência. É pouco requintado e pensativo, o que resulta em um três para comportamento. Mas personalidade? Ah, ele é seco como um lago na estiagem. No total, leva apenas nove de quinze.

— Isso é fascinante! Que nota teria seu futuro marido ideal?

— Pelo menos treze, não acha?

Penso um pouco.

— Definitivamente. Se estivéssemos falando apenas de homens para a cama, eu diria que você só precisa de um cinco na categoria aparência. Se estivesse procurando um amigo, só precisaria de um cinco no quesito personalidade. Se quisesse companhia para um evento, precisaria de um cinco em comportamento, talvez também em aparência, se quisesse deixar uma boa impressão. Mas para uma história de amor? Pelo menos um treze, com toda a certeza.

Rhoda assente.

— Pensei que Lorde Cosse seria o escolhido, depois da última festa. Sabia que ele e eu dançamos três músicas? Não seguidas, é claro. Mas três músicas! Ele é quatro e meio em aparência e três e meio em personalidade. Mas o comportamento? Quando implorei para fazer um intervalo na dança porque estava com sede, ele nem se ofereceu para ir pegar alguma bebida para mim. Só foi procurar outra parceira de dança. Acredita nisso?

— Ultrajante — concordo.

— Exatamente. Lorde Doukas esteve atrás de mim por um tempo, mas ele é só dois em aparência. Sendo bem generosa — ela acrescenta, sussurrando. — E o homem é cinco em comportamento e personalidade. Uma pena. Não gosto de pensar que sou superficial, mas penso que devo achar o homem atraente para me interessar por ele.

— Concordo.

Rhoda suspira.

— Às vezes acho que não há homens suficientes na corte. E estou convencida de que o homem perfeito não existe.

Sem aviso prévio, Kallias surge em minha mente. A simetria perfeita do rosto. O cabelo escuro e volumoso. Os olhos verdes brilhantes e inteligentes. O peito nu... entre outras coisas.

Penso em como brincamos e nos provocamos. Em nossas conversas sobre intimidades e sobre ir atrás das coisas que queremos. Penso em como ele esperou por mim para começar a jantar, em como esperou por mim quando saí com Leandros.

Kallias tem seus defeitos. Ah, muitos defeitos. Penso no temperamento. No egoísmo de me querer só para ele. Embora não me queira por inteiro.

Com a boca seca, digo:

— Acho que não tem necessariamente a ver com encontrar o homem perfeito, mas o homem perfeito para você. Uma pessoa pode dar notas muito diferentes de outra para o mesmo homem, mesmo que ambas estejam usando seu sistema de classificação. Mas...

— O quê? — pergunta Rhoda.

— O rei é um quinze. Talvez não para todo mundo. Mas ele é um quinze para mim. — E é verdade.

Rhoda sorri.

— Pois eu garanto, Alessandra, que não é só para você. O rei é um quinze, com certeza. Talvez eu deva reformular o que disse. Nenhum homem *acessível* é um quinze.

Ela está certíssima.

Mas eu ainda estou muito longe de desistir.

CAPÍTULO 17

O DIA SEGUINTE ESTÁ MAIS CARREGADO QUE OS ANTERIORES, COM NUVENS CINzentas encobrindo o céu por completo. O ar é úmido e a chuva é uma ameaça constante, embora ainda não tenha caído uma gota sequer.

Apesar do clima, estou de bom humor, depois da última carta de meu pai.

> *Alessandra, o que foi que você fez?! Lorde Eliades acabou de retirar a proposta de casamento. Disse que há muitos rumores sobre você e o rei. O que aconteceu?*
>
> *Sabe que dependemos disso, depois de você não ter conseguido garantir o casamento com o rei. Agora vou ter que recomeçar do zero e encontrar alguém que a aceite. Por que você tem que ser tão difícil?*

Suponho que a notícia sobre minha aventura de ir nadar nua com o rei tenha chegado aos ouvidos de Orrin. Estou muito feliz por ter me livrado dele.

Cubro os ombros com um xale grosso e saio, pensando que hoje é a oportunidade perfeita para respirar um pouco de ar fresco. É pouco provável que mais alguém esteja lá fora. Não com esse tempo.

Levo um bloco de desenho e vou procurar o jardim que Kallias disse que a mãe mantinha enquanto era viva.

Quando estou contornando o estábulo, um braço se prende ao meu. Pensaria ser de Hestia ou Rhoda, se não sentisse os músculos definidos embaixo da jaqueta cor de cobre.

— Alessandra — diz Leandros —, pensei ter visto você sair discretamente. Não está planejando nos abandonar, está?

Ajeito o xale para poder segurar com mais firmeza o braço do homem mais narcisista do palácio.

— Levando só o bloco de desenho? — pergunto.

— É verdade. O que vamos desenhar hoje? Deve ter pensado em me pedir para ser modelo.

Deixo escapar uma risada imprópria para uma dama.

— Não desenho pessoas. Desenho roupas. E eu mesma as costuro depois.

— E estamos aqui fora nesse frio porque...

— Bem, eu estou aqui porque pensei que os jardins poderiam ser um lugar lindo e inspirador. Não faço a menor ideia de que motivos você tem para estar aqui.

— Vi uma oportunidade para finalmente falar com você a sós. Todas as outras vezes que tentei me aproximar, Kallias disparou facas contra mim com aquele olhar sombrio.

— Não percebi — admito.

— Porque só tem olhos para ele. Mas agora ele não está aqui — Leandros aponta, em tom maldoso. — Diga, quando vou poder levar você para outra noite de diversão?

Um sorriso triste distende meus lábios. Gosto de Leandros. Ele é ridículo, às vezes, mas divertido e bom. E bonito. Falta um pouco de educação, mas ele deve ser um treze, pelo menos, na classificação de Rhoda.

Só que não pode fazer de mim uma rainha.

Estou abrindo a boca para responder quando Leandros se vira e toca meus lábios com um dedo.

— Não, não diga o que está pensando. Sei que não vou gostar. Espere um pouco. Deixe Kallias fazer alguma coisa que a aborreça. Depois venha me dar sua resposta.

Chegamos a um portão de ferro, além do qual vejo fileiras e mais fileiras de flores. Leandros para.

— Vou deixar você com seus desenhos. Mas me procure se decidir que precisa de um modelo. Nu ou não. — Ele pisca para mim, antes de se afastar.

Um diabinho, mas descubro que estou sorrindo quando passo pelo portão.

Alamedas ladeadas de tijolos serpenteiam por entre os canteiros de flores. Primeiro, passo pelas rosas. Cada fileira é diferente em tamanho e cor. Algumas são todas do mesmo tom, enquanto outras têm rosa e amarelo tingindo a beirada das pétalas. São muito bem cuidadas, não há uma flor murcha entre as plantas.

Mais adiante, vejo canteiros de outras espécies. Crisântemos, narcisos e tulipas, mas ainda não vou vê-las de perto. Paro diante de uma das roseiras, cujas flores são amarelas como o sol. As pétalas terminam em um lindo laranja-avermelhado, e olho para cada botão. Essas flores me lembram as cores tremulantes do fogo. Uma delas ainda não desabrochou inteiramente. Com algumas extremidades alaranjadas à mostra, parece uma brasa se extinguindo devagar. Ficando menor, não maior, como sei que vai acontecer com o botão.

Um vestido toma forma diante dos meus olhos. Um vestido amarelo com pontas alaranjadas em torno da bainha, pétalas individuais se formando nas saias. Vou me sentar em um banco perto dali, abro o bloco em uma página em branco e movo o lápis rapidamente sobre o papel, deixando o vestido tomar forma.

— Posso me juntar a você? — pergunta uma voz profunda.

A voz dele.

Levanto a cabeça e mal posso acreditar que Kallias entrou no jardim. Ele parece muito deslocado com a roupa preta que escolheu para hoje, cercado pelas sombras. Não há lugar para elas em um jardim colorido.

Demodocus anda atrás dele. Mas, como se de repente tivesse uma ideia, o cachorro corre como um raio pelo jardim, pula sobre uma cerca de flores e dá um latido alto.

Provavelmente viu um coelho.

Olho para seu dono.

Ele perguntou se podia se juntar a mim. Como tem boas maneiras. Leandros presumiu que seria bem-vindo. E, se Kallias tem alguma intenção de se retirar, se eu disser que não quero que fique, é algo que não saberei. Não consigo nem me imaginar recusando sua companhia.

Não só porque preciso conquistar seu coração.

Mas porque gosto dele e o quero perto de mim.

— Por favor — digo, e indico com a cabeça o lugar vazio a meu lado. Ele se senta, mantendo um espaço apropriado entre nós no banco. — Como soube que eu estava aqui? — Talvez não soubesse. Talvez quisesse dar um passeio pelos jardins em busca de ar fresco e solidão, como eu.

— Eu a vi pela janela.

— E me seguiu? Não estava em reunião?

— Estava.

Levanto o olhar do bloco e o encaro, curiosa.

— Decidi que preferia estar aqui fora com você e a encerrei.

Satisfeita, volto ao meu desenho.

— Está desenhando uma roupa nova? — ele pergunta.

Mais uma vez, eu me sinto satisfeita. É bom descobrir que ele sabe exatamente o que estou fazendo, porque sabe do que gosto.

— Estou me sentindo em desvantagem — respondo. — Você conhece meus passatempos, mas ainda não sei quais são os seus.

Leandros falou em esgrima e equitação quando saímos juntos, mas deve haver mais coisas.

Kallias une as mãos e apoia os cotovelos sobre os joelhos.

— Eu gostava muito de esgrima, mais que tudo, mas, desde que me tornei rei, não tive mais um parceiro que não fosse feito de palha.

— Ah. — Não havia pensado nisso.

— Gosto de cavalgar e da companhia de Demodocus. Sempre gostei de animais, mas ultimamente gosto ainda mais.

Como se ouvisse seu nome, Demodocus se aproxima saltitante, com a língua para fora. Ele para na minha frente, senta-se e espera um carinho atrás das orelhas. Atendo ao pedido silencioso.

— Como assim? — pergunto.

— Não posso tocar em outro humano, mas minhas habilidades não são afetadas por animais. Demodocus é a única companhia que posso ter. Às vezes até o mimo e deixo ficar em minha cama.

Eu não havia pensado nisso. Na possibilidade de ele buscar contato de outras maneiras.

Ele mantém a cabeça baixa, e uma mecha de cabelo cai sobre sua testa. Se fosse qualquer outro homem no mundo, eu a empurraria para trás.

— Eu tocava piano — ele diz em um tom mais baixo. — A maioria das coisas que sei fazer foram aprendidas com um tutor, mas tocar piano foi diferente. Minha mãe me ensinou. Ela amava música.

Engulo o nó que se forma em minha garganta. Isso é piedade? Por ele?

Baixando a voz ainda mais que a dele, pergunto:

— Tocaria para mim algum dia?

— Gosta de música?

— Acho que gostaria da sua música.

Ele olha para mim, e, como no dia em que nos conhecemos, uma corrente elétrica me percorre a partir da conexão, do encontro de nossos olhares.

A brisa brinca com aquela mecha de cabelo sobre sua testa.

Meus dedos formigam, e olho para minhas mãos protegidas por luvas. Devagar, muito devagar, levanto uma delas.

Com todo o cuidado, como me moveria em direção a um cavalo assustado ou a uma criança amedrontada, deixo minha mão se aproximar de Kallias, daquela mecha de cabelo.

Ele olha para minha luva, e não consigo nem imaginar em que direção vão seus pensamentos.

Mas me mexo em uma velocidade que dá a ele todo o tempo do mundo para me fazer parar.

Em vez disso, suas sombras desaparecem. Ele se solidifica diante de mim, e, quando meus dedos tocam sua testa, não atravessam a superfície. Encontram uma resistência morna e afastam aquela mecha de cabelo.

Ah, mas como eu queria sentir a textura exata de seu cabelo.

Deixo a mão cair sobre meu colo, mas nossos olhos continuam conectados. Finalmente, Kallias olha para o bloco de desenho.

— O que está fazendo? Um vestido para o dia? Alguma coisa com calça? — Sua voz é mais profunda que antes, percebo, e quase lenta, como se ele planejasse as palavras antes de dizê-las.

Depois de uma longa pausa durante a qual esqueço que tenho algo nas mãos, respondo:

— Um vestido de baile, na verdade. A inspiração foram as rosas de sua mãe. — Olho para as flores.

— Vamos ter que organizar um baile, então, para que possa exibi-lo quando ficar pronto.

— Isso é possível? Ah, nunca organizei um baile.

— Gostaria?

Confirmo com um movimento de cabeça.

— Escolha a data, e vamos fazer acontecer.

De repente, sinto que não preciso do xale sobre os ombros. Estou aquecida e leve.

Uma vez, outro menino me fez sentir assim. Um menino que me fez sentir plena, vista e amada.

Agora os vermes da terra se banqueteiam com sua carne.

Mas não vou deixar Hektor estragar esse momento que estou vivendo com o rei.

Alguma coisa se move em um canto do meu campo de visão. Eu me viro, pensando que talvez seja só uma flor balançando ao vento.

Mas é muito maior. Muito mais forte. Muito mais vivo.

— Kallias!

Eu me jogo para a frente, mas é tarde demais.

Um tiro ecoa antes que eu consiga me mover, preenche o silêncio do jardim. Arruína sua paz.

Atinge o rei.

Kallias cai para trás, suas costas encontram o gramado primeiro, depois as pernas acompanham, escorregando pela lateral do banco.

Fico paralisada, olhando com horror para Kallias ali caído, para a mancha escura que se espalha pelo colete a partir do meio da barriga, onde o tecido é umedecido pelo sangue.

Demodocus salta para perto do rei. Ele gane baixinho depois de cutucar Kallias com o focinho e não obter resposta.

Minha mão treme quando a estendo para o rei, mas o que vou fazer? Não sei nada sobre cura.

Socorro. Devo ir buscar socorro.

Levanto de repente e então vejo um homem correndo em nossa direção. Não processo nada, nenhuma informação além da arma semiautomática na mão dele, que ele devolve à cartucheira junto do corpo e substitui por uma espada que tira da cintura.

O assassino quer ter certeza de que seu alvo está morto.

Fico em pé diante do banco e olho para o homem com altivez. Ele para na minha frente, aponta a espada para mim.

— Saia do caminho, ou a atravessarei.

Tudo que escuto é minha respiração. Tudo que sinto é o movimento de meu peito subindo e descendo. Mas não me movo, não deixo o homem passar.

A noite de fracasso no boxe volta à minha cabeça.

Inútil. As palavras são minhas únicas aliadas nessa situação.

— Você o acertou no peito — digo. — Vá embora antes que os guardas venham investigar o barulho do tiro.

Com a mão livre, ele me empurra para fora de seu caminho. Caio no chão, mas não registro a dor, sento-me rapidamente e levo a mão à bota.

Os rubis no cabo da adaga brilham quando arremesso a lâmina e acerto a coxa do homem.

Ele uiva e me agride com a mão que não segura a espada.

Caio novamente deitada e odeio os tijolos que esfolam meus joelhos.

O assassino leva a mão à minha adaga. Grunhindo, ele a arranca da perna e joga longe.

Seu olhar mortal agora se volta para mim, mas, antes que ele consiga dar um passo em minha direção, nós dois olhamos para a sombra escura que se levanta do outro lado do banco.

Kallias está em pé, envolto em sombras. Ele atravessa o banco, e alguma coisa cai com um ruído metálico no chão de tijolos.

A bala.

Apesar de as roupas ainda estarem manchadas de sangue, ele não está encolhido nem dá nenhum outro sinal de dor. Olha para mim no chão e vê a marca vermelha deixada pela mão em meu rosto, depois encara o assassino.

— Você vai morrer por isso — diz, com uma voz profunda.

— É você quem vai morrer hoje — responde o homem, dando um passo à frente para enfiar a espada em Kallias.

O assassino quase perde o equilíbrio quando a espada não encontra a resistência esperada, atravessando a forma de sombras.

— Mas o q...?

Kallias passa através dele, e sinto um arrepio quando me lembro da sensação de ser envolvida por sua forma de sombras.

O homem gira, encara Kallias do outro lado. Saca a arma mais uma vez e agora dispara todas as balas contra o peito do rei.

Mas elas o atravessam sem causar dano, é claro.

Ele solta a arma quando Kallias puxa a espada, e as sombras desaparecem em torno da lâmina e da mão que a empunha.

E então eles duelam.

De fato, Kallias não mentiu quando disse que sabia usar uma espada. Ele desfere uma sequência de golpes rápidos, dos quais o criminoso se esquiva bem a tempo. É mais lento por causa do ferimento que causei, mas consegue escapar de todos os ataques.

Depois de um tempo, percebo que Kallias está brincando com ele. Embora as duas espadas se encontrem no ar com ruídos metálicos, toda vez que o assassino tenta atingir o rei, a lâmina passa direto por ele.

É como se duelasse com um fantasma.

Impossível de matar. Intocável.

Depois de um tempo, o assassino se cansa do jogo. Quando as espadas dos dois homens se encontram, ele joga todo o peso contra o cabo da arma, e Kallias cambaleia para trás.

O homem aproveita para correr, mas está mancando por causa do ferimento na coxa. Kallias corre para um dos canteiros de flores, se abaixa e pega minha adaga. Quase nem faz pontaria antes de a lâmina partir de sua mão girando no ar.

Ele acerta o assassino no meio das costas. O homem cai.

Kallias se volta para mim, se ajoelha sobre os tijolos ao meu lado. Suas sombras desaparecem.

— Está machucada?

— Estou bem.

Mas ele não acredita em mim, ou nem ouve a resposta, porque as mãos enluvadas me examinam. Primeiro tocam meu rosto e pescoço, depois deslizam pelas laterais do corpo, pela barriga, pelas pernas. Procurando ferimentos.

Como não tenho nenhum, o contato me deixa sem fôlego. E, apesar das luvas, o calor das mãos dele alcança minhas pernas através da calça.

Quando conclui o exame, ele olha nos meus olhos e congela diante do que vê ali. Suas mãos envolvem meus tornozelos. Seguram com mais força quando os olhos mergulham nos meus, e uma onda de calor sobe pelas minhas costas.

As mãos sobem até meus joelhos, afastando-os para que ele possa se acomodar ali. Estamos próximos. Muito próximos. Próximos demais. Mais próximos do que jamais estivemos e...

— Majestade?

Assustados, nos afastamos ao mesmo tempo, pois não ouvimos o barulho dos guardas se aproximando. As sombras de Kallias retornam imediatamente, envolvem todo o seu corpo em segurança.

Cinco homens vestidos com túnicas com o brasão do rei estão parados diante de nós, empunhando floretes e pistolas.

Kallias fica em pé e estende a mão para mim, e as sombras em torno dessa mão desaparecem quando ele me põe em pé. Ele me solta assim que me equilibro.

— Um invasor nos atacou. Ele correu para lá, e eu o acertei — Kallias aponta, e três homens vão atrás do agressor, enquanto os outros dois começam a fazer uma varredura na área. — Levem o assassino para as masmorras. Se ele não morrer antes disso, mandem buscar uma curandeira para cuidar dele. E mandem também uma à suíte da rainha. Venha, Alessandra.

Kallias e eu voltamos para o palácio andando lado a lado. Demodocus pula do banco e nos segue com o pelo em volta do focinho molhado, depois de lamber o sangue do rei.

— Bicho imprestável — diz Kallias, mas olha para o cachorro com carinho. — Ele gosta de amor, não de guerra. Isso é certo.

Contato. Muito contato. E olhares ardentes. E assassinos com espadas e uma arma e...

— Você levou um tiro — falo, e paro onde estou. — Como pode não estar ferido? — Kallias para ao meu lado, e ameaço tocar a mancha de sangue em seu colete, mas me contenho.

— Se tenho tempo para me tornar sombra antes de um ferimento me matar, as sombras me curam.

— Pensei que... — Não consigo expressar o que pensei em voz alta. É terrível demais.

— Você se colocou entre mim e o agressor.

Foi? Não estava pensando. Só reagi.

— Obrigado — ele diz. — Mas nunca ponha sua vida em risco por mim. Eu posso me curar. Você não.

Ele retoma a caminhada, e eu o sigo meio cambaleando. Não consigo me concentrar em um único pensamento. Só revejo muitas vezes o que aconteceu.

— O que notou no invasor? — Kallias pergunta.

Notei? Tento trazer a imagem dele à mente, analisando tudo.

— Era um homem. — Não, eu me censuro em silêncio. É claro que não era a isso que Kallias se referia. Por que tenho dificuldade para me lembrar de uma pessoa que vi há poucos minutos? — Vestia roupas escuras.

— Que tipo de roupa? — Kallias insiste. Por um momento, tento entender por que ele me pergunta essas coisas, se também viu o sujeito. Mas parece importante que eu responda, então respondo.

— As roupas eram de couro. Com pele nas barras. Era... pegainense. — Um assassino do reino que Kallias conquistou mais recentemente. Lá faz mais frio. Por isso as mulheres usam calça comprida. Para impedir que o frio suba por suas pernas.

— Muito bom — diz Kallias, como se minha resposta o agradasse. Entramos no palácio, e ele continua ao meu lado quando subimos uma escada.

Alguma coisa persiste no fundo dos meus pensamentos. Alguma coisa errada. Alguma coisa relacionada ao assassino.

— Falei com ele — conto.

— Sim, eu ouvi.

— O sotaque não era pegainense. Era naxosiano.

— E o que isso sugere?

— O assassino é daqui, mas alguém quis criar a impressão de que era estrangeiro. Ele não atirou em mim. Só em você. Esperava ser visto antes de ir embora.

— Muito bom — Kallias repete.

— Por que está me elogiando como se eu fosse uma boa aluna?

— Você está em choque, Alessandra. Estou tentando manter sua cabeça ocupada.

Percebo então que minhas mãos estão tremendo. Kallias olha para elas no mesmo instante. Segura uma delas sem parar de andar.

Kallias é como um espectro se movendo pelo palácio, sombras tremulantes o seguindo de um lugar ao outro. Embora os pés ainda imitem passos, me pergunto se isso é necessário. É como se mal tocassem o chão. As flores nos vasos sobre mesas no corredor não se movem quando passamos. O carpete preto não é marcado pelos passos dele. As cortinas nas janelas não fazem nenhum movimento quando ele passa quase tocando nelas.

Sigo a seu lado, fascinada por tudo nele. Desde a maneira como os músculos nas costas se contraem quando ele anda, uma reação que ainda é visível em meio às sombras, até o modo como os serviçais se encostam às paredes para deixá-lo passar. Tudo nele emana poder.

Andamos por um corredor para... algum lugar. Nunca estive nesta parte do palácio antes.

Espere, que ordem Kallias deu ao guarda? Alguma coisa sobre enviar um curador à suíte da rainha?

Dois andares acima, Kallias para na frente de uma porta. Uma planta trepadeira em vasos repousa sobre duas mesas, uma de cada lado da entrada, as folhas subindo pelas paredes e se encontrando no espaço acima da porta. É fácil imaginar um jardim mágico escondido do outro lado.

Kallias percebe que estou olhando fascinada para as plantas e diz:

— Minha mãe adorava plantas. As rosas eram suas favoritas. Tenho certeza de que notou que elas enfeitam todo o trabalho em madeira no palácio. Ela as cultivava no jardim e as pintava de preto.

— De preto? Por quê?

— Porque assim eram um lembrete do meu pai. Das sombras.

— Aqui é...? — começo, mas não consigo concluir.

Kallias passa pela porta maciça, me deixando sozinha no corredor escuro por um momento. Depois ouço o clique de uma fechadura, e ele abre a porta, agora destrancada, por dentro.

— Eram os aposentos de minha mãe — diz. A mão deve ter se tornado corpórea para manejar as trancas. Mas já estão novamente envoltas em sombras quando passo por ele.

Na entrada, sobre uma mesa grande, rosas frescas ocupam um vaso. Um piano de cauda preenche o espaço junto da parede do outro lado. E a parede atrás de mim, ao lado da porta por onde acabei de entrar? Vitrais cobrem cada centímetro dela, pequenos pedaços de cor compondo a imagem de uma floresta em flor. Um cervo bebe de um lago. Borboletas pairam abaixo das folhas de uma árvore. E, em todos os lugares ao longo da parte inferior, flores desabrocham. A porta é como o tronco de uma grande árvore, perfeitamente integrada à opulência. Velas espalhadas pelo aposento projetam seu brilho em toda a magnificência do desenho, criando reflexos que dão a impressão de que as chamas moram dentro de cada pedaço de vidro.

— Todo o palácio tem energia elétrica, mas minha mãe preferia o jeito como as velas faziam o vidro cintilar. Ainda mando os serviçais as acenderem. Acho que ela teria gostado disso.

Kallias abre outra porta, por onde se chega ao dormitório. A cama é elevada, e são tantos cobertores macios e travesseiros fofos sobre ela que me pergunto se teria que pular para alcançá-la. Cortinas vermelhas foram amarradas a cada coluna do dossel em torno da cama, e suspeito de que, fechadas, impeçam completamente a passagem da luz.

Tapetes vermelhos cobrem o carpete preto, tornando cada passo ainda mais suave. O guarda-roupa é enorme, com um desenho de espinhos de rosas entalhado na madeira das laterais. Uma penteadeira ocupa quase metade da parede, e sobre ela há uma grande variedade de joias e cosméticos.

Kallias percebe para onde estou olhando.

— Eram da minha mãe. Use o que quiser. O que não quiser, os criados podem remover.

— O quê? — Minha cabeça tenta assimilar tudo. Assassino, sangue de Kallias. Os aposentos da rainha. — O que estamos fazendo aqui?

— Estes são seus novos aposentos.

— O quê? — pergunto, atordoada. — Por quê?

— Você salvou minha vida distraindo o assassino e me dando tempo para a cura. E nunca tive tanto medo por sua segurança. Agora vai dormir ao meu lado. — E acrescenta, como se as palavras fossem dolorosas: — A menos que isso a desagrade.

Por um momento fico sem fala.

— Não — respondo finalmente, e meu rosto suaviza. — Não, eu fico aqui. E vai ser uma honra usar as coisas de sua mãe. Não precisa remover nada do quarto.

Seu rosto não se altera, mas posso dizer que está satisfeito. Talvez pela maneira como as sombras clareiam em torno dele.

— Aquela porta no fundo do quarto leva ao lavatório. E esta... — ele aponta para outra que eu não havia notado, perto da cama — leva aos meus aposentos.

Sinto a garganta um pouco apertada e não consigo pensar em um motivo para isso. Porque estou muito contente? Porque me sinto honrada com o gesto? Talvez até um pouco amedrontada com a intimidade nele?

Kallias prossegue, apressado:

— Além disso, sua presença na suíte da rainha vai ajudar a reforçar nossa encenação. Pode invadir meu quarto, se quiser, como fiz com você tantas vezes e de maneira tão rude. — Ele ainda olha para a porta de ligação entre nossos quartos.

— Não sei o que dizer — confesso. As grandes janelas espalham um brilho quase cintilante em tudo. As pequenas árvores nos vasos no canto do quarto se inclinam para a luminosidade.

Eu me sinto como uma princesa da floresta.

Não, uma princesa não, corrijo.

Uma rainha.

Estou nos aposentos da rainha.

— Pode dizer se gosta ou não daqui — Kallias sugere. — Se tem alguma coisa que a desagrada nas acomodações.

Sorrio e olho para ele.

— Nada me desagrada. É lindo. Obrigada por compartilhar isso comigo.

— Fico feliz. — Ele olha para minhas mãos.

Percebo que ainda estão tremendo.

Kallias me empurra com delicadeza para me fazer sentar sobre a cama. Pega um cobertor de uma banqueta perto dos pés dela e o coloca sobre meus ombros.

— Estou bem — insisto.

— Vai ficar, mas é normal que não esteja.

— Não é a primeira vez que vejo a morte, Kallias. — Queria poder retirar as palavras. Não preciso de perguntas sobre Hektor.

— Ver o rei matar um guarda é muito diferente de me ver matar um homem que pretendia nos matar. Sua vida estava em perigo.

Ah, certo.

— Por que está tão controlado? — pergunto, e o encaro. — Foi *você* quem levou o tiro, pelo amor dos deuses.

— Porque faz algum tempo que sei que alguém está tentando me matar. Passei a contar com isso.

Kallias fica comigo até a chegada de uma curandeira. Uma mulher idosa que me examina com atenção, insiste em olhar o vergão em meu rosto. Ela prescreve descanso como tratamento, o que não me surpreende.

— Tem alguém que possa passar a noite com você? — a velha pergunta.

— Por quê?

— Depois de uma experiência como essa, pode ter dificuldade para dormir. Outra pessoa no quarto pode ajudar.

— Não sou criança. Não preciso de ninguém para me mostrar que não tem monstros no armário.

— Monstros não. Assassinos. Homens que a usariam para chegar ao rei — ela pondera, o que não me ajuda em nada.

— Saia — ordeno, irritada.

A curandeira recolhe suas coisas, sai do quarto e me deixa cercada por um abençoado silêncio.

CAPÍTULO
18

Faço a ceia em meus novos aposentos. Depois do dia agitado, não quero me cercar de muita gente. Kallias não janta comigo, e imagino que esteja ocupado com o sujeito que conseguiu entrar nos jardins da mãe dele sem ser visto.

E, provavelmente, matando os homens que permitiram que isso acontecesse.

Quando termino a refeição, uma criada aparece para me ajudar a trocar de roupa.

— Trouxe sua correspondência, milady, caso queira responder parte dela esta noite. E vou pedir aos criados que tragam todas as suas coisas para cá amanhã cedo.

Ela deixa duas pilhas de cartas sobre a mesa de cabeceira ao lado da minha cama. No topo de uma delas, vejo a carta de amor de Orrin e reajo com desgosto.

Ela deixa uma de minhas camisolas mais simples sobre a cama, mas a dispenso, não preciso mais de sua ajuda.

Tranco a porta assim que ela sai. Verifico as janelas para ter certeza de que todas estão trancadas. Olho cada canto do quarto, que é grande o bastante para esconder um intruso. Acendo todas as luzes em todos os cômodos da suíte, antes de preparar um banho e deixar a água levar embora do meu corpo tudo o que aconteceu hoje.

Enxugo o corpo de maneira metódica, visto uma camisola branca e simples, apago as velas e as luzes e vou para a cama.

Assim que me deito, meu coração dispara. Cada sombra no quarto parece esconder um invasor. Fecho as cortinas em volta da cama, bloqueando o restante do cômodo.

Mas isso só piora a situação. Não consigo ver o que pode ou não estar lá fora.

Depois de uma experiência como essa, pode ter dificuldade para dormir.

Velha maldita!

Racionalmente, sei que não há nada no quarto. Sei que estou sozinha. Sei que ninguém pode entrar sem arrombar a porta ou quebrar as vidraças de uma janela.

Mas não consigo fazer meu corpo relaxar o suficiente para dormir.

Esta noite, pelo menos, sei que não vou conseguir descansar se ficar sozinha nestes aposentos.

Penso em convencer Rhoda ou Hestia a vir passar a noite comigo, mas não seria justo acordar uma delas agora. Já é muito tarde. Não posso incomodá-las.

Um ruído fraco chama minha atenção, e me assusto, apesar da suavidade. É só um latido distante. Demodocus e Kallias devem ter se recolhido. Nada com que eu deva me preocupar.

Eu me sento na cama, afasto as cortinas e olho para a porta entre nossos quartos. Antes que possa pensar duas vezes, me levanto e corro para a porta como se ela fosse a chave para minha salvação.

Bato com delicadeza. Talvez com timidez demais. Kallias me ouviu? Talvez eu não *queira* que ele me ouça. Estou sendo ridícula. Talvez deva apenas dar umas voltas pelo quarto para me livrar da energia do nervosismo e...

A porta se abre com um rangido, sugerindo que não é aberta há muito tempo.

— Alessandra — diz Kallias. Como se pudesse ser outra pessoa do outro lado, batendo para chamá-lo.

Seu cabelo está despenteado, como se ele tivesse passado a mão na cabeça ao longo das últimas horas. A camisa está para fora da calça, desabotoada, expondo o peito liso. Bati quando ele estava se despindo. E parece que isso não o incomoda, ou não teria vindo abrir a porta.

— Eu... não consigo dormir — explico.

Antes que ele possa dizer ou fazer alguma coisa, um corpo peludo passa perto das pernas de Kallias e entra no meu quarto. Demodocus anda farejando as paredes, reconhecendo o novo espaço.

— Só um momento — pede Kallias. Ele deixa a porta aberta e volta ao quarto. Apesar da pouca luminosidade, vejo o contorno de uma cama enorme, grande o bastante para acomodar confortavelmente cinco pessoas.

É a mesma que o pai dele usava ou Kallias mandou fazer uma nova para ele? Como ele é quando dorme? Quieto e silencioso, com os movimentos suaves do peito servindo de único sinal de que está vivo? Ou ele se mexe, vira de um lado para o outro com frequência e ronca? Nos sonhos ele é envolto em sombras ou fica sólido?

Ele volta, e sua silhueta esconde a cama. Kallias vê Demodocus enfiando o focinho no guarda-roupa para verificar os cheiros guardados lá dentro, apoiado sobre as patas traseiras.

— Demodocus, no chão.

O cachorro obedece e vai procurar outras coisas para farejar.

— O que a incomoda? — pergunta Kallias.

Volto para a cama, sento na beirada e ele me acompanha.

— Nada, mas não consigo dormir.

— Tivemos um dia muito agitado, e os homens que deixaram o invasor entrar já foram punidos, mas você está segura. Garanto. Há homens lá fora, no corredor, e outros no pátio, vigiando as janelas. Não que alguma coisa possa nos alcançar aqui em cima, mas, em matéria de precaução, é melhor pecar pelo excesso.

Assinto, já sei de tudo isso.

— Estou no quarto ao lado, se precisar de alguma coisa. Você não é indefesa — Kallias enfatiza. — Cravou uma adaga na coxa do agressor, pelo amor dos deuses. Você é muito capaz. — Ele toca minha coxa em um gesto de conforto.

Olho para ele.

— Obrigada. Sei de tudo isso, de verdade. Só não consigo relaxar.

— Deite-se — ele diz, e eu me deito, deslizando para o outro lado da cama para deixar espaço para ele. O rei começa a se acomodar, mas nota as cartas empilhadas sobre a mesa de cabeceira.

Kallias pega uma delas, e estou me preparando para agradecer se ele não xeretar nas minhas coisas quando percebo o que está segurando.

— *Minha caríssima Alessandra* — ele lê em voz alta. — *Espero que perdoe minha ousadia, mas soube que o rei não a acompanhou ao último evento na propriedade dos Christakos.*

Dou um pulo e tento arrancar a carta da mão dele, mas Kallias a mantém fora do meu alcance e continua lendo.

— *De fato, há boatos de que você passou a noite com um amigo de infância. Isso me leva a ter esperanças de que talvez tenha terminado tudo com Sua Majestade. É claro que sabe sobre minha viagem de negócios... Ela me mantém longe de sua presença por muito tempo, mas penso em você diariamente. Sinto falta de sua conversa, de seu sorriso, de como desvia o olhar do meu quando é surpreendida por minha generosidade.* Quem escreveu isto? — Kallias olha para a assinatura. Depois solta uma gargalhada. — Orrin escreveu uma carta de amor para você?

Eu me levanto, tento tirar aquela coisa das mãos dele, mas Kallias ainda a mantém fora do meu alcance.

— *Quando olho para o céu da noite, deixo de ver beleza. Tudo em que consigo pensar é você. Em seu cabelo escuro e em como anseio poder deslizar os dedos pelas longas mechas. Seus lábios, maduros como cerejas... como anseio por saboreá-los. Seus dedos são tão delicados quanto asas de borboletas, e seus olhos têm um brilho que compete com a luz das estrelas.*

— Maldição, Kallias, me dê isso aqui! — Eu me atiro sobre ele e, dessa vez, em vez de se afastar, ele se transforma em sombra.

Junto com a carta, que agora está inacessível para mim pelo tempo que Kallias desejar.

— Isso é injusto — reclamo.

Ele enxuga uma lágrima sombria de humor do canto do olho.

— Como escondeu esse tesouro de mim? — E lê mais um trecho. — *Sua voz poderia ordenar que o mundo parasse de girar, que as plantas parassem de crescer, que o vento deixasse de soprar, que os insetos parassem de chilrear.* — O rei tem um ataque de riso. — Insetos chilreando. Na carta de amor que ele escreveu para você! — Kallias aperta a barriga com as duas mãos e assim esquece de segurar a carta. Ela se solidifica instantaneamente, e eu a pego antes que caia no chão.

Rasgo o papel e deixo os pedaços caírem.

— Nem todos os homens têm habilidade com a caneta — resmungo.

Kallias olha para as pilhas de cartas.

— Diga que essa não foi a primeira. Por favor, fale que tem mais!

— Não tem — asseguro.

— Que pena. Ah, não rio tanto há... bem, há um ano, pelo menos. Alessandra, você está vermelha!

— Não. Se meu rosto está quente, é porque estou furiosa com você.

— Por debochar de Orrin?

— Por debochar de mim. Por achar engraçado que alguém queira escrever uma carta de amor para mim.

Ele nunca vai me ver como uma possibilidade romântica?

Instantaneamente, a jovialidade desaparece de seu rosto, substituída por total seriedade.

— Alessandra, não debochei de você. Só dei risada de Orrin tentando ser poético. Você é digna da atenção de todos os poetas, mas isso... — aponta para os pedaços de papel no chão — não é digno de você.

Mais calma, eu o desafio:

— E suponho que você poderia fazer melhor?

— Certamente. — Ele olha com tristeza para o papel rasgado no chão. — Precisava destruir a carta? Eu a teria emoldurado e guardado, para quando tivesse um dia ruim.

— Cale a boca. — Volto para a cama e fico olhando para o teto. Não permito que um sorriso suavize meu rosto.

Mas o humor de Kallias é muito contagioso. E gosto do sorriso dele mais do que quero admitir.

Um grande peso me sacode na cama, mas, como está meio em cima de mim, sei que não é Kallias.

— Ah, oi — digo a Demodocus.

Kallias estala os dedos e aponta para o chão ao pé da cama. Demodocus obedece e, com ar triste, vai se deitar no local indicado.

Kallias ocupa o espaço ao meu lado. Cruza os dedos sobre o peito e olha para a cobertura do dossel.

— Não faço isso há muito tempo — diz.

— Deitar ao lado de uma mulher?

— Deitar na cama da minha mãe.

Há um bom espaço entre nós, mas consigo esticar o braço e segurar uma das mãos enluvadas. Ele não resiste.

— Não precisa ficar comigo. Posso... — começo.

— *Shh*. Durma.

A interrupção me faz sorrir. Tento fazer o que ele sugere. Tento de verdade, mas faz tempo que não tenho um homem na cama. Dormir é a última coisa em minha cabeça. Mesmo que qualquer outra coisa seja impossível.

Então lembro o que aconteceu no jardim. Depois do ataque. As mãos de Kallias em mim. Procurando ferimentos, mas depois as coisas mudaram. Seu toque mudou. Seus olhos mudaram. A respiração mudou.

Não considero que foi uma melhoria. Quase morremos. Depois, ele deve ter ficado embriagado com a energia do momento. E isso o deixou... emocionado.

O que teríamos feito se os guardas não houvessem chegado?

— O assassino sobreviveu? — pergunto.

— Não. Com o ferimento provocado por você e o causado por mim, não teve chance.

— Então não conseguiu saber nada por ele?

— Nada, exceto o que já discutimos sobre as roupas e o sotaque. Ele não tinha nada nos bolsos. Nenhum bilhete de quem o contratou, nem dinheiro. Quem o enviou foi muito cuidadoso.

Afago a mão de Kallias com suavidade.

— O que vai ser feito, então?

Ele leva a mão livre atrás da cabeça e a deixa descansar sobre o travesseiro.

— Pensei que teria respostas a esta altura. Todo mundo foi interrogado novamente sobre a noite em que meus pais morreram. Muita gente ainda não foi considerada suspeita. Todos ficaram apavorados quando a invasão aconteceu. Ninguém consegue lembrar quem estava na sala de segurança com eles, exceto as pessoas à direita e à esquerda imediata deles. Metade dos meus nobres diz que estava em lugares onde ninguém mais os viu.

"Ampelios investiga quem pode ter envenenado minhas luvas dois meses atrás. Não encontrou nada. E o mais terrível é que não sei se é verdade ou se ele está envolvido nisso por ser um dos membros do conselho.

"Agora tivemos um novo ataque, que deveria trazer novas pistas. Mas o assassino está morto. Seu corpo não tem segredos a revelar. E tudo que o sotaque e as roupas sugeriram foi que alguém na minha corte matou meus pais e agora está tentando me matar. O que eu já sabia."

Afago o polegar dele com o meu enquanto ele fala, esperando confortá-lo silenciosamente.

— Sabe, eu não criticaria você se fosse embora — Kallias comenta, em um tom um pouco mais baixo.

— Embora?

— Do palácio. Estar perto de mim também põe você em perigo. Não precisa ficar. Eu nunca a obrigaria a ficar aqui.

Viro a cabeça, mas ele não olha nos meus olhos.

— Não vou a lugar nenhum. Você não vai enfrentar isso sozinho. — Além do mais, quando eu for rainha, as pessoas vão tentar me matar, de qualquer jeito. Melhor me acostumar com isso agora.

Ele solta o ar, como se o estivesse segurando enquanto esperava para ouvir o que eu tinha a dizer.

— Vamos resolver isso juntos — prometo.

Kallias assente, mas posso ver que isso não alivia sua mente perturbada.

Quando acordo, o calor de outro corpo envolve o meu, me aquece. Primeiro tento envolver o homem com um braço, seja ele quem for, depois registro duas coisas ao mesmo tempo.

A primeira, estou vestida.

A segunda, o corpo ao lado do meu é peludo demais.

Pelo jeito, Demodocus conseguiu voltar para a cama assim que o dono saiu. Kallias deve ter voltado ao quarto vizinho assim que peguei no sono. Não pode correr o risco de dormir na minha cama. E se eu rolar e tocar nele?

Afago a cabeça do meu companheiro de cama.

— Bom dia.

Demodocus tenta lamber meu rosto, mas viro para o outro lado e me levanto da cama.

— Sem beijos molhados, por favor.

Quando minha criada chega para me ajudar, um serviçal também aparece para levar Demodocus. Ela traz um vestido simples, mas isso não é problema. Hoje vou começar os preparativos para o baile que Kallias me autorizou a organizar. Acho que vou marcar para daqui a um mês, o que significa que tenho muito a fazer. Convites para enviar. Um tema para escolher. Decoração. Comida. Arranjos de mesa.

Mas só conheço duas damas a quem pedir ajuda.

Alguém bate na porta logo depois que me visto, quando estou pronta para começar o dia.

— Lady Stathos. — Um homem diz do outro lado da porta enquanto se curva.

— Lorde Vasco. — O chefe do conselho de Kallias.

— Pode me chamar de Ikaros, por favor.

Não retribuo o gesto de boa vontade.

— Posso entrar? — ele pergunta, olhando para a sala de recepção da rainha atrás de mim.

Quem ele pensa que é para se convidar a entrar em meus aposentos? É claro que não pode entrar. E como soube tão depressa da minha presença aqui? Deve ter um espião próximo do rei. Ou de mim...

— Na verdade, eu estava saindo. — Seguro a saia para passar pela porta e me dirigir ao corredor. Um pequeno exército de serviçais passa por mim, levando meus pertences para os novos aposentos. — E me desculpe, mas não gostei de nenhuma das nossas conversas anteriores. É difícil acreditar que esta vai ser melhor.

Ikaros me segue pelo corredor.

— Estou muito feliz por ter estado presente ontem para ajudar o rei — ele diz, ignorando tudo que acabei de falar.

Quase tropeço ao parar de repente no meio do corredor.

— Ajudar? Salvar a vida dele, você quer dizer?

Ele também para e cruza os braços.

— Isso é um pouco de exagero, não acha? Considerando que ele nem estaria lá se você não estivesse?

— Está tentando insinuar que tive alguma coisa a ver com o atentado contra a vida do rei?

Ele remove uma linha invisível da túnica.

— De jeito nenhum. Não sei o que poderia ganhar matando o rei. Seu futuro próspero depende de ele permanecer vivo. O que me leva à pergunta: por que insiste em andar por aí com meu sobrinho, quando está sendo cortejada por um rei?

Continuo andando, sem me incomodar com respostas que não são da conta dele.

— Sei que passou uma noite inteira com Leandros, fazendo sabe-se lá o quê. Dança com ele nas festas. Foi vista com ele lá fora pouco antes do ataque no jardim.

— Mandou alguém me seguir? — Levanto as saias quando descemos um lance de escada, recusando-me a olhar para ele.

— Há olhos em todos os lugares. Nada do que faz passa despercebido. E, se insistir em agir como uma meretriz...

— Vasco — digo, me virando de frente para ele e demonstrando o maior desrespeito ao negligenciar seu título e me negar a usar seu primeiro nome, depois de ele ter me dado permissão para isso. — Devia tomar muito cuidado com o que me fala. No momento, o rei confia mais em mim do que em você. E um dia serei a rainha dele. Quando ele atingir a idade legal e não precisar mais de você, acha que vou ter alguma dificuldade para convencer o rei a expulsá-lo do palácio?

Antes que ele possa dizer alguma coisa, continuo:

— Vou passar meu tempo com quem eu quiser. O fato de estar envolvida com o rei não significa que não possa ter amigos. Felizmente, seu sobrinho não é como você. Não venha atrás de mim.

Ele fala para minhas costas:

— Tente se manter focada, Alessandra. O rei precisa de um herdeiro e, se você não demonstrar interesse suficiente, ele pode olhar em outra direção.

— Quando me dizem para não fazer alguma coisa, só quero fazê-la ainda mais — aviso antes de me afastar.

Mas algo me incomoda na insistência do conselho em esperar um herdeiro de Kallias. Eles não sabem exatamente como funcionam os poderes do rei? E, se sabem, não desejariam que ele não tocasse ninguém?

A menos que sejam eles os responsáveis pelos atentados ao rei.

Estou começando a pensar que os receios de Kallias são mais do que justificados.

CAPÍTULO
19

Paro no meio do salão de baile e giro lentamente.

— Vamos precisar de vasos de plantas. Quero todo o salão contornado por vasos. Vamos usá-los para formar caminhos, como em um jardim de flores.

Epaphras, guardião da agenda de Kallias, não está nada contente com a tarefa de me servir no dia de hoje. (Aparentemente conquistei sua antipatia quando o ignorei e invadi a reunião do rei.) Mas Kallias garantiu que era capaz de organizar as próprias reuniões por um dia, e que eu podia ocupar seu melhor guardião de agenda para cuidar de minhas anotações. Meu baile deve ser prioridade máxima.

De início achei estranho ele insistir, depois de ter sofrido um atentado. Mas depois percebi que ele não quer esse tipo de atenção. Não quer que seu povo pense que ele está em perigo, que existe alguma ameaça contra ele. Ele quer que tudo pareça normal.

— Para que se incomodar com vasos? — Epaphras pergunta, sarcástico. — Por que não jogamos terra no chão do salão de baile, simplesmente?

— Acho isso brilhante! — diz Hestia. — "Joias do Jardim da Rainha" é um tema maravilhoso! O salão de baile vai ficar esplêndido quando tudo estiver pronto.

— Todas as damas podem se vestir para parecerem flores diferentes — sugere Rhoda. — Ah, é melhor encomendarmos logo o traje à costureira, antes que todas fiquem ocupadas!

— Vocês têm uma vantagem — garanto. — Ainda não mandei os convites. Epaphras! Vou precisar de papel e amostras de caligrafia, é claro. Os convites devem ser enviados até o fim de semana.

— Naturalmente — responde o criado.

— É melhor avisar Kallias que preciso muito mais de seus serviços que ele. Acho que vou precisar de você até a semana que vem, pelo menos.

O escriba empalidece, e compartilho um sorriso secreto com Rhoda.

— Galen — Rhoda diz à sombra atrás dela. — Entre em contato com minha costureira e marque um horário. Avise que é urgente.

— É claro, milady.

Epaphras sai pisando firme, resmungando alguma coisa sobre o desperdício de suas habilidades.

Assim que ele desaparece, Hestia praticamente pula em cima de mim.

— Até que enfim somos só nós! Agora me diga, depressa, *é verdade?*

— Para responder, preciso saber do que está falando, Hestia — retruco, mesmo sabendo que ela quer falar sobre o atentado contra a vida do rei.

— A criada de milady ouviu da irmã dela, que trabalha como lavadeira, que ouviu de um jardineiro, que ouviu do...

— Céus — Rhoda a interrompe. — Não precisamos saber exatamente que caminho a notícia percorreu.

— Certo. — Hestia olha para mim. — Está instalada na suíte da rainha?

A pergunta me surpreende. Ah. Ofereço a ela um sorriso sincero.

— Sim.

Hestia geme com inveja.

— Você é a garota mais sortuda de todos os seus reinos. Como ela é?

— Ontem à noite, tomei banho em uma banheira que acomoda três pessoas confortavelmente. As paredes são revestidas com óleos e fragrâncias. Pus pétalas de rosa e óleo de lavanda na água. Se não tivesse medo de me afogar, teria dormido lá.

— Você tem que fazer uma lista para mim. Preciso de uma cópia dos rótulos de todos os frascos.

— Talvez eu possa só...

— Todos os rótulos — ela me interrompe. — Preciso saber que marcas a rainha usava!

— Acho que já falamos que você tem um cheiro muito bom — Rhoda a censura. — Não precisa copiar tudo que...

— Não tem nada a ver com isso! Vai me dizer que não tem nenhuma curiosidade sobre o óleo de banho de lavanda da rainha ser um Rondo ou um Blasios?

Rhoda pensa por um momento.

— É, tem razão.

— Ah!

Concluído nosso trabalho do dia, saímos do salão de baile. Assim que chegamos ao hall de entrada, vejo alguém entrando no palácio.

Orrin.

Ele voltou, afinal.

Nossos olhares se encontram, e uma expressão que lembra um animal ferido passa pelo seu rosto, antes de ele me dar as costas.

— Ele parece tão arrasado — Hestia comenta.

— Não é por minha causa. É por minha irmã. De algum jeito ele se convenceu de que somos a mesma pessoa.

— Ele às vezes parece meio... obtuso — Rhoda reconhece. — Como esse homem herdou um título e as posses de conde?

— Acho que toda a prole inteligente do pai dele morreu antes de chegar à vida adulta — respondo com desgosto. — Encontro vocês duas mais tarde — acrescento, e me preparo para conversar com Orrin. — Lorde Eliades! — chamo, e vou atrás dele. Estou fazendo isso por Rhouben. Ele cumpriu sua parte do acordo, e agora é hora de eu cumprir a minha. — Podemos conversar em particular? Nos seus aposentos, talvez?

— Não há mais nada a dizer, Lady Stathos. Já foi bem clara.

— Mas eu posso explicar, ao menos.

— Não é necessário. — Ele segue o lacaio que carrega um baú com suas coisas para o quarto.

Entre todas essas coisas está seu selo. Preciso dele para o nosso plano dar certo. Orrin não vai permitir que eu entre em seu quarto, então vou ter que pensar em outro jeito.

Quando Kallias se junta a mim na biblioteca para o jantar, tenho um novo plano, embora não saiba se vai dar certo. Por precaução, peguei a carta forjada com Rhouben e pedi a Petros que preenchesse a data. Com todos os personagens no palácio, finalmente, só precisamos daquele selo.

— Soube que você e Lorde Eliades tiveram um desentendimento no hall de entrada do palácio hoje à tarde.

Kallias se senta, e Demodocus se deita no chão ao meu lado, com a cabeça sobre o meu pé.

— Sim, bem, de algum jeito ele teve a impressão de que existia algum tipo de envolvimento entre nós. Uma impressão que meu pai incentivou, receio. Depois do nosso passeio ao lago, Orrin quis deixar claro que não deseja mais manter nenhum tipo de relação comigo.

— Seu pai sabe da nossa ida ao lago?

— É claro que não. Ele só criou um plano de emergência, para o caso de eu não conseguir garantir sua mão. Meu pai está decidido a alcançar um dote enorme por mim. Ele está... falido.

Kallias faz cara de surpresa.

— E ele pensou em *vender* você para mim?

— Não é assim que as coisas são feitas?

— Bem, sim, mas não de um jeito tão crasso. Hum. Talvez eu deva fazer alguma coisa sobre isso.

Sei que eu vou fazer alguma coisa sobre isso imediatamente, assim que for rainha.

Uma pausa na conversa nos permite experimentar o jantar.

— Quando for seguro encerrar nossa encenação — Kallias me diz —, não vai querer se casar e ter uma família?

— É claro que sim. O casamento, pelo menos. Ainda não sei se quero filhos. — Tenho vontade de me esbofetear assim que as palavras saem da minha boca. Como ele faz isso comigo? Às vezes me convenço de que somos amigos de verdade e posso ser honesta. Mas esse é o verdadeiro enigma, não é? Ele é um alvo, e não posso cometer o engano de ficar confortável demais ao seu lado.

Se quero me casar com o rei, devia ter dito que quero ter filhos. Esse é o dever de uma rainha. Dar herdeiros. Não importa se Kallias não vai viver o suficiente para produzi-los.

— É como me sinto — ele confessa, e me surpreende. — E por que não se interessa por Orrin? Sei que ele é muito rico. As damas da corte parecem achar que ele é atraente.

— É óbvio que nunca conversaram com ele.

Satisfeito com minha resposta, Kallias volta a dar atenção à comida. Meu pé dormiu embaixo do peso de Demodocus, e ele aquece o outro com seu hálito.

— Por que escolheu a biblioteca para o nosso jantar? — pergunto. — Gosta de ler, pelo menos? Nunca o vi com um livro na mão.

— Meu pai adorava ler. Ele era um homem velho. Gostava de adquirir conhecimento. Esta sala não só me faz lembrar dele como tem o cheiro dele.

Kallias sempre falou muito sobre a mãe, mas é a primeira vez que diz alguma coisa pessoal sobre o pai.

— Não tenho tempo para ler — ele argumenta. — E, mesmo que tivesse, não leria. Não é um dos meus passatempos. Prefiro correr com Demodocus ou conversar com você.

— Seu pai foi o homem mais velho da história?

— Não. Tenho um tio-avô que viveu setecentos e cinquenta e oito anos.

— Ele durou mais de setecentos anos antes de se casar e ter filhos?

O rei assente.

— Quanto tempo acha que vai durar? — pergunto.

— Duvida da minha determinação?

— Estou tentando imaginar você com setecentos anos de idade sem nunca ter lido um livro. Seu corpo e sua mente vão continuar do mesmo jeito? — Disfarço o sorriso bebendo um gole de vinho.

— Os livros não são a única fonte de conhecimento. Vou me tornar mais inteligente e mais poderoso à medida que meu império se ampliar. Enquanto descubro novas estratégias para liderar meus exércitos. Com o aconselhamento de homens e mulheres sábios.

— E vai se tornar mais solitário. Não acha que vai se esquecer de como é ser humano se afastar todos os mortais de sua vida? — A essa altura, nem estou tentando convencê-lo a se envolver comigo. Minha curiosidade é sincera.

— Não afastei você.

— Mas um dia eu vou morrer. Vou envelhecer, e você não vai, enquanto continuar vivendo na sombra.

Kallias interrompe o movimento de levar a comida à boca, como se nunca tivesse pensado nisso. Depois replica:

— Isso vai demorar muito para acontecer. — Mas não me encara.

Não importa. Chega de conversa de amigos por uma noite. É hora de pôr em prática meu plano para ajudar Rhouben.

— Kallias, ouvi uma história sobre você pegar sapos no lago para pôr na cama de uma de suas tutoras.

Ele sorri da lembrança.

— Ela era de uma chatice tremenda.

Olho para ele.

— Que foi? — pergunta o rei.

— Estou pensando. Essa sua habilidade... são só objetos inanimados que consegue transformar em sombra com um toque?

Demodocus sai de cima do meu pé e vai sentar perto do dono. Finalmente minha circulação volta ao normal.

— Por quê? — Kallias pergunta.

— Tenho que entrar escondida nos aposentos de alguém. Para ajudar um amigo. Estava pensando se pode me ajudar a passar pela porta. Através dela, quero dizer.

— Acha que vou colaborar com a invasão do quarto de alguém? Uma pessoa da minha corte?

— Por mim? Sim.

Uma luz dança no fundo dos olhos de Kallias.

— De quem é o quarto?

— Orrin.

— Será que eu quero saber o que está planejando?

— Acho que seria mais divertido se você assistisse ao desenrolar dos acontecimentos.

Kallias afaga a cabeça de Demodocus.

— Não finja que não faz esse tipo de coisa — acrescento. — Sei exatamente o quanto você gosta de se esgueirar para o quarto das pessoas da corte. E, com todas as responsabilidades com que tem lidado nos últimos dias, está precisando se esgueirar por aí um pouco.

O sorriso dele deixa ver os dentes.

— Tudo bem, mas só porque é o quarto de Orrin. E, se você for pega, vou negar qualquer participação nisso. Para manter as aparências.

— E vai me advertir em público e me perdoar em particular?

— Mais ou menos isso. Agora vamos, enquanto todos ainda estão lá embaixo jantando.

Kallias me ajuda a ficar em pé e segura a porta da biblioteca aberta para sairmos. Eu paro do lado de fora.

— Que foi? — ele pergunta.

— Não sei onde fica o quarto de Orrin.

— Eu ficaria preocupado se você soubesse. Por aqui.

Eu o sigo pelo corredor. Subo um lance de escadas. Outro corredor. Ele para diante de uma porta que parece igual a todas as outras.

— Como sabe onde fica o quarto dele? — pergunto.

— Sei onde fica o quarto de todo mundo. Gosto de saber de onde podem vir as ameaças.

— Mas mantém as pessoas mais perigosas perto de você?

— De jeito nenhum. — Ele toca a ponta do nariz com uma das mãos enluvadas e segura a minha com a outra. Kallias olha para os dois lados do corredor, querendo ter certeza de que estamos sozinhos.

Depois me sinto desaparecer.

Nunca notei o quanto meus membros são pesados até de repente sentir que eles não têm peso nenhum. Sombras se movem pela minha pele, envolvem os dedos, escorregam nos pelos finos dos meus braços.

Seguro a mão de Kallias com mais força, sentindo que estou flutuando e posso desaparecer no céu, se ele não me mantiver no chão.

— Você se acostuma — ele diz. — Vamos lá.

Kallias vai na frente, projeta a cabeça para passá-la pela porta. Depois de confirmar que o quarto está vazio, ele me puxa para dentro.

A sensação de atravessar uma parede sólida é a mesma de deslizar uma faca por manteiga mole. Pouquíssimo atrito. E quase satisfatório, de certa forma.

Estamos dentro do quarto.

Os aposentos de Orrin são bem pequenos, comparados à minha suíte de rainha. Cortinas e colcha sobre a cama são azuis com toques prateados na barra. Tento identificar os toques pessoais e descubro que não há nenhum. Nada de fotos de família (como algumas pessoas de posses têm), nem enfeites ou lembranças, não há nem livros nas estantes.

Ele viaja tanto a negócios que talvez nem se importe com essas coisas.

Mas esqueço completamente o ambiente à minha volta ao perceber que continuo segurando a mão de Kallias.

— O que aconteceria se nos tocássemos neste estado? — pergunto.

Kallias leva a mão livre aos lábios e tira a luva com os dentes. Depois aproxima os dedos do meu rosto.

Registro o contato como uma sensação distante, mas não há nenhum calor. Nenhuma sensação de tocar alguém considerado atraente.

É horrível, na verdade. Esperar esse contato e não experimentar nada. Nem mesmo com um toque.

— Eu sei — ele diz, lendo a expressão em meu rosto. — É uma sombra da sensação causada por um contato real. — Ele se abaixa para pegar a luva que deixou cair. — Vou esperar lá fora e aviso se ele chegar. Se precisar de alguma coisa, é só bater na porta.

E ele atravessa a parede para o corredor como uma coluna de sombra.

Percebo meus membros voltarem ao normal, vejo as sombras desaparecerem. E me sinto muito melhor assim.

A escrivaninha de Orrin fica diante da grande janela no aposento principal. A suíte consiste em um dormitório e um lavatório. Não tem saleta ou estúdio, como o meu.

Abro a primeira gaveta e encontro tudo de que preciso em um espaço organizado. O selo, cera e as ferramentas para aquecê-la.

Acendo o pavio, ponho a cera sobre ele e espero que derreta. Como nunca fui muito paciente, decido bisbilhotar as coisas de Orrin. As outras gavetas da escrivaninha são ocupadas por materiais de escrita e algumas cartas por terminar.

Orrin tem alguns baús e um guarda-roupa. Um dos baús está trancado. Os outros contêm roupas de cama. O guarda-roupa é ocupado por roupas sem graça em tons de bege, marrom e branco.

Olho para o baú trancado.

— O que será que tem aí dentro? — cochicho. Nada mais no quarto é trancado. Nem as gavetas com a correspondência. Nem mesmo a gaveta que guarda uma bolsa com necos.

Avalio o peso da arca trancada. Consigo tirá-la do chão. Não é pesada, exceto pela madeira de que é feita. Nem é muito grande. Só um pouco mais larga que meu corpo.

Deixo o baú no chão e olho em volta. Se fosse Orrin, onde esconderia a chave, presumindo que não a levasse consigo?

Volto à escrivaninha e examino as gavetas com mais atenção.

E noto que uma não parece ser tão profunda quanto as outras.

Um fundo falso.

E, dentro dele, uma chave de bronze.

Eliades, seu idiota simplório.

Volto ao baú e suspiro aliviada quando a chave se encaixa perfeitamente na fechadura. Levanto a tampa.

Tem roupas lá dentro. Roupas fedidas, aliás.

Por que diabos ele haveria de querer trancar essas coisas?

Primeiro, pego uma camisa marrom amarrotada. Minha luva fica manchada pelo contato, e lamento a perda da peça.

Depois encontro uma calça comum. Embaixo dela, um par de botas.

Orrin certamente não é esperto o bastante para criar pistas falsas, então o que...

E é nesse momento que vejo o último objeto no fundo do baú.

O que o incrimina.

Seguro o tecido com a ponta dos dedos da mão coberta pela luva manchada.

Uma máscara.

A máscara.

Do bandido. O mesmo que roubou Kallias e a mim.

Dou risada. Ah, Orrin.

Mas é claro que é Orrin. O bonzinho piedoso que quer adotar órfãos. É claro que roubaria da própria classe para ajudar os pobres.

O idiota.

De início, penso em sair correndo e mostrar tudo a Kallias, mas entendo que ele vai trancafiar Orrin. Não posso deixar que isso aconteça, ainda não. Ele tem um papel a desempenhar na salvação de Rhouben.

Guardo a máscara em um bolso do vestido, devolvo tudo ao baú e o tranco, devolvo a chave ao lugar dela e, enfim, selo a carta que trouxe comigo, antes de guardar todo o material em seus devidos lugares.

Então bato na porta. Kallias estende a mão através dela, me segura e puxa para fora.

Começamos a andar.

— Tudo certo, de acordo com o plano? — ele pergunta.

— Até melhor.

Kallias olha para mim com atenção quando viramos em um corredor.

— Não me lembro de ter visto você assim, tão contente. Estou com ciúme de Orrin por ser a causa dessa alegria.

— Não fique — respondo. — Acabei de encontrar evidências incriminadoras no quarto dele.

Kallias parece desconfiado.

— Você as plantou lá?

Dou risada.

— Na verdade, não. Vim por um motivo inteiramente diferente e acabei tropeçando nelas.

— E posso saber o que é?

— Depois. Antes preciso que Orrin faça uma coisa. Confia em mim?

Kallias faz uma pausa e me estuda, considerando a pergunta com honestidade.

— Confio — diz finalmente, como se a resposta o surpreendesse. E acrescenta: — Estou explodindo de curiosidade, mas vou tentar ser paciente.

— Você é muito bom nisso. — A intenção é fazer uma piada, mas acho que, de algum jeito, minha voz ganha uma nota de amargura.

CAPÍTULO
20

Está na hora.

Rhouben entregou a carta a Melita. O pai dele, Lorde Thoricus, está na corte, embora relutante. Orrin retornou de sua viagem, que agora sei que não tem nada a ver com negócios, era só uma desculpa para suas atividades de bandido.

Ainda acho difícil acreditar que ele tem capacidade e inteligência para essa encenação.

Mas isso não importa. Em pouco tempo Orrin será desmascarado.

Rhouben chega aos meus aposentos às oito e meia.

— Ela acabou de cancelar nosso passeio pelos jardins, disse que está cansada e vai se recolher cedo esta noite. Mordeu a isca, Alessandra! — A empolgação de Rhouben me faz sorrir. — E agora, o que fazemos?

— Subornei um serviçal para seguir Orrin o dia todo e me mandar cartas regulares com seus paradeiros. O próximo passo é levá-lo aos aposentos de Melita.

Rhouben mexe as pernas vestidas com uma calça bem cortada.

— Como vai fazer isso? Todo mundo ouviu sobre como ele a desprezou no hall de entrada.

Jogo o cabelo por cima de um ombro.

— Vou apelar à sua melhor natureza. Não se preocupe com isso. Lembra qual é sua parte?

Rhouben limpa a testa com um lenço.

— Digo ao meu pai que Melita falou que não se sentia bem. Pergunto se ele quer me acompanhar até os aposentos dela para ver como ela está. Preciso agir como se estivesse preocupado com minha futura esposa. — Ele faz uma careta.

— Você consegue — respondo. — Mas lembre-se, a sincronia é tudo. A boa notícia é que seu pai e Melita estão no mesmo andar. Mesmo assim, você precisa esperar até Orrin e eu estarmos ao alcance de seus olhos.

Rhouben suspira profundamente e guarda o lenço.

— Muito bem. Estou pronto.

Ele me deixa para ir procurar o pai, o Visconde de Thoricus, e adoto meu melhor sorriso antes de ir atrás de Orrin levando um pequeno ramalhete de flores. A última carta que recebi informava que ele estava a caminho do quarto para se recolher.

Que bom que sei onde ficam seus aposentos.

Ele abre a porta depois da segunda batida. O conde ainda está vestido e reage desanimado ao me ver.

— Lady Stathos, não quero falar com você. — E começa a fechar a porta.

— Lorde Eliades, por favor, só um momento, sim? Preciso lhe dizer uma coisa.

Ele para, mas mantém a porta apenas entreaberta, só uma fresta por onde seu rosto é visível. Respiro fundo. Se isso não der certo, ainda posso tirar a máscara do bandido do bolso e obrigá-lo a *fazer* o que quero. Mas algo me diz que Orrin não seria um grande ator.

— Admiro muito suas boas ações — começo, tomando cuidado para não fazer uma careta ao mentir. — Estive pensando em tudo que fiz nos últimos dias e em como isso o magoou. Quero mudar. Ninguém é mais devoto aos deuses, e não consigo pensar em um homem mais justo que você. Esperava que pudesse se dispor a me ajudar a mudar meu caráter. — Tento adotar um tom humilde, mas, como nem imagino como ele seria, não tenho muita certeza de que consegui.

Relaxo quando Orrin sorri, mesmo que seja um sorriso triste.

— Isso é muito admirável de sua parte, Alessandra. Posso chamá-la de Alessandra?

— Sim, por favor.

— Os deuses sempre estão dispostos a perdoar. São os mortais, como eu, que precisam de mais tempo para seguir o exemplo deles.

— Sou eu quem precisa de exemplos — digo, apressada. — Os seus, na verdade. Escute, sempre tive uma relação difícil com Lady Xenakis.

— Por quê? Ela é encantadora.

Para quem se encanta com o azedume de um limão, talvez.

— Quero fazer algo de bom por ela — continuo, ignorando sua pergunta. — Acabei de saber que ela se recolheu cedo por não se sentir bem. Pensei que poderia levar isto para ela. — Mostro as flores. — Mas não tenho coragem de ir sozinha. Não depois de ter sido terrível com ela no passado. Você me acompanharia?

— Você torna impossível dizer não.

Sorrio.

— Obrigada!

Dou o braço a ele antes de descermos a escada para o andar de baixo.

— Conte-me sobre sua última viagem de negócios — peço quando chegamos ao corredor dos aposentos de Melita. Orrin nem percebe Rhouben parado na porta do quarto do pai, entretido como está em me contar mentiras sobre vender a safra e cuidar de seus deveres de senhorio de vários colonos. Assinto com educação e faço alguns comentários apropriados.

Rhouben bate na porta do quarto do pai quando desaparecemos no fim do corredor. Ouço os passos distantes atrás de nós.

Quando enfim chegamos ao quarto de Melita, paro com Orrin diante dele.

— Poderia segurar isto por um momento?

Orrin pega o buquê sem fazer perguntas, sempre cavalheiro.

O corredor é silencioso demais. Onde está Rhouben? Talvez tenha tido dificuldades para coagir o pai a sair do quarto.

— Não vamos bater na porta? — Orrin pergunta quando estamos ali parados.

— Só um momento.

Um silêncio incômodo domina o ambiente.

Orrin inclina a cabeça.

— O que estamos esperando?

Onde Rhouben se meteu? Não podemos entrar sem ter certeza de que ele está atrás de nós.

— Só preciso de um momento para criar coragem.

Orrin assente, compreensivo.

— Fazer o que é certo nem sempre é fácil. E ser a pessoa melhor, a que toma a iniciativa de oferecer bondade, exige grande força de caráter. Não precisa ter medo, Alessandra. Fazer o que é certo nunca é a resposta errada.

Orrin tem uma noção estranhamente distorcida de certo e errado. Ele mente para mim sobre suas viagens de negócios. Rouba de seus pares. Isso não é errado?

Então, eu escuto. Passos suaves no carpete e o som profundo de vozes masculinas.

Ai, graças aos demônios.

— Obrigada — digo. — Precisava ouvir isso. Talvez não se importe de entrar primeiro? Será que posso seguir seu exemplo, neste caso?

Vejo a piedade em seus olhos.

— É claro. — Ele bate na porta três vezes.

— Entre! — responde a voz radiante de Melita lá dentro.

Orrin entra no quarto, e eu sigo em frente pelo corredor quando as vozes se tornam mais altas atrás de mim.

— A pobre querida! — o pai de Rhouben diz. — Acha que devemos pedir ao cozinheiro para mandar alguma coisa?

— Melhor ver como ela está primeiro — Rhouben responde. — Se for dor de estômago, mandar comida pode piorar as coisas.

— É verdade — concorda o visconde.

Desapareço no fim do corredor quando escuto a porta do quarto se abrir.

— Mas que diabos! — grita o visconde. — Melita! O qu... o que está fazendo? — Som de passos arrastados.

— Eu... não sei o que está acontecendo. — É a voz de Orrin.

— Você estava beijando a noiva do meu filho! É isso que está acontecendo.

— Lamento, Lorde Thoricus — Melita reage. — Não tive a intenção de desrespeitar o senhor ou seu filho.

— Ah, isso é mais que desrespeitoso. Como ousa arruinar-se sendo noiva de meu filho? O que seu pai diria sobre isso? É um escândalo horrível, e não vamos participar dele! Não acredito que tenha fingido estar doente para encontrar seu amante!

— Continuo sem saber o que está acontecendo — diz Orrin. — Vim para dar apoio a Lady Stathos. Lady Xenakis se atirou sobre mim!

— Lady Stathos? Então está envolvido com duas mulheres comprometidas, Eliades? Que vergonha — exclama Thoricus. — E você, Melita? Não consigo nem imaginar como seu pai ficará decepcionado. Venha, Rhouben. Seu noivado com Lady Xenakis está oficialmente terminado.

E os dois saem por onde entraram, Rhouben com um andar muito mais animado, imagino.

— Essas flores são para mim? — Melita pergunta.

— Sim, mas não são minhas — diz Orrin. — São de Alessandra. Ela deve estar no corredor. Eu... eu tenho que ir.

Ainda não consigo ver nada de onde me escondi, depois da esquina no fim do corredor, mas o visconde deve ter deixado a porta dos aposentos de Melita aberta, por isso escuto as vozes dos dois lá dentro.

— Não, precisamos conversar — protesta Melita. — Nunca soube que gostava tanto de mim! Por que não me disse antes? Foi por me ver com Rhouben? Isso o deixou com ciúme? Ah, Orrin, você é um dos homens mais bonitos da corte! É claro que eu o teria escolhido em vez de Rhouben. Ele nem gosta de mim.

— Está enganada. Não sei nem seu primeiro nome.

— É claro que sabe! Você o escreveu em sua carta.

— Minha carta?

Barulho de papel sendo desdobrado.

— A caligrafia é muito parecida com a minha e esse é meu selo, mas não escrevi isso.

— É claro que escreveu! — A voz de Melita fica desesperada.

— Lamento por sua inquietação, mas pegue. — Imagino que ele entrega as flores. — Preciso ir procurar Lady Stathos.

— Lady Stathos? Por que a envolve nisso?

Saio correndo e desapareço antes que Orrin tenha uma chance de me encontrar.

Kallias e eu combinamos um jantar naquela noite, uma refeição tardia, por causa de uma reunião que ele sabia que terminaria tarde.

Quando vou encontrá-lo na biblioteca, não ando, danço porta adentro, as saias balançando à minha volta.

— O que é isso? — Kallias quer saber.

— Estou de muito bom humor hoje.

— Já percebi.

Paro de girar e olho para Kallias, para seu sorriso largo.

— Que foi?

— Também estou de excelente humor. Descobrimos muitas coisas durante a reunião hoje à noite. Capturamos todos os revolucionários pegainenses. Serão executados amanhã cedo. E descobrimos vários camponeses usando o dinheiro roubado pelo bandido. Um deles está disposto a falar! Embora não conheça o ladrão pelo nome verdadeiro, ele pode reconhecê-lo. Só precisamos deixar que ele olhe todos os nobres.

Dou uma risadinha antes de tirar a máscara do bolso.

— Não precisamos disso.

Kallias se levanta tão depressa que quase derruba a cadeira. Ele assusta Demodocus, que dá alguns passos para o lado. O rei se aproxima e pega a máscara da minha mão.

— Onde encontrou isso?

— No quarto de Orrin.

— Eliades? — Kallias pergunta, incrédulo. — Esta é a evidência incriminadora que encontrou? Como pôde guardar segredo até agora?

— Fiz uma promessa a Rhouben. Disse que o livraria do noivado com Melita e consegui. Agora você pode prender Orrin.

Kallias está satisfeito demais com a máscara em sua mão para continuar me recriminando. Praticamente corre para a porta e grita a ordem para que Eliades seja jogado na masmorra até que o rei possa ir cuidar dele.

Quando volta à mesa, ele levanta uma taça de vinho.

— Acho que é hora de um brinde.

Pego minha taça.

— A você, Alessandra. Que sua astúcia nunca seja usada contra mim.

Dou risada antes de beber.

— A você, Majestade. A sua boa liderança. Esse império em expansão não seria o que é sem você.

Os olhos dele encontram os meus quando bebe pela segunda vez. E algo naquele olhar, no jeito como bebe olhando para mim, me faz arrepiar.

Mas nossa comemoração é interrompida pela presença de alguém na porta.

— Entre — Kallias autoriza depois de uma pausa, durante a qual penso que ele considerou seriamente mandar embora o intruso.

Um serviçal entra com uma bandeja equilibrada sobre os dedos da mão direita. Ele a aproxima de mim.

— Carta para milady.

Pego o papel e olho para a caligrafia com que meu nome está escrito na frente. Não a reconheço.

— Nem imagino de quem possa ser. Não tem selo — informo a Kallias, e leio a carta só para mim.

— O que diz? — o rei pergunta ao ver minha expressão.

Sei quem está tentando matar o rei. O assassino foi uma distração. Algo com que ocupar os pensamentos de Sua Majestade, antes que o verdadeiro atentado seja cometido. Não posso divulgar a identidade do indivíduo em uma carta. Eles são muito poderosos. Se esta carta for interceptada, temo por minha vida. É suficiente dizer que o rei não pode confiar em seus conselheiros.

Soube que você é uma das poucas pessoas em quem o rei confia. É o suficiente para que eu também confie em você. Encontre-me no endereço fornecido abaixo em duas noites. Use uma flor no cabelo para que eu a reconheça.

Que os deuses abençoem o rei.

— Não tem assinatura — digo, e entrego a carta a ele.

Kallias a lê umas três vezes, antes de me encarar de novo. Depois se levanta de repente, corre para a porta e chama de volta o serviçal que trouxe a carta.

— Quem lhe deu isto? — pergunta.

— Um guarda na entrada do palácio.

— Que guarda?

O serviçal parece se encolher por dentro.

— Eu não poderia dizer, senhor. Todos usam chapéus. Ele não levantou a cabeça. Majestade, não creio que isso ajudaria. Duvido que tenha sido ele o mensageiro do autor. Deve ter sido um zelador da propriedade que entregou a correspondência ao guarda, e antes dele...

— Chega — responde Kallias. — Eu entendo. Pode voltar ao trabalho. — Ele fecha a porta e olha para mim. — O que acha disso?

Pego a carta da mão dele e a leio mais uma vez, antes de responder:

— Quem escreveu esta mensagem sabia que eu a mostraria a você.

— Como pode afirmar?

— Os elogios são exagerados. Você não é tão querido por seu povo. Se fosse algum membro da nobreza, ele viria pessoalmente procurá-lo.

Kallias não gosta do que ouve, mas continuo:

— Ele ou ela espera atrair você para fora do palácio. Ou porque isso é uma armadilha, ou porque deseja falar com você pessoalmente. Como não pediu sua presença diretamente, creio que seja a primeira opção.

— Deixaram muita coisa ao acaso para ser uma armadilha.

— Ou é tudo calculado para fazer você pensar assim.

— Seja como for, eu vou.

— Não pode ir. Pode ser um atentado contra sua vida.

— Vou disfarçado.

Olho para as sombras girando em torno de seu corpo.

— Não tem como disfarçar isso.

As sombras desaparecem em um instante, e Kallias permanece na minha frente em toda a sua beleza sólida. A diferença é impressionante.

— E agora está vulnerável ao ataque — comento.

— Só se for reconhecido. E não serei antes de terminar o que vou fazer.

Balanço a cabeça.

— Não seja idiota. Se virem você comigo...

— Pretende ir comigo? — ele me interrompe. Uma esperança juvenil ilumina seus olhos. Não sei se consigo vê-la porque aqueles olhos brilham muito sem as sombras ou se é porque é a primeira vez que ele me mostra essa expressão.

— É claro que vou. Não vou deixar você ir sozinho a esse... o que é esse endereço? Você conhece?

A esperança é substituída por um movimento de sobrancelhas.

— Conheço. E estou chocado por você não saber o que é.

— O que é? Um lugar público? Algum tipo de taverna?

— Não exatamente. É um clube. Um clube privado. Mas consigo nos colocar lá dentro.

— Se é privado, como vamos entrar sem sermos descobertos?

— Deixe isso comigo. — Ele pensa por um momento. — Queria saber por que nosso contato marcou esse encontro lá. É um clube de cavalheiros.

— Para que eu me destaque em um mar de homens?

— Bem, tem mulheres lá. Só não são do tipo que usa muita roupa. — Ele retorna às sombras, como se tentasse esconder sua expressão. — Isso vai ser um problema?

— Está perguntando se me incomodo por me vestir como uma meretriz por uma noite?

— Eu não usaria essas palavras, mas sim.

Uma desculpa para mostrar meus pontos fortes a Kallias?

— Que palavras usaria?

— Perguntaria se tem algum problema em deixar os homens acreditarem que é uma dama da noite.

Dou risada.

— Estarei disfarçada?

— É claro. Para o caso de nosso contato não saber como você é e estar tentando confundir você.

— Confundir nós dois.

Kallias desconsidera o comentário com um gesto.

— Em duas noites, nós é que vamos causar a confusão.

CAPÍTULO
21

Tenho uma sensação de déjà-vu quando Kallias aparece no meu quarto carregando um vestido. Não faz muito tempo que Leandros me ofereceu uma roupa para uma noite de diversão com ele.

Mas esta noite vai ser de perigo e mentira, provavelmente.

Seguro o vestido para poder examiná-lo bem.

— Vou querer saber onde arrumou isto?

— Está limpo, se é essa a sua preocupação. Foi lavado há pouco.

— É mais roupa do que eu esperava.

— Seus braços têm que ficar cobertos — ele explica. Sem as sombras, corremos um risco maior de contato. Mas tenho certeza de que ele vai usar as luvas, não pode haver erros.

— Não vai ser um problema — digo. — Com esse decote, ninguém vai olhar para os meus braços.

— Estou contando com isso.

Kallias me espera do lado de fora enquanto amarro o corpete minúsculo. Não posso usar botas para esconder minha faca, então encontro um jeito de amarrar uma bainha na minha liga. Como não posso ser vista saindo dos meus aposentos nesses trajes, pego uma capa vermelha e cubro o vestido com ela. A capa é presa no pescoço e cobre o decote e os ombros. Ninguém vai se importar com a ausência de saiotes. Sou conhecida por vestir todo tipo de esquisitice.

Quando encontro Kallias, ele está segurando uma rosa-vermelha com o caule já limpo de espinhos. Estendo a mão para a flor.

— Não é para você — ele diz.

— Mas eu tenho que usar uma flor para me identificar.

— E isso a poria em perigo. Vou dar a flor para alguma garota no clube, para atrair a atenção do nosso contato. Então, quando estivermos em posição de vantagem, vamos interrogá-lo apropriadamente. Já tenho homens varrendo a área. À paisana. Alguns já estão dentro do clube, agindo com discrição.

— E se seus homens estiverem envolvidos nos atentados contra sua vida?

— Nesse caso, é bom torcermos para que não consigam nos identificar sob o disfarce. — Ele me entrega uma peruca loira, cachos dourados cheios de movimento. E me ajuda a prender a peruca na cabeça e a esconder embaixo dela todas as mechas escuras.

Para ele, uma peruca castanha e uma barba moderada, que ele prende com algum tipo de adesivo.

— Como estou? — pergunta.

Na verdade, agora ele parece Leandros. A cor do cabelo e o comprimento da barba são os mesmos, mas duvido que o rei aprecie esse comentário.

— Menos real — respondo.

— Ótimo. Então vamos.

O Dawson's fica bem no centro da cidade. É o maior edifício do quarteirão, e o mais barulhento.

— Maldição — Kallias resmunga do cavalo ao lado do meu. — Acabei de me dar conta de que não podemos entrar juntos.

— Por que não?

— Um homem não leva sua amante a um lugar como esse. Ele vai a um lugar como esse para ter um descanso da amante.

— E a esposa?

— Ele precisa de uma amante para descansar da esposa.

— E os seus pais?

— Este caso é muito diferente. Os homens da minha família não desistem de seu poder por menos que um amor que os consuma completamente. Alguma coisa pela qual se disponham a dar a vida.

As palavras dele me deixam com a boca seca, e não consigo olhar em seus olhos.

— Então, é melhor entrar, para podermos proteger o seu poder da melhor maneira. O que devo fazer?

— Não quero me separar de você.

— Acabou de dizer que é necessário. Se entrarmos juntos, vamos chamar muita atenção.

Ele pensa por um momento, sem descer do cavalo.

— Deve haver outra entrada nos fundos. Só precisamos colocar você lá dentro. Tente ir para a sala de jogos. Encontro você lá. Mas, se acontecer alguma coisa, se algum homem tentar... agarrar você ou fazer alguma coisa, saia. Saia de lá. E eu faço isso sozinho. Devia estar agindo sozinho, de qualquer maneira.

— Tarde demais — respondo. — Amigos não deixam um amigo ir sozinho a um clube de cavalheiros quando alguém está tentando matá-lo.

Ele nem tenta rir da piada ruim.

Desço do cavalo. Entrego a rédea a Kallias antes que ele possa dizer mais uma palavra de protesto.

Vou tateando a lateral do edifício. Música e risadas transbordam por uma janela aberta quando chego à parte de trás, e a luz me ajuda a encontrar uma porta.

Não tenho nada além do meu talento para a manipulação para conseguir chegar onde preciso estar.

Abro a porta destrancada, e meus olhos protestam contra a repentina e intensa iluminação. Dou alguns passos hesitantes para o interior do ambiente, tento entender onde estou. Tinas com água. Pilhas de canecas sujas. Um cheiro forte de ensopado.

A cozinha.

Uma menina de mais ou menos dez anos levanta a cabeça sem deixar de esfregar uma panela em uma das tinas de água quente, as mãos vermelhas e esfoladas pelo esforço.

— Ah. — Ela reage à minha entrada repentina. Joga a cabeça para trás tentando tirar dos olhos uma mecha de cabelo preto. Cabelo que parece não ter sido escovado durante toda a sua vida. Um alívio. Ela não trabalha aqui como prostituta. É só ajudante de cozinha.

— Desculpe — digo. — Acho que entrei pela porta errada. Sou nova por aqui. Pode me dizer onde fica a sala de jogos?

— Vá por aquela porta. Atravesse o corredor. Suba a escada. Segundo andar. — As mãos não param de esfregar.

Quando saio da cozinha, outra menina está entrando e nos esbarramos. O impacto abre minha capa, e a mulher mais velha consegue dar uma boa olhada no que tem embaixo dela. O que ela vê é muito mais do que jamais foi visto em público.

— Quem é você? — A nova voz é severa e cansada. Ela é maior que eu, e digo a mim mesma que por isso conseguiu ficar em pé, e eu não.

— Sou nova por aqui — esclareço ao me levantar.

— Acho que não. Eu contrato as meninas que trabalham aqui.

Maldição. Nova tática.

— Preciso de dinheiro. Achei que poderia me deixar trabalhar, se eu viesse pronta.

Ela se aproxima de mim e abre o fecho da capa. O manto cai no chão.

— Está de luvas? Meu bem, os homens não se preocupam com sujeira. — Ela belisca meus dedos ao tirá-las e guardá-las no bolso. Depois anda à minha volta me examinando. — Sabe o que fazer no quarto?

— Sim, senhora.

— Não tem muito que um homem possa segurar aí na frente. Abra a boca.

Um pouco surpresa com a solicitação, obedeço. Só por isso consigo deixar passar o insulto ao decote.

— Você tem bons dentes. Isso é raro por aqui. Muito bem. Está com sorte. Uma das meninas não apareceu esta noite. Não posso oferecer trabalho regular, mas pago um quarto de necos se terminar a semana.

— Um quarto de neco! — grito sem pensar, esquecendo de tudo por um momento.

— Meio, pronto. Só por causa dos seus dentes. Mas, se eu receber uma queixa de você, está na rua.

Tenho que lembrar que não estou fazendo o papel de nobre. Sou uma pobre moça que precisa trabalhar.

— Certo — digo.

— Leve isso. Assim eu economizo uma viagem. — Ela me entrega uma bandeja repleta de canecas transbordando cerveja. Em seguida, Madame Dawson me dá as mesmas instruções para chegar à sala de jogos.

— Deixe os homens darem uma boa olhada em você. Muitos são clientes regulares, já sabem onde ficam os quartos. Eles podem mostrar aonde você tem que ir para prestar seus serviços.

Pego as bebidas e passo pela porta de vaivém, que empurro com o quadril, muito satisfeita por poder sair da cozinha. Não consigo acreditar nas coisas que Madame Dawson disse na frente daquela garotinha. Mas, se trabalha aqui, ela provavelmente já ouviu coisas muito piores.

Mesmo sem as orientações, tenho certeza de que poderia ter encontrado a sala certa. Música de gaita e outros instrumentos chega pela escada, junto com o tilintar de moedas jogadas sobre as mesas. O ar é denso com a fumaça de cigarro.

Assim que entro, tenho que me controlar para não tossir.

Como vou encontrar Kallias no meio disso?

Como deixei o *rei* me convencer a trazê-lo a um lugar como este?

Mesas redondas ocupam a sala. Garotas dançam em cima de um palco ao som de flautas. Algumas delas vestidas com bem menos roupas que eu perambulam ou estão sentadas no colo dos homens. Passo por um casal em um canto da sala, o homem chupando o pescoço da prostituta.

Mais um minuto, e ele a segura pela mão e passa por mim a caminho dos quartos, onde quer que fiquem.

Cartas e dados são os jogos preferidos pela maioria. Ando pela periferia da sala espaçosa, tentando encontrar Kallias. Levo um momento para lembrar que não estou procurando uma cabeça de cabelo escuro, mas claro. Uma peruca. E não posso contar com as sombras para identificá-lo.

Diabos, pode acontecer qualquer coisa com ele aqui.

Pelo menos todas as armas de fogo são retidas na entrada. Mas não é difícil esconder uma faca embaixo da roupa. Mesmo quando se veste tão pouco, como eu.

De repente um homem corre em minha direção, e entro em pânico antes de me lembrar de que estou segurando uma bandeja de cerveja. Ele pega uma caneca e olha para o meu decote o tempo todo.

— Hum — grunhe, e dá um tapa no meu traseiro antes de voltar para o lugar de onde veio.

Fico paralisada por um momento, batalhando contra a nobre que sou e a rameira que finjo ser esta noite.

Ninguém me toca sem permissão.

Mas estar aqui... com este vestido... Essa é a permissão. Esse é o trabalho.

— Não reconheço você — diz uma voz pastosa de bebida, interrompendo meus pensamentos.

Um homem barrigudo de muitas noites de bebedeira olha para mim de cima a baixo.

— Sou nova aqui — consigo responder, enquanto me preparo para continuar a ronda pela periferia da sala.

— E rápida. Volte aqui.

O puxão na minha saia quase me faz derrubar a bandeja. Contenho a irritação, me viro e ofereço cerveja.

— Bebida?

— Não. Preciso de alguém para me fazer companhia em minha mesa. Decidi provar todas as mulheres que trabalham para Madame Dawson.

— Sou só uma temporária — explico, engolindo a repulsa que sobe pela minha garganta.

— Bem aqui — ele insiste, com mais determinação.

Ai, deuses.

— Ela já está ocupada — avisa outra voz, e meus ombros caem com o peso do alívio.

Kallias.

Ele olha para o homem horrível que estava me assediando.

— Saia daqui — dispara o bêbado. — Eu a vi primeiro.

Com poucos passos, Kallias se aproxima, tira a bandeja das minhas mãos e a empurra para as do homem.

— Pode brigar comigo por ela quando estiver sóbrio, mas acho que sabe que agora essa não é uma boa ideia.

Com a mão enluvada segurando meu braço nu, Kallias me leva a uma das mesas, andando entre homens e mulheres.

— Devolve a menina para mim quando terminar! — o homem grita.

Sinto ânsia de vômito.

— Fique calma — pede Kallias.

E, antes que eu consiga registrar mais alguma coisa, ele se senta em uma cadeira e me puxa para seu colo.

É o suficiente para eu sentir meu pescoço esquentar.

— Nunca vi uma rameira corando — diz um homem do outro lado da mesa. — Deve ser nova no serviço. Bom para você, Remes. Aliás, é sua vez de jogar.

Uma das mãos escorrega sobre minha barriga, enquanto a outra pega uma carta. Não conheço o jogo, mas Kallias deve conhecer. Ele joga alguns necos na pilha em cima da mesa e descarta antes de passar a vez para o homem a seu lado. São cinco à mesa. Não reconheço nenhum. Desconfio de que não sejam nobres residentes no palácio.

Sinto o calor envolver minha orelha quando Kallias sussurra:

— Você está bem?

Eu me viro para encará-lo, tomando o cuidado de não deixar meu rosto se aproximar muito do dele.

— Sim.

Ele cola os lábios em minha orelha, onde a peruca impede o contato direto. Os homens em volta da mesa devem pensar que estamos cochichando e flertando.

Tento esconder o arrepio provocado pelo contato, mas tenho certeza de que Kallias o sentiu.

— O que aconteceu com as luvas? — ele pergunta.

— Madame disse que não eram apropriadas para o serviço.

— Vamos ter que tomar cuidado.

— Eu sempre tomo cuidado.

— Ótimo. Ria como se eu tivesse falado alguma indecência.

As palavras dele me pegam de surpresa, mas fecho um pouco os olhos antes de dar uma risadinha cheia de promessas. Dou um tapa em seu ombro para confirmar a impressão.

— Remes, sua vez de novo.

Kallias demora menos que cinco segundos para olhar suas cartas e jogar uma sobre a mesa.

— Não está nem tentando — acusa o homem do outro lado da mesa, antes de descartar também. Os outros três gemem quando ele puxa a pilha de dinheiro. — Se é a moça que está desviando sua atenção, ela tem toda a minha gratidão.

— Dê as cartas, vamos jogar outra partida — diz Kallias. Ele deixa a mão sobre minha barriga escorregar para a lateral, antes de um dedo enluvado deslizar pelo meu braço nu.

Queria saber se os homens do outro lado da mesa conseguem ver minha pele arrepiada com a mesma nitidez que eu vejo.

Pelos deuses, é só uma luva. Eu não devia estar derretendo.

No entanto, como se tivesse encontrado um jogo do qual gosta mais, Kallias nem olha para as cartas. Seus olhos permanecem fixos nos meus, enquanto um dedo escorrega pelo meu pescoço, pela omoplata, um pouco mais para baixo. Observando meu rosto em busca de qualquer reação. Como se fizesse uma pergunta e esperasse minha expressão dar a resposta.

Minha respiração acelera, os músculos das coxas se contraem. O sorriso com que ele responde é o de um predador, orgulho masculino em sua melhor versão.

Ah, mas esse jogo é para dois.

Sento um pouco mais para cima em seu colo, deixo uma das mãos escorregar pelo peito, subindo do baixo-ventre até o ombro, escorrendo os dedos para baixo do colete, onde há menos tecido entre minha pele e a dele.

Um som baixo escapa da garganta de Kallias. Ele tenta disfarçar tossindo.

— Leve a moça lá para cima e pegue um quarto — diz outro homem à mesa.

— Não! — grita o primeiro. — Ela é nosso amuleto para arrancarmos tudo que ele tem na carteira.

Kallias estende as mãos para as cartas sobre a mesa, mas sou mais rápida e as pego, segurando-as onde ele também possa vê-las. Deixo a cabeça descansar no espaço entre seu pescoço e o ombro, protegida de qualquer contato pela peruca.

Mas, com a mão livre, seguro sua coxa e aperto.

Ele inclina o corpo um pouco para a frente, e o peito toca minhas costas. Mas logo percebo que não fui eu quem causou a reação.

— Desculpa! — pede uma moça com uma bandeja cheia de canecas de cerveja. Ela se endireita atrás de Kallias, e só derrubou algumas gotas do líquido escuro, antes de se recuperar e seguir adiante.

Noto que está usando minha rosa nos cabelos. Quando Kallias deu a flor a ela? E como a convenceu a usá-la? Agora que ela está na mesma sala que nós, Kallias tenta ser sutil ao acompanhar cada movimento que ela faz. Quer ver se nosso contato, seja ele ou ela quem for, vai abordá-la.

Olho de novo para Kallias.

— Você me tocou? — pergunto, temendo que o empurrão nos tenha aproximado demais.

Por alguma razão, ele não parece preocupado. Segura um dedo enluvado embaixo da mesa, e vejo quando uma coluna de sombras aparece em torno dele.

— Não — diz.

Livre do medo, respiro em seu pescoço.

— Ah, que bom.

E, como se esse sopro de ar fosse demais, ele me empurra um pouco para baixo, em direção aos joelhos.

— Vai jogar ou não vai? — pergunta o homem irritado à nossa esquerda.

— Acho que chega — Kallias responde, e sua voz é mais profunda do que era há um momento. Com um braço em torno da minha cintura, ele se levanta e me leva para o fundo da sala. Passa por uma área com divisórias, onde há assentos estofados enfileirados contra a parede. Ele me acomoda em uma dessas cadeiras e se senta ao meu lado, nossas pernas quase se tocando.

— Eu esperava me misturar às pessoas na sala, mas é muito difícil acompanhar nossa garota — diz. — Daqui temos uma visão melhor.

— Mas não podemos ficar aqui sentados. Estamos nos destacando demais. Ninguém leva uma meretriz para as almofadas só para conversar.

Ele segura minhas pernas e as joga sobre seu colo. Uma das mãos desaparece embaixo da minha saia, contorna a panturrilha.

— Mais convincente? — pergunta.

— Sim — reconheço.

E, enquanto estou ali sentada com as pernas no colo do rei, uma coisa fica muito clara.

É inacreditável o quanto quero que ele me toque. Quero arrancar aquelas luvas malditas e queimá-las, enterrar as cinzas em um buraco bem fundo, mais fundo que aquele onde enterrei Hektor.

Quero sentir seus lábios. Quero saber como é seu beijo. Que tipo de amante ele é. Um rei mimado, egoísta? Ou um homem disposto a dar prazer, além de receber?

Kallias agarra meus joelhos e me puxa para mais perto, e a saia sobe e mostra minhas meias. Ele aproxima o rosto do meu, deixando poucos centímetros entre eles.

— Quero saber em que está pensando agora.

— Você não aguentaria.

Os dedos dele me apertam com mais força, e o rosto se aproxima ainda mais. Se ele fosse qualquer outro homem no mundo, eu teria acabado com essa distância semanas atrás. Como rei, ele precisa decidir assumir esse risco. Isso o faria muito vulnerável.

Afasto um pouco o rosto, antes de perceber o que estou fazendo. Não quero que ele fique vulnerável. Eu...

— Cuidado — consigo dizer.

Kallias solta o ar ao se encostar novamente nas almofadas, enquanto a mão embaixo de minha saia sobe mais um pouco.

O que estou fazendo? Acabei de me afastar dele?

Minha cabeça é um tornado de pensamentos, mas os interrompo quando vejo um homem se aproximar da nossa garota com a rosa.

Mas é alarme falso. Ele pega uma bebida e se afasta.

Tortura.

Estar nessas cadeiras estofadas é uma absoluta tortura. Tocar, mas não tocar.

Kallias e eu estamos aqui há uma hora mais ou menos. Mudando de posição. Tentando ser convincentes. Mas quem passaria tanto tempo com uma prostituta nas almofadas, sem levá-la lá para cima?

Meu rosto está escondido em seu pescoço, e tento dar a impressão de que o estou acariciando, brincando com sua orelha.

Todo o meu corpo está vivo, quente. Não sei quanto tempo mais posso suportar. O cheiro de lavanda e menta está em toda parte. Não acredito que ainda não me habituei com ele.

— Ei! Já teve tempo demais para experimentar. Ou leva minha menina nova para cima, ou entrega para o próximo. Isso aqui não é casa de caridade.

Eu me viro e vejo Madame Dawson com as mãos na cintura.

— Estamos indo — responde Kallias. Ele me levanta e me põe em pé ao se levantar.

— E agora? — pergunto enquanto caminhamos para a saída.

— Nós...

Perco o equilíbrio antes mesmo de perceber o que está acontecendo. O contato com o chão é doloroso, e Kallias cai em cima de mim. O encontro entre minha cabeça e a dele causa uma dor intensa.

Há um murmúrio na sala de jogos. As pessoas se inclinam nas cadeiras para ver o que aconteceu. Muita gente nos cerca, e de repente o espaço fica apertado.

Sinto alguma coisa úmida. Comida, bebida ou alguma outra coisa encharca minha saia. E de repente o peso de Kallias sai de cima de mim. Várias pessoas me ajudam a levantar, limpam comida da minha saia.

— Você está bem? — pergunta outra garota de Dawson.

— Sim — respondo.

Olho em volta, tentando entender o que nos atropelou, mas várias meninas da Dawson estão no chão limpando a sujeira, inclusive a pequena da cozinha, que parece ter aparecido para recolher pratos vazios nas mesas.

Que diabos?

Kallias praticamente me empurra para a saída. Passamos por mais clientes, antes de chegarmos ao corredor vazio.

— Você está bem? — pergunto, levando a mão ao meu quadril dolorido. Mas Kallias está olhando para as mãos enluvadas.
— Que foi? — insisto.
— Não consigo invocar minhas sombras.

CAPÍTULO
22

Kallias e eu corremos para a saída. Ele chega ao andar térreo e abre a porta. Depois grita para o cavalariço trazer nossos cavalos.

— Aquele tombo não foi acidente. Queriam me derrubar. Para me atordoar. Não vi quem me tocou. Muita gente tentou me ajudar a levantar.

— Acho que a menina para quem você deu a rosa pode estar envolvida. Ela o empurrou uma vez, lembra? Acho... que alguém estava tentando provocar um contato entre nós.

Kallias abre os dedos da mão direita diante de si, e as sombras giram em volta dela.

— Não foi você. As sombras respondem perto de você. Tivemos sorte com a cabeçada, mas...

— Agora você é um alvo. Quem mandou o assassino vai tentar de novo. Já sabem que você vai ficar corpóreo na presença deles.

Os cavalos finalmente são trazidos, e Kallias me joga em cima do meu, antes de montar no dele, sem sequer se lembrar de dar uma gorjeta ao menino antes de partirmos noite adentro.

Quando nos afastamos um pouco do Dawson's, Kallias reduz a velocidade do cavalo, e eu o alcanço.

— Eu estava certo — ele diz. — Não foi nenhum criado que matou meus pais. Que me quer morto. Só um nobre poderia entrar naquele clube. Não vi ninguém que tenha reconhecido da corte. Você viu?

— Não. Podiam estar disfarçados, como nós.

Kallias arranca a peruca e a barba postiça e as joga sobre as pedras do chão.

— O disfarce não nos ajudou em nada. Quem quer que fosse nosso contato nos reconheceu assim mesmo. — Ele suspira. — Eu devia ter ouvido você. Não devíamos ter vindo. Estarei morto em uma semana.

— Ah, fique quieto — devolvo, irritada. — Reis perfeitamente normais e *mortais* vivem até idades avançadas. Você só está acostumado com essa proteção. Só precisa tomar precauções. Mais guardas posicionados no palácio. E contrate para você uma guarda pessoal formada apenas pelos melhores soldados, para acompanhá-lo a todos os lugares.

— Isso não salvou meu pai.

— Seu pai não sabia que o perigo estava dentro da corte. Você sabe. Quando voltarmos ao palácio, você vai tomar as devidas providências. E não deixe Kaiser escolher os homens. Se estiver envolvido nisso, ele não vai escolher os melhores candidatos para cuidar da sua proteção. Você mesmo deve encontrar os melhores homens para esse trabalho.

Kallias não responde.

— Não quero mais ouvir essa sua conversa de se resignar com a morte. Sim, você é um alvo. Isso faz parte de nascer na realeza. Mas não é burro, e *não vai morrer*. Entendeu?

Um sorriso transforma sua expressão solene.

— Se você exige...

— Exijo.

— Bem, uma dama deve ter o que quer.

Quando chegamos ao palácio, Kallias me acompanha aos meus aposentos. Ele promete tomar as providências para garantir sua segurança assim que me deixar.

— Faça isso — insisto. — Não tenho a menor intenção de perder meu melhor amigo.

Kallias abre a boca. Fecha. Depois diz:

— Você e eu estamos fazendo um jogo muito perigoso.

Tiro a peruca e deixo que ela fique pendurada na ponta dos meus dedos enquanto solto os cabelos.

— Foi só um disfarce. E um pequeno tombo. Nada perigoso — garanto, com um sorriso.

Os olhos de Kallias penetram os meus com a força de um cometa em chamas.

— Não estava me referindo a esse jogo. — Ele olha para minha boca rapidamente, antes de se virar e se afastar.

Quando abro os olhos na manhã seguinte, sou invadida pelo mais delicioso sentimento de felicidade. Confusa, vasculho minha memória. Penso que talvez tenha tido um sonho agradável.

O rosto de Kallias emerge, e meu corpo todo esquenta. Sim, sonhei com ele. Enfim nos aproximamos fisicamente. Porém, quando tento lembrar os detalhes, como onde ele me tocou, onde me beijou, onde os dentes pressionaram minha pele, não há nada. Só uma névoa. E a frustração encobre o sentimento de felicidade.

Jogo a cabeça para trás, sobre o travesseiro. O que está acontecendo comigo?

Não *gosto* do rei. Ele é o caminho para o propósito. E, mesmo sabendo que vou desfrutar muito da consumação de nosso casamento, Kallias não tem mais nenhuma utilidade.

Não importa se ele me faz rir. Ou se às vezes parece me conhecer melhor que eu mesma. E quem se importa se ele é um quinze?

Esses pensamentos não servem para nada.

A criada prepara um banho para mim e não faz perguntas enquanto lava a fumaça de charuto do meu cabelo. Quando termino de me vestir e fico pronta, já decidi qual é a melhor saída para o dia de hoje. Preciso fazer alguma coisa para lembrar por que estou aqui.

A velha que trabalha como curandeira real no castelo deve ter inúmeras ervas medicinais em seu depósito. Só preciso encontrá-lo. Vou pegar os ingredientes necessários para envenenar Kallias quando chegar a hora.

Um pouco mais tarde, estou voltando aos meus aposentos e levo no bolso um frasco com um destilado de minalen, uma planta nativa de Pegai. Melhor manter o estilo adotado pelo outro assassino.

Minha mente relaxa quando me sinto mais determinada em relação à tarefa.

Quando passo por uma janela, um vulto chama minha atenção. Kallias está lá fora, andando com uma pequena tropa à sua volta. As sombras o envolvem com toda a intensidade. Mesmo daqui, sem poder ver os detalhes de seu rosto, sinto meu coração dar um pulo.

Esse homem que me dá o que eu peço. Que encontra tempo para mim, mesmo sendo tremendamente ocupado com seis reinos para governar. Que me leva em missões perigosas porque confia em mim. Um homem que desafia meu intelecto, minha capacidade estratégica. Que valoriza minha opinião e põe em prática minhas ideias para capturar bandidos e traidores.

Um homem que faz meu sangue ferver sem sequer me tocar. Que pode acelerar meu coração com um olhar.

De repente, o frasco no meu bolso parece pesar mais que uma sacola de pedras. Corro para o meu quarto e o jogo no fundo do guarda-roupa.

Não sei mais o que estou fazendo. Mas sei uma coisa.

Ninguém além de *mim* pode decidir quando Kallias Maheras, rei de seis reinos e outros ainda por vir, vai morrer.

Não me sento perto de Kallias na hora do almoço. Em vez disso, me aperto em uma cadeira ao lado de Rhoda antes que outra dama possa ocupá-la. A dama em questão lança um olhar afrontado em minha direção, mas eu a ignoro. Como ignoro o calor de um lado do rosto que, sem dúvida, é resultado do olhar de Kallias. Ele me viu disputando a cadeira com determinação. E felizmente não exige que me junte a ele na ponta da mesa. Talvez perceba que preciso de um pouco de espaço.

Talvez esse espaço conserte tudo.

— Não vai se sentar com o rei hoje? — pergunta Rhoda, olhando para a cadeira vazia à direita de Kallias.

— Quero me sentar com minha amiga. Isso é algum crime?

Rhoda olha para mim com cara de dúvida.

— Você e Kallias brigaram?

— Não. — Antes que ela possa fazer mais perguntas, aviso: — Prefiro não falar sobre isso.

— Muito bem.

Galen, o criado de Rhoda, se aproxima dela e ajeita o guardanapo em seu colo. Depois faz o mesmo por mim, antes que outro serviçal tenha a oportunidade.

— Obrigada, Galen — eu digo.

— Por nada, milady.

Ele volta ao seu lugar junto da parede, mas me permito analisar Galen por um momento.

Ele está olhando para Rhoda. Não como um criado atento olharia, esperando ser útil. Mas como um homem olha para uma mulher que deseja.

Já havia notado isso antes e não consigo acreditar que Rhoda pareça tão cega.

Deixo o pensamento de lado ao notar que há mais guardas em todas as saídas da sala. Que bom. Kallias ainda está cercado de sombras, então quem o tocou no Dawson's não está na sala agora.

Olho para trás e vejo os cinco membros do conselho. Kallias está me encarando quando olho para a frente.

É, não são eles, aquele olhar diz.

Mas eles podem ter ordenado que alguém o tocasse. Uma meretriz ou outro membro da nobreza que não vivia na corte. Alguém que nunca seria suspeito, porque eles não estavam envolvidos. Até agora. Até alguém na corte de Kallias oferecer alguma coisa irresistível. Alguma coisa que os induzisse a correr o risco de uma traição. Ou talvez eles nem soubessem. Kallias estava disfarçado. Eles poderiam ter sido pagos só para se chocar contra ele. Tocá-lo. Teriam considerado o pedido estranho, mas, por dinheiro suficiente, as pessoas não fazem perguntas.

— Onde está Hestia? — pergunto quando a comida é servida.

— Não a viu? — Rhoda inclina a cabeça para um lado da mesa.

Arregalo os olhos. Estava procurando alguém com roupas roxas, porque foi essa cor que usei no dia anterior. Mas o vestido de Hestia é de cor creme, perfeitamente adequado a sua pele. Ela está sentada ao lado de Lorde Paulos.

— Isso deve estar progredindo bem, então.

— Acredito que sim. Ela parece feliz. Agora vocês duas têm seus namorados, e eu ficarei sozinha à mesa para sempre.

— Bobagem — reajo antes de levar uma colher de caldo aos lábios. — Vai encontrar seu par, Rhoda. É questão de tempo. E Rhouben?

— Estava noivo de Melita até pouco tempo atrás.

— E daí? Não está mais.

— Não importa. Acho que ele não serve para mim. Não viu como ele provocava Melita? Não suporto esse tipo de coisa.

— Mas ele não faria isso com *você*. Ele vai adorar você!

— Não. Acho que não combinamos.

— E Petros? Todos sabem que ele gosta de damas e cavalheiros.

— Os homens da corte vivem atrás dele. Eu ficaria com ciúme.

— Mas ele nunca trairia sua confiança, nem no aspecto físico nem em qualquer outro.

— Mesmo assim eu teria ciúme.

— Então, que tal Leandros?

Ela arqueia uma sobrancelha.

— Vai mencionar o nome de todos que conhece na corte? E pensei que pudesse ter alguma coisa com Leandros... algo secreto, para quando o rei a aborrece.

Como se sentisse que falávamos dele, Leandros levanta a cabeça em seu lugar, mais adiante. Ele me vê olhando em sua direção e sorri.

— Ah, não — diz Rhoda. — Não quero ninguém que já esteja fascinado por você.

Sorrio, percebendo que ela me deu a abertura perfeita.

— Precisa é começar a prestar atenção em alguém que já está fascinado por você.

Rhoda olha em volta.

— Quem?

— Ele não está sentado à mesa. Está encostado na parede.

Ela olha para o homem imediatamente.

— Está falando de Galen?

— Ele é apaixonado por você, Rhoda. Passa a maior parte do tempo com ele. É claro que deve ter notado.

Ela comprime os lábios como se refletisse, como se revisse mentalmente cada momento que já dividiu com ele.

— Ele é meu criado. Um *plebeu*.

Era verdade, e, se fosse eu, isso significaria que o homem nem seria notado. Mas é Rhoda, e ela não é nada parecida comigo.

— Nunca pensei que fosse o tipo de mulher que se importa com distinções de classe, especialmente depois de ter dito que não precisa se casar por dinheiro ou título. Além do mais, seu sistema de classificação avalia aparência, comportamento e personalidade. Não há título nessa avaliação. E Galen é um quinze, Rhoda. De acordo com seus padrões, já devia ter agarrado esse homem.

— Eu... — Sua voz desaparece quando olha para Galen de um novo ponto de vista, como quem considera uma possibilidade com atenção.

— Convide-o para ir ao meu baile. Compre roupas para ele. Diga que é um presente por ser tão dedicado a você durante todos esses anos.

Você pode viver uma noite sem expectativas, uma oportunidade para vê-lo de um jeito diferente. Não precisa se casar com ele para ter um pouco de diversão.

Ela não parece convencida.

— Se não o convidar, eu convido — aviso.

Ela me encara por um instante, antes de olhar para a comida. Mas vejo que plantei uma semente em seu pensamento. Só precisa de tempo para germinar.

***

Não falo mais nada sobre Galen durante o tempo que passamos na sala de estar naquela tarde. Como já terminei meu último projeto de costura, trabalho em silêncio no vestido para o baile. Hestia conta a todas na sala como Lorde Paulos é romântico e encantador.

— Jogamos cartas sempre — ela conta. — Adoro como ele me desafia quando jogamos. E sabem? Ele costumava fumar um charuto enquanto jogava, mas finalmente admiti o quanto detesto aquele cheiro. Ele não fumou mais desde então. Disse que... — e baixa a voz para criar um efeito dramático — quando me beijar pela primeira vez, não quer ter gosto de cinzas, não depois de saber o quanto odeio isso. Conseguem pensar em alguma coisa mais romântica?

— Quanto tempo acha que vai demorar até o primeiro beijo? — Rhoda pergunta.

— Não sei! Mas imagino que não vá demorar, se ele desistiu daquelas coisas horríveis.

Mais tarde, levo o trabalho de costura para o meu quarto e tento decidir o que fazer até a hora do jantar. Talvez eu deva ir ver o que Petros, Rhouben e Leandros estão fazendo. Faz tempo que não passo um tempo com eles. Não vejo Rhouben desde que o salvei do casamento com Melita.

Fecho a porta do quarto sem antes olhar realmente o corredor. Deve ser por isso que Leandros consegue me surpreender com tanta facilidade.

Levo a mão ao peito.

— Não me assuste desse jeito.

— Desculpe! Pensei que tivesse me visto.

Faço um gesto para mostrar que ele não precisa se preocupar e guardo a chave do quarto em um bolso do vestido.

— Ia mesmo procurar você e seus amigos. Queria saber se vão fazer alguma coisa esta tarde. Minha agenda está livre.

— Que bom saber disso. Queria falar com você. — Ele abaixa a cabeça, como se estivesse constrangido. É uma atitude tão estranha para Leandros, normalmente tão confiante, que temo que sua cabeça possa explodir.

Abaixo para olhar nos olhos dele e levantar sua cabeça.

— Sobre?

— Podemos conversar nos seus aposentos?

Não sei por quê, mas tenho a nítida sensação de que não devo convidá-lo para ir à minha suíte. Não que eu tenha medo de ficar sozinha com ele ou tenha medo dele de algum jeito, mas acho que é melhor ter essa conversa em um local aberto.

— Estamos sozinhos aqui — aponto. — Pode falar.

Se fica incomodado com minha recusa indireta, ele não demonstra.

— Recebi o convite para o seu baile. Estou muito ansioso para comparecer. Queria perguntar o que vai vestir, para podermos combinar nossos trajes.

— Não podemos combinar — protesto, e subo o tom de um jeito brincalhão. — Que impressão isso daria?

— De que estou apaixonado por você — ele responde, e sua voz é um pouco séria demais para ser confortável.

— Não, daria a impressão de que sou uma mulher cujas atenções mudam de direção com muita facilidade.

— Não vai mudar mais, se aceitar ser minha.

— Leandros...

— Não, deixe-me terminar, Alessandra. Sei que brinco muito, mas agora estou falando sério. Estou *apaixonado* por você. E não quero ser a segunda opção. Não quero ser quem você vai procurar quando Kallias a deixar de lado. Quero ser sua primeira opção. E talvez eu nunca tenha deixado claro que sou uma opção. Gosto de você e, se permitir, sei que posso amá-la. Meu título é menor que o de Kallias, meu bolso não é tão cheio, minha propriedade não é tão grande, mas meu coração é maior, Alessandra. E eu amaria você completamente, integralmente, como uma mulher deve ser amada. Não vou me esconder atrás de sombras. Não vou amar de longe. Não vou querer apenas partes de você. Quero você inteira. Mente, corpo, alma. Quero estar com você. Sempre. Costumo me esconder atrás do humor, mas não desta vez. Não com você. Estou interessado. Você é a única mulher na corte que me interessa, e eu a faria minha, se também me quisesse. — Ele respira fundo.

— Não espero que responda agora. Tive semanas para pensar em tudo isso. E você não teve nem um minuto, mas espero que pense no que eu disse.

Ele se vira para ir embora, mas, como se ainda não houvesse acabado, tenta segurar meus dedos. Olha nos meus olhos enquanto remove minha luva, libertando lentamente cada dedo antes de puxá-la por completo. O beijo no dorso de minha mão não é suave, nem gentil. É determinado, demorado, cheio da paixão que ele sente.

É um lembrete de que ele pode me tocar. *Vai* me tocar, se for o escolhido, e Kallias não vai.

Não posso mentir, o contato é delicioso, mas é só isso. Pele tocando pele. Meus sentimentos por Leandros não são tão profundos.

— Você sempre foi um bom amigo para mim — digo quando ele enfim solta minha mão. — Gostei muito do tempo que passamos juntos. E sei que, se escolhesse você, eu seria... — Não exatamente feliz. Contente, talvez. Por um tempo. — Seria uma boa parceria. Sei que você seria sempre bom e divertido. E a tentação é grande, por todas as coisas que você pode me oferecer, e ele não pode.

— Mas...

Ah, mas isso dói. O que estou fazendo? Não costumo ser bondosa. Especialmente com homens. Mas é muito injusto tratá-lo dessa maneira. Alimentar esperanças.

— Mas... — imito seu tom — já estou prometida a ele. Não é justo com você fingir que minhas intenções podem ter mudado. — Não preciso esclarecer quem é *ele*, e parece errado pronunciar em voz alta o nome de outro homem quando Leandros está declarando seu amor.

— Ele nunca vai amar você — diz Leandros. Seu tom não é rancoroso, só explanatório. — Ele nunca vai se casar com você, nem tocar, nem estar com você de todos os jeitos que merece. O que planeja? Viver uma vida pela metade com ele para sempre?

Fico chocada com a súbita constatação de que prefiro ter essa vida. A vida de confiança e amizade com Kallias, de ajudá-lo a governar um reino sem ter nenhum poder real, só como conselheira do rei... Prefiro viver assim a ter mais um caso com um homem que só vai me dar joias por gostar do que dou para ele na cama.

É claro, com Leandros não seria assim. Ele teria por mim uma consideração maior que essa, mas não posso fazer isso com ele. Não quando sempre foi tão bom para mim.

— O que vou fazer tem a ver com a minha vida — respondo. — E já disse qual é minha decisão.

Leandros assente.

— Você o ama?

É claro que não, penso. Não faço essas coisas infantis como me apaixonar. O amor me transformou em uma assassina. Acabou comigo por um tempo. Tive que me reconstruir.

Mas certamente existe *alguma coisa* entre mim e o rei.

— Não sei — sussurro.

E essa resposta é suficiente, ou Leandros enxerga a verdade nela, porque se curva como cabe a um cavalheiro.

— Com licença — diz.

E se afasta.

Cruzo os braços, entristecida com a conversa.

No entanto, quando me viro para voltar ao quarto, pensando em deitar um pouco e viver essa tristeza, vejo um resquício de sombra desaparecendo através da parede do quarto de Kallias. É tão fina que penso que posso tê-la imaginado.

Mas, se não a imaginei, não sei se é bom ou ruim que Kallias tenha ouvido tudo isso.

CAPÍTULO
23

Estou pensando se apareço para o jantar na biblioteca.

Por um lado, não falei com Kallias o dia todo. Temos muito o que discutir, inclusive as medidas de segurança que ele implantou e o que aconteceu no clube.

Mas sei que ele vai me perguntar por que escolhi evitá-lo o dia todo. E que os deuses não permitam que ele tenha ouvido minha conversa com Leandros e traga o assunto à tona.

No fim, decido que quero vê-lo, e isso é o suficiente para enfrentar todo o resto.

Espero encontrá-lo à mesa, já começando a comer. Em vez disso, eu o encontro sentado em uma poltrona diante da lareira, afagando a cabeça de Demodocus com uma mão e bebendo vinho com a outra.

Ao me ouvir entrar, ele diz:

— Não sei se quem quer me matar é incapaz de passar pela guarda que montei à minha volta vinte e quatro horas por dia ou se está apenas ganhando tempo, esperando eu me sentir confortável para atacar.

— Espero que seja a primeira opção — respondo, sentando-me na outra poltrona, que ele aponta diante do fogo.

— Não é tão ruim ser seguido por todos os lugares aonde vou. Honestamente, é preferível o isolamento a que me resignei.

Não digo nada. Acho que ele quer ser ouvido.

— Mudando de assunto, condenei Lorde Eliades à prisão perpétua. Ele foi destituído de todas as terras e do título. Não vai mais nos incomodar. Também localizamos a maioria das moedas de ouro que ele roubou e redistribuiu. Todos os camponeses pegos com elas também foram presos. Eles sabiam muito bem que estavam recebendo dinheiro roubado.

— Não parece muito feliz com tudo isso.

Ele olha para o fogo, depois para a taça.

— A captura não aconteceu como planejávamos. Vários camponeses morreram. Resistiram aos guardas. E muitos mercadores se negaram a entregar as moedas que haviam recebido por seus produtos.

— E você me culpa por isso.

A mão que se aproximava da garrafa de vinho para encher a taça para no ar.

— Por que a culparia?

— Porque a ideia de pegar o bandido desse jeito foi minha.

— Não é nada disso. Meus guardas fizeram um péssimo trabalho. A culpa é deles, não do plano. Além do mais, eu não poderia me importar menos com uma pequena inquietação popular.

— Qual é o problema, então?

— O conselho quer tomar uma atitude em relação à agitação que causamos. Estão considerando uma parada real pelas ruas de Naxos.

— Você não pode fazer isso. Seria a oportunidade perfeita para um assassinato.

Ele enche a taça de vinho.

— Eu sei, mas o conselho votou, e eu perdi. Não tenho escolha.

Minha pele brilha com o reflexo das chamas, e sinto meu corpo esquentar. E não é uma sensação confortável.

— Um deles está envolvido nisso! Só pode ser. Por que mais o obrigariam a se expor?

— Para provocar simpatia. Lembrar o povo de que não sou um monstro que só pensa em reinos no exterior. Isso me humaniza, se entendi bem. As pessoas ficariam mais propensas a pagar seus impostos, ou alguma bobagem do tipo.

Ele bebe o vinho e enche a taça pela terceira vez.

— Ah, e o Reino de Pegai está oficialmente em paz outra vez.

Finalmente, olho para ele.

— Estou tendo dificuldade para entender seu humor. Está aborrecido? Preocupado? Satisfeito? — *Apavorado?* Não falo em voz alta.

— Estou calmo demais para alguém que sabe que logo vai sofrer outro atentado.

— Talvez apenas um atentado. Quem quer matar você não vai conseguir. E vai ser capturado.

Ele esvazia a taça e finalmente a deixa de lado, apoiando a cabeça na poltrona em seguida.

— Bem, agora que já falamos sobre todos os assuntos agradáveis, podemos discutir o motivo de ter me evitado o dia todo?

— Esses eram os assuntos agradáveis?

Ele para de afagar Demodocus, e o cachorro se deita no chão – e dorme assim que a cabeça descansa sobre as patas.

— Qual é o problema, Alessandra?

— Acho que não bebeu o suficiente para termos essa conversa.

— Como assim?

— Prefiro que não se lembre dela depois.

Um sorriso apagado movimenta seus lábios.

— Posso beber mais, se quiser.

— Não, você tem que permanecer alerta o tempo todo. Para o caso de acontecer alguma coisa.

Ele balança a cabeça.

— Pare de dar voltas. O fato é que... você... hum... não foi bem tratada ontem à noite. — Como se as palavras o incomodassem, ele pega o copo e o enche mais uma vez.

— Não fui?

— Foi tratada e tocada como uma meretriz, e deve ter sido vergonhoso e humilhante. Não a censuro por me odiar por isso.

— Ah. — Tento disfarçar a surpresa provocada pela declaração.

— Você é uma amiga de verdade, Alessandra. Alguém que considero uma igual em todos os aspectos, exceto o título. Não tratei você bem ontem.

— Kallias, você me deixou ajudar. Tratou-me como teria tratado uma amiga. Nada menos. Não se preocupe com isso.

Ele se levanta de repente e se apoia na mesa próxima para recuperar o equilíbrio.

— Talvez eu tenha bebido mais do que pensei.

— Vou ajudar você a ir para a cama.

Seguro o braço de Kallias e, embora nunca tenha feito isso em público antes (exceto quando estávamos disfarçados), eu o apoio com firmeza quando saímos da biblioteca. Ordeno aos guardas que nos acompanhem até os aposentos do rei, mas ninguém mais ousa tocar nele. Eu não poderia pedir a ajuda deles, se quisesse. Seria pôr a vida de todos em risco. Vou deixar para mais tarde o pedido de perdão a Kallias por esse contato.

Demodocus nos segue, sempre fiel.

Passamos por uma série de janelas no corredor e ouvimos o som de chuva e trovões. A noite é de tempestade.

Os guardas nos deixam no fim do corredor, e Demodocus e eu prosseguimos com o rei. Tento abrir a porta dos aposentos de Kallias, mas está trancada, e não vou revirar os bolsos dele procurando uma chave que ele nem deve carregar, considerando que consegue atravessar paredes. Em vez disso, entramos pelo meu quarto.

Penso em ajudá-lo a deitar na minha cama, mas ele diz:

— Não, por ali.

Experimento abrir a porta entre meus aposentos e os dele. Está destrancada.

— Por que não trancou esta porta? — pergunto.

— Para que trancar, se é você que está do outro lado?

Ajudo a amortecer sua queda na cama, depois levanto seus pés e tiro as botas, uma de cada vez.

— Kallias, não estou brava com você — declaro, continuando a conversa de antes. — Não me incomodei com o que aconteceu ontem. Foi divertido, na verdade.

Demodocus pula na cama ao lado dele e descansa a cabeça sobre a barriga do rei. Kallias vira a cabeça em minha direção.

— Mesmo que não esteja brava por isso, deve estar brava comigo por outras razões.

— Que razões?

Ele fecha os olhos.

— Vi você com Leandros. Ele ofereceu felicidade, e você recusou. Porque a estou forçando a manter essa farsa de corte comigo. Devia libertá-la disso.

Sorrio.

— Mas não vai.

— Não posso. Preciso muito de você.

Talvez seja a bebida, mas gostaria muito de pensar que ele não trata tudo isso apenas como uma farsa.

De repente, ele abre os olhos, e seu braço se move sem direção antes de pegar minha mão e levá-la aos lábios. Mas ele se detém antes de fazer contato. Olha para minha luva como se fosse ofensiva. E de repente está removendo a peça. Fico absolutamente imóvel.

— Ele a beijou. Aqui. — Um dedo dentro da luva desliza pela minha pele.

— Sim, beijou.

— Não quero que ele faça isso. *Eu* quero fazer isso.

O rei abaixa a cabeça, mas removo a mão bruscamente antes que ele possa beijá-la.

— Não tem permissão até estar sóbrio — aviso.

— Bobagem! Dê a mão aqui!

Rio.

— Vá dormir, Majestade. — Empurro seus ombros, e ele cai sobre os travesseiros e fecha os olhos novamente. Não consegue mais resistir.

Vou para o meu quarto e, antes de sair, olho para o meu rei mais uma vez.

— Não recusei Leandros porque tenho um acordo com você. Recusei porque aceitá-lo me afastaria de você.

Satisfeita com a certeza de que ele não se lembrará de nada disso, fecho a porta e vou me preparar para dormir.

Kallias atravessa a parede do meu quarto na manhã seguinte para tomar o desjejum.

— Bem, isso responde àquela pergunta.

Ele mantém uma das mãos na cabeça e ainda veste as roupas da noite anterior.

— Que pergunta?

— Ainda consigo invocar as sombras na sua presença.

— Tinha alguma dúvida em relação a isso? — Tento ignorar que o tecido fino da camisa mostra o contorno dos músculos embaixo dela.

— Não me lembro de muita coisa. Você me ajudou a ir para o quarto. Acho que posso ter me jogado em cima de você.

Escondo o sorriso na xícara de chá.

— Sim. Tive que me esquivar.

— Típico. Não ficava bêbado desde que fui consagrado rei. Naturalmente, me jogo em cima da primeira mulher que vejo.

— Naturalmente.

— Foi muito ruim? O que eu disse?

— Tentou beijar minha mão sem luva. Você foi muito educado, Kallias, mesmo bêbado. — E dou risada dele.

— Minha mãe me educou para ser assim — ele responde sem se desculpar.

— Ela ficaria orgulhosa de você.

Kallias se permite um sorriso triste. Depois olha para si mesmo.

— Devíamos nos vestir e ir tomar café com os outros nobres.

— Por quê? Nunca fazemos o desjejum com os nobres.

— Tenho algo para lhe mostrar e estou impaciente demais para esperar até a hora do almoço. Fiz essa encomenda há algum tempo e acabei de ser informado de que o serviço foi concluído.

— E isso está... no salão? — O que ele fez? Encomendou uma toalha de mesa com nossas iniciais?

— Sim. Chega de perguntas. Você vai entender. Volto em meia hora para buscá-la.

E ele desaparece através da parede.

— É evidente que não tem ideia de quanto tempo uma dama precisa para se arrumar! — grito quando ele desaparece.

Os guardas nos seguem de perto, mas não me importo. Não quando estão cuidando da segurança de Kallias.

Hoje ele segura meu braço, sem se importar com quem está olhando para nós. Com um assassino solto, talvez não seja importante quem vê o contato entre nós através das roupas.

Kallias conseguiu tomar banho *e* se vestir em pouco tempo. O cabelo está meio úmido, mas ainda tem um volume impressionante. Penso se ele não mantém o cabelo sempre longe do rosto por saber que seus traços são lindos. O nariz é reto e tão perfeito que quero deslizar a ponta do dedo por ele antes de traçar o contorno dos lábios cheios.

Até as orelhas – partes do corpo decididamente pouco atraentes – são impecáveis. E não consigo deixar de imaginar que som ele produziria se eu mordesse a ponta de uma delas.

— Parece distraída hoje — Kallias comenta. — Aconteceu alguma coisa que eu não sei?

— Não. — Viro o rosto para o outro lado ao sentir o calor invadi-lo. Estou vermelha? Não coro ao ser pega olhando para um homem desde que...

— Chegamos.

As portas do grande salão já estão abertas, e o som dos nobres lá dentro transborda para o corredor.

Kallias não para quando entramos, embora todos silenciem instantaneamente, talvez por estarmos andando de braço dado, quando ninguém mais tem permissão para tocar o rei sem ser condenado à morte.

Examino os rostos e o arranjo das acomodações, tentando adivinhar qual é a surpresa. Ele não mudou nada nas paredes ou nos tapetes. A mesa continua exatamente igual, exceto... É minha imaginação ou ela ficou um pouco maior?

O rei e eu passamos por nobres boquiabertos a caminho dos nossos lugares habituais, e tento descobrir o que não percebi.

E é então que vejo nossas cadeiras.

Paro onde estou, o que obriga Kallias a parar também.

A mesa *é* maior. Ele encomendou uma nova. E na ponta da mesa, onde ele e eu sentamos, há duas cadeiras.

Duas.

A mesa tem o dobro da largura, o que nos permite sentar lado a lado na ponta.

Isso não é só um gesto de cortesia. É uma declaração. Um anúncio que toda a nobreza pode ver e entender.

Mas *eu* não entendo.

— Por quê? — pergunto.

Kallias olha em volta, vê os nobres silenciosos e tosse de um jeito carregado de significado. Eles retomam imediatamente as conversas interrompidas. Não podem mais nos ouvir.

— Já disse, você é igual a mim. Me ajudou de várias maneiras. Tem sido minha companhia constante nesses últimos dois meses, e não quero que vá embora nunca, Alessandra. Quero mostrar o quanto a respeito e aprecio.

— Mas isso... diante de todos os nobres. É como um pedido de casamento.

— Na verdade, quero falar sobre isso mais tarde.

Olho para ele tão depressa que meu pescoço estala.

— Quando estivermos sozinhos — ele esclarece. — Venha. — E me puxa para os nossos lugares.

Consigo fazer meus pés se moverem, apesar de minha cabeça estar rodando. Primeiro euforia, depois decepção, as duas se revezando e ocupando meus pensamentos.

Ele vai me pedir em casamento.

Mas disse isso sem mudar o tom da voz. Não foi nada romântico. E não imagino que ele pretenda algum romantismo. Só quer uma aliança prática, certamente.

Mas vai me dar poder. Compartilhar seu poder comigo. Como está compartilhando a ponta da mesa.

Mas ainda não vou poder tocá-lo. Não o terei.

O que é mais importante?

Tenho a resposta para isso. Obviamente, o poder. Mas então... por que me sinto tão infeliz?

— Majestade, a mesa nova é simplesmente divina! — elogia uma voz à minha direita.

Eu me assusto. Quando Rhoda se sentou? À direita dela está Hestia, que tem a seu lado Lorde Paulos. As duas cadeiras mais próximas de Kallias permanecem vazias, mas meu lado está ocupado. Kallias está praticamente na forma de sombras para segurar os novos arranjos à mesa.

— Que bom que gostou — diz o rei.

— Parece surpresa, Alessandra. Não sabia? — pergunta Rhoda.

— Não.

— É um gesto muito romântico — ela aponta, baixando a voz ligeiramente.

Kallias ouve o comentário.

— Que bom que pensa assim, Lady Nikolaides. Lady Stathos parece não saber ainda como reagir.

— Estou feliz, é claro! — digo depressa. — Foi inesperado, só isso.

— Faço gestos românticos o tempo todo — ele se defende, debochado, uma encenação para os que estão sentados mais perto de nós.

— Ele tem razão — Hestia concorda, desviando sua atenção de Lorde Paulos por um momento. — O rei a cobre de presentes. Todos vimos as coisas lindas que ele já lhe deu. Isso não é diferente.

— É uma mesa — retruco. — Não um colar. É muito diferente. E muito inesperado.

Kallias leva uma colher de mingau de aveia à boca.

— Tenho que continuar surpreendendo você, ou vai me achar aborrecido e terminar tudo comigo.

Rhoda ri.

— Isso é improvável, Majestade. — E estuda seu perfil, antes de olhar para mim com uma expressão significativa. *Quinze*, dizem seus olhos. Como se eu pudesse esquecer.

Kallias sorri para ela, e a refeição prossegue.

Olho para a mesa e vejo Rhouben e Petros rindo juntos de alguma coisa. Parecem despreocupados e felizes, mas não posso deixar de notar que falta um nobre nessa mesa nova, como se a existência da novidade o impedisse de juntar-se a nós.

Pobre Leandros.

— Não tem reuniões hoje? — pergunto depois do desjejum, quando Kallias me acompanha para fora do salão.

— Não. Esvaziei minha agenda. Seu baile se aproxima rapidamente. Achei que seria melhor ajudar com os preparativos que faltam. E, como já disse, há algo que precisamos discutir.

Pigarreio.

— Sim, eu... estou curiosa para saber mais sobre o assunto que vamos discutir.

Tudo muito formal.

O homem quer me pedir em casamento, por todos os demônios, e descubro que quero sair correndo.

Mas era isso que eu queria. Esse é o motivo para eu estar aqui.

Então, por que tenho tanto medo dessa conversa?

— Podemos ir à biblioteca? — ele convida.

Não digo nada, mas ele me leva para lá assim mesmo, e os guardas nos seguem.

— Está um lindo dia — Kallias comenta quando passamos por uma janela. — A tempestade passou depressa. — E resmunga um palavrão. — Por que estou falando sobre a merda do clima?

Continuo em silêncio. Os guardas nos deixam entrar sozinhos na biblioteca, e Kallias fecha a porta.

— Quer se sentar? — pergunta.

Balanço a cabeça.

— Desculpe. Fui idiota. Não queria abordar o assunto dessa maneira.

— O pedido de casamento, você quer dizer?

— Sim. Também não devia ter surpreendido você com a mesa. Devia ter conversado com você antes de encomendá-la. Só pensei que ia gostar dela.

Olho para o chão.

— Mas não é só uma mesa, é, Kallias?

— Não. Não é.

Fico em silêncio por um momento, depois levanto a cabeça para olhar para os livros. Qualquer coisa para evitar encará-lo e ver seus traços perfeitos. Não sei se suporto olhar para ele durante essa conversa.

— Somos muito bons juntos — ele diz enfim. — Você é estrategista, mais que qualquer um dos meus conselheiros. Já se mostrou uma aliada valiosa inúmeras vezes. Resumindo, você é brilhante.

"Eu me divirto sempre que estou com você. Mesmo que estejamos discutindo por alguma coisa. Gosto dos passeios que fazemos fora do palácio. Os disfarces, as aventuras... tudo é mais diversão do que tive em anos. Estive muito solitário recentemente, mas, desde que você chegou, eu me sinto... feliz.

"Só que não tem a ver apenas comigo. Tem a ver com você também, e estou tentando pensar no que esse arranjo pode lhe oferecer. Já falamos sobre os convites para festas e bailes. Prometo começar a acompanhá-la a esses eventos. Quero que participe comigo de todas as reuniões..."

Isso me faz desviar o olhar da parede instantaneamente.

Vendo que agora tem toda a minha atenção, ele continua:

— Quero você ao meu lado, me ajudando a tomar decisões para o reino. Quero que me ajude a conquistar os últimos três reinos neste mundo tão vasto. Quero que seja minha igual, Alessandra. Minha rainha. Você teria poder. Uma guarda só sua. Conversaríamos antes de tomar decisões. Teríamos o conselho me apoiando de uma vez por todas, e você se livraria de sua família. É claro que teria acesso ao tesouro e aos fundos do reino. Não ficaria sem recursos próprios.

Poder igual. Comandar o reino... *com* ele?

Isso significa...

Eu não teria que matá-lo. Ele me daria tudo que quero, e eu não teria que me livrar dele. Meu amigo e companheiro.

Mas e... mais do que isso?

— Quer que eu seja sua rainha. Mas só na teoria. É isso?

Kallias estuda meu rosto em silêncio.

— É isso. Seríamos casados. Então, seria oficial. Mas você teria os seus aposentos, e eu teria os meus. Ninguém jamais saberia que o casamento não foi consumado. Poucos sabem o motivo de eu não poder tocar as pessoas. Muitos nem saberão dizer se somos íntimos ou não.

É isso. É tudo que eu sempre quis. Ele está me oferecendo o mundo. Só não se inclui na oferta.

Quando foi que comecei a querer isso?

Alguém bate na porta.

— Estou ocupado! — Kallias responde, sem desviar os olhos de mim.

— Com sua licença, Majestade. — Reconheço a voz de Epaphras, o guardião da agenda. — Pediu para ser informado imediatamente se o Barão Drivas chegasse ao palácio. Ele está nervoso, e os guardas tiveram que contê-lo. E veio acompanhado por uma oficial da polícia.

Paro de respirar ao saber que o pai de Hektor está no palácio.

Kallias olha para mim.

— Por que o barão traria uma oficial da polícia para tentar casar você com um dos filhos? Assinou algum tipo de contrato com ele?

Engulo em seco.

— Não.

— Isso é ridículo — ele diz a si mesmo. — Epaphras, mande os guardas trazerem o barão. Vamos resolver isso agora mesmo.

— É claro, senhor.

Sinto meu estômago se contrair.

— Isso é necessário?

— Não precisa ficar. Posso afugentar o barão sozinho, mas esse assédio contra você é ridículo. Eu devia ter resolvido esse assunto assim que tomei conhecimento dele.

— Eu fico — decido, sem ânimo, sem conseguir pensar em um jeito de adiar esse momento. Ou de escapar dele. Devia aceitar rapidamente a proposta de casamento de Kallias, embora não saiba que proteção extra ela poderia me conferir para o que vai acontecer.

A porta é aberta minutos mais tarde. Os guardas cercam duas pessoas. Uma delas eu reconheço, é Faustus Galanis, pai de Hektor. A mulher que o acompanha deve ser a agente de polícia já mencionada.

— Majestade — diz Faustus. — Finalmente! Tenho tentado...

— Não vai falar nada enquanto eu não autorizar — Kallias o interrompe com a autoridade de um rei. — Quem é você? — pergunta à mulher.

— Policial Damali Hallas, Majestade.

— E o que faz aqui?

— O Barão Drivas me contratou para investigar o desaparecimento de seu filho caçula, Hektor.

Kallias não vira a cabeça, mas olha para mim rapidamente pelo canto do olho.

— Desaparecimento?

— Foi como tratamos o caso ao começar essa investigação, Majestade, mas agora sabemos que o jovem nobre foi assassinado.

CAPÍTULO 24

Meu estômago se contrai mais uma vez, mas não permito que nenhuma emoção além de surpresa transpareça em meu rosto.

— Hektor está *morto?* — pergunto.

Noto que a policial me encara com o olhar atento. Procurando pistas. Ela é uma mulher de traços duros. Tem o nariz um pouco grande, olhos muito próximos, queixo quadrado. O cabelo cor de ébano é mantido longe do rosto, preso em um coque perfeito.

— Há vários anos, pelo que sabemos — ela responde. — Faz alguns dias que o corpo dele foi encontrado na Floresta Undatia. Aparentemente houve uma série de deslizamentos de terra na região. Alguns cavaleiros encontraram o cadáver e informaram as autoridades.

— Espere um momento — intervém Kallias. — Quem é esse Hektor? — Ele dirige a pergunta a mim, e entendo seu real significado: *Quem é esse homem para você?*

— Meu primeiro amante — respondo.

— E você o matou! — o barão me acusa.

— Mais uma palavra, Drivas, e vou ser obrigado a mandá-lo para a masmorra — Kallias adverte.

Os guardas que o cercam chegam mais perto dele, prontos para conter o barão caso seja necessário.

— Majestade — diz a policial —, com sua permissão, tenho algumas perguntas a fazer para Lady Stathos.

Kallias olha para mim. *Espera minha autorização.*

Que impressão eu daria se me recusasse a falar? Não, devo parecer inocente.

— Vou responder às perguntas dela.

A policial se adianta um passo.

— Admite, então, ter mantido uma relação com o morto?

— Sim, fomos íntimos, mas não o vejo há anos. O que aconteceu com Hektor?

— A esta altura, não resta nada dele além de ossos.

O barão deixa escapar um soluço, mas não fala nada.

— Nós o identificamos pelo brasão da família no anel em seu dedo — continua a agente. — Mandei os restos mortais para serem examinados ontem. Uma das costelas foi trincada. Definitivamente, um ferimento de faca. Eu soube que você sempre carrega uma faca.

Dou um passo para trás, como se a insinuação me ofendesse.

— Não pode estar sugerindo que *eu* o matei. E *quem disse* que carrego uma faca?

— Sua irmã. — Hallas tira um bloquinho de anotações do bolso e o examina. — Chrysantha Stathos.

— Sim, eu sei como minha irmã se chama — reajo com amargura. Chrysantha. O inferno da minha existência. Por que ela não morre de uma vez? — Muita gente carrega facas. Que importância tem isso?

— Isoladamente, nenhuma, mas foram encontrados os restos de um baú junto com o corpo. E uma das tábuas tem as iniciais "AS" gravadas nela. São suas iniciais, não são? — Hallas faz a pergunta como fez todas as outras. Fria, desprovida de emoção, como se realmente não se importasse com a resposta. Embora já saiba a resposta para todas elas.

Arrisco olhar para Kallias. Ele me estuda com a mais peculiar das expressões. Uma expressão que não consigo identificar. Como se me visse de um jeito novo.

Ele não pode acreditar nela!

Minhas pernas fraquejam, e eu perco o equilíbrio. Mas Kallias está ali, me amparando.

— É claro que muitas pessoas no reino têm as iniciais AS — Kallias retruca.

— Talvez — concorda Hallas. — Mas nem todas tiveram um relacionamento com o morto. Quem terminou esse relacionamento, Lady Stathos? Foi Hektor, não foi? Ele partiu seu coração, e você retaliou esfaqueando-o, trancando o corpo em um baú e enterrando-o na floresta.

Ai, deuses.

— Está especulando — respondo. — Não tem provas de que Hektor rompeu o relacionamento ou de que tive algum motivo para causar mal a ele.

— Talvez não, mas vou encontrá-las. Já falei com a criadagem da propriedade de seu pai. Fui informada de que, com certeza, você teria habilidade e recursos para tirar o corpo de Hektor da propriedade sem testemunhas. Costumava sair à noite sem ser vista e só voltava para casa depois da metade do dia seguinte. E gostaria de pedir permissão ao rei para apreender sua faca e compará-la ao ferimento nas costelas do morto.

Com um olhar frio e controlado, olho para Kallias, esperando sua decisão.

Por favor, interprete minha calma como inocência.

Ainda não perdi nada. Hektor não vai voltar para me arruinar pela última vez. Estou *muito perto* de me tornar rainha.

— Oficial — Kallias responde, com uma calma que me assusta —, peço que nos dê licença e leve o barão. Agradeço por ter trazido esse assunto ao meu conhecimento. Como Lady Stathos é membro da minha corte, deste momento em diante eu cuido da investigação e vou até o fim dela.

O barão parece querer falar muito mais, mas espera preservar as boas graças do rei, por isso se deixa escoltar pelos guardas e acompanha a policial para fora do aposento.

Epaphras os segue e fecha a porta. Consigo me dirigir à poltrona mais próxima e me sento. Espero.

Espero. Espero.

Kallias vai explodir comigo a qualquer momento. Vai me jogar na prisão até decidir o dia adequado e a melhor maneira de me matar. Ele vai...

Kallias dá uma gargalhada tão alta e repentina que quase caio da poltrona. Ele apoia as mãos nos joelhos, e seu corpo todo treme com a força do ataque de riso. Que diabos?

Enlouqueci o rei?

Ele consegue se controlar depois de um momento e olha para mim, mas seu rosto se contorce e ele volta a rir de maneira descontrolada.

Sinto meus membros se contraírem, o rosto esquentar, a raiva se acumular em cada músculo.

— Qual é o seu problema? — estouro, gritando para ser ouvida em meio às gargalhadas. Ele não reagiu assim nem mesmo quando leu a carta de amor de Orrin.

O rei diz alguma coisa que não consigo entender, depois enxuga as lágrimas dos olhos e tenta de novo.

— Você o matou! — Ele joga a cabeça para trás e ri, ri muito.

E, de algum jeito, sei que não estou encrencada. Como poderia estar, se ele trata a questão com toda essa jovialidade?

Eu poderia negar. Tentar me defender. Mas Kallias não é burro. Apesar de a policial não ter evidências suficientes para me acusar formalmente, Kallias sabe que é verdade.

— E estou propensa a matar de novo — aviso, olhando para ele com ar ameaçador.

Kallias se apoia na estante de livros mais próxima, tentando recuperar o fôlego. Quando se acalma, se aproxima de mim e segura minha cabeça com as mãos enluvadas.

— Meu diabinho. Uma força a ser temida, não? Ah, diga que vai se casar comigo, Alessandra!

Engulo em seco, totalmente confusa.

— Não vai me enforcar?

— Enforcar você? — ele repete, e deixa as mãos caírem junto do corpo. — O homem a ofendeu, Alessandra. Francamente, você me poupou do trabalho de ir atrás dele e matá-lo eu mesmo.

— Mas...

— Eu perdoo você — ele declara com simplicidade.

Fico surpresa.

— Simples assim?

— Simples assim. Tudo por minha amiga.

Não sei se já odiei mais essa palavra do que quando ela sai da boca de Kallias.

— Quer se casar comigo? — ele repete, voltando com facilidade à nossa conversa anterior.

— E se eu disser que não, o que acontece?

— Ainda terá meu perdão, se é isso que a preocupa. Eu nunca faria chantagem para obrigar você a se casar comigo! É livre para permanecer no palácio pelo tempo que quiser ou para ir embora. — Seu rosto deixa transparecer alguma tristeza. — Mas eu ficaria muito... triste se você partisse.

Penso por um momento, mas Kallias não suporta o silêncio.

— Preciso de você, Alessandra. Diga que vai ser minha, e eu serei seu.

Ele precisa de mim. Mas não me quer. Está me dando poder. Tudo que eu jamais poderia querer.

Por que a decisão é tão difícil?

Finalmente, digo:

— Quero um pedido de verdade. Um pedido público. — Cruzo os braços. — E não vai mais rir de mim por causa de Hektor Galanis. Na verdade, não quero ouvir o nome dele nunca mais.

Kallias segura minha mão enluvada e a beija.

— Combinado. Agora, vamos falar sobre o que já resolveu para o baile. Não acha que vai ser a ocasião perfeita para um pedido de casamento em público?

Vou me casar com o rei.

Os crimes que cometi no passado foram perdoados.

Estou livre da minha família de uma vez por todas. Posso bani-los da corte para sempre!

Mas existe um assassino por aí. Alguém que quer tirar Kallias e esse futuro de mim.

Não vou deixar que isso aconteça.

Percebo que Kallias e eu talvez tenhamos nos preocupado com a coisa errada. A ideia de uma parada real pelas ruas nos deixou apreensivos, mas percebo agora que o baile é igualmente público e vai acontecer muito mais cedo.

O assassino vai atacar no baile. Tenho certeza disso.

Compartilho a preocupação com Kallias duas semanas mais tarde, quando estamos nos meus aposentos e eu trabalho em meu vestido para o baile.

— Também pensei nisso — ele responde. — Vamos dobrar o contingente da guarda. E revistar todos os convidados para ver se estão armados, antes de permitir que entrem no salão.

— Qual é o alcance das suas habilidades? A que distância o assassino precisa estar para cancelar suas sombras?

Kallias encolhe os ombros.

— Nunca testou? — insisto.

— É claro que sim. Só não quero preocupar você.

Ele interpreta meu olhar impaciente e responde:

— Cinquenta metros.

— Só isso? — Um atirador talentoso pode acertá-lo a essa distância sem dificuldade.

— Estarei seguro, Alessandra. Nós estaremos seguros. Vai ficar tudo bem.

— Eu me sentiria melhor se nenhum dos membros do seu conselho estivesse presente.

— Eu também, mas não podemos cancelar os convites. Agora pare de se preocupar. Venha me mostrar em que está trabalhando.

— Não. Prefiro que veja o traje em mim quando estiver pronto.

— É muito tecido — ele comenta, com tristeza.

— Ah, fique quieto.

CAPÍTULO
25

Vasos de rosas enfeitam a entrada do salão de baile. Formam um caminho que lembra um labirinto e leva à mesa de bebidas, antes de se abrir no centro do salão para permitir muito espaço para as danças. Todos os membros da orquestra usam uma rosa negra – os homens na lapela, as mulheres no cabelo – para homenagear a falecida rainha.

Mandei pintar o salão, e agora parece que plantas trepadeiras sobem pelas colunas. Tapetes verdes cobrem o piso, imitando com perfeição um gramado. Pétalas de rosa foram salpicadas no chão, espalhando um perfume suave.

Foram necessários vários criados e muitas escadas, mas também conseguimos pendurar buquês de rosas no teto. Uma ou outra pétala vai cair, enfeitando ainda mais o chão. Encomendei tapeçarias para adornar as paredes, criando a impressão de que cercas de um jardim contornam o aposento.

Os lustres elétricos estão acesos. Eu queria tudo bem iluminado. Não só para dar a ilusão de estarmos no jardim ao meio-dia mas também para impedir qualquer traição ou trapaça escondida pelas sombras.

Ninguém vai matar meu rei esta noite.

Os convidados já começaram a chegar, embora o baile só comece oficialmente em dez minutos. Posso ver tudo de cima, onde espero ao lado da escada e superviso o que foi feito. Como o baile é meu, posso fazer uma entrada triunfal e espero pelo momento ideal.

Na verdade, só estou esperando Kallias. Não quero que ele perca o momento em que vou aparecer no meu novo traje.

Eu me superei.

O vestido é amarelo-claro. A cada intervalo de alguns poucos centímetros, o tecido se dobra para cima sobre si mesmo, criando a impressão das pétalas de uma rosa. Tingi a ponta de cada dobra com um tom radiante de laranja-avermelhado para combinar com as belas rosas no jardim da rainha. Em geral não gosto muito de cor de laranja, mas as rosas da rainha (e do meu vestido) são simplesmente divinas. Uso uma armação embaixo das camadas de seda, mas o corpete é justo, sem mangas, e minhas luvas no mesmo tom de amarelo são salpicadas de cor de laranja na ponta dos dedos.

Prendi o cabelo de um lado, deixando-o cair sobre o ombro esquerdo para revelar o pescoço nu do lado direito. Enrolei as mechas para que formem cachos perfeitos, uma maravilha negra sobre o tecido claro.

Quando Kallias finalmente chega, não se faz anunciar. Pelo contrário, entra de forma discreta e vai imediatamente para o trono sobre a plataforma. Ele viu o tecido que usei para fazer o vestido e usa um colete amarelo tão claro que poderia passar por branco. O tom cria um contraste impressionante com a pele bronzeada.

Assim que ele se senta, ordeno ao arauto que me anuncie.

— Nossa anfitriã, Lady Alessandra Stathos, segunda filha do Conde de Masis.

Seguro o vestido com as duas mãos e desço a escada com um sorriso leve iluminando meu rosto.

Todos olham para mim.

E sei que não é só o vestido impressionante que provoca os comentários. Sou a garota que atraiu o olhar do rei. A garota cujas estratégias são seguidas pelo conselho. A garota que salvou o rei de uma tentativa de assassinato.

Construí uma reputação considerável.

E esta noite Kallias vai me pedir em casamento e chocar todo mundo.

Ele me observa agora, enquanto desço cada degrau com cuidado. O vestido é suficientemente largo para permitir movimentos amplos das pernas, mas o comprimento longo e as botas de salto aumentam o risco de tropeços.

Desço olhando para ele.

Com aquele olhar quente em mim, posso ver o quanto Kallias me quer. Não é mais uma questão de atração entre nós, mas sim de mantê-lo seguro contra um ataque. Temos um bom arranjo. Depois desta noite, nós dois teremos o que desejamos. Ele vai ter uma rainha para ajudá-lo a administrar e equilibrar o conselho. Vai ter a seu lado alguém em quem confia. A única pessoa em quem confia.

E, em troca, eu terei poder. O poder de governar um reino ao lado de Kallias, assim que ele completar vinte e um anos. Faltam só dezessete meses.

Quando termino de descer a escada, Kallias não se aproxima de mim. Na verdade, ele desvia o olhar, fala com um membro do conselho que está a seu lado.

Sinto uma mistura de decepção e irritação, mas mantenho o sorriso agradável no rosto.

Penso em começar a dar as boas-vindas aos convidados, mas, quando dou alguns passos em determinada direção, as pessoas... se espalham.

Mas que diabos?

Talvez eu tenha só imaginado? Sigo para a mesa de bebidas, pensando em verificar como a comida é servida. Saias se retiram do meu caminho, e um grupo de cavalheiros interrompe a conversa para se afastar de mim, eles procuram outro lugar onde ficar.

Qual é o problema com todo mundo?

Quando me afasto da mesa, relaxo ao sentir alguém se aproximar. Até perceber que é meu pai.

— Não me lembro de ter enviado um convite à sua casa — comento, me distraindo com uma taça de champanhe da mesa.

— Deve ter esquecido — responde meu pai. No entanto, assim que se aproxima o suficiente para que ninguém o escute, acrescenta: — Estou aqui para salvar você, Alessandra.

Bebo um gole da taça como se não o tivesse ouvido. Meu pai espera provocar uma reação. Não vai conseguir.

— Ouviu o que eu disse, Alessandra? Vou salvar você e sua reputação.

Permaneço calada.

— Os rumores sobre o crime se espalham como fogo no mato. Temos que garantir sua segurança casando-a imediatamente com um homem poderoso.

Olho para o rosto de meu pai.

— Rumores sobre o crime?

— Sim, o assassinato de Hektor Galanis. Todo mundo está comentando.

Por isso todos querem ficar longe de mim, de repente. Pensam que sou uma assassina.

Maldito Faustus. Ele deve saber que o rei me isentou de todas as acusações, mas isso não o impediu de espalhar a história.

— Não se preocupe, querida — meu pai prossegue. — Um casamento rápido vai lhe oferecer alguma proteção. Estive conversando com o Visconde de Thoricus...

— O pai de Rhouben?

— Conhece o filho dele, então? Que maravilha. Ele rompeu recentemente o noivado com a filha de um barão. Vocês dois formarão um par vantajoso.

Quase cuspo o champanhe que tenho na boca.

— Ah, agora vou me casar com alguém abaixo da minha posição?

— Ele tem dinheiro, Alessandra. E, com meu querido amigo Eliades atrás das grades, não podemos mais contar com ele.

Deixo a taça vazia na bandeja de um garçom que passa por nós. Depois encaro meu pai.

— Então, para Chrysantha não serve nada menos que um duque, mas eu devo me casar com um futuro visconde. É isso?

— Não pode se dar o luxo de escolher, com tudo que as pessoas estão falando de você.

Meu pai se assusta quando começo a gargalhar.

— Você nunca me ouve. Nunca ouviu, mas vou ser bem clara. Não preciso de você para me salvar. Não preciso de um casamento apressado. Tenho o rei, e ele me perdoou de todas as acusações. Você saberia, se tivesse se incomodado em me procurar para perguntar sobre a situação em vez de tirar as próprias conclusões e criar suas soluções. Ele vai me pedir em casamento esta noite — concluo.

— Ele não pediu minha permissão...

— Nem precisa pedir. Ele é o rei, e, como eu já disse, você não vai levar um centavo do tesouro por meu intermédio.

Ele tenta começar outra frase, mas não permito.

— Não. Esta festa é minha. É minha noite. Não vai estragá-la. — Olho para alguns guardas encostados à parede. Quando atraio a atenção deles, aceno para que se aproximem.

Espero que não obedeçam, mas eles me atendem. Dois rapazes se aproximam, cada um com um rifle pendurado no ombro.

— Sim, milady? — pergunta um deles.

— Acompanhem o conde até a saída. Ele não é bem-vindo. Se não sair espontaneamente, vocês têm minha permissão para usar a força.

Meu pai solta uma gargalhada.

— Quem você pensa que é? A rainha?

Mas os dois guardas se colocam entre mim e ele.

— Por aqui, milorde.

Meu pai olha para mim com espanto. E então, pelo mais breve momento, sinto que finalmente me enxerga. Minha ambição. Minha astúcia. Minhas conquistas. Os guardas obedecendo ao meu comando provam o que estou tentando explicar a ele há semanas.

Consegui exatamente o que pretendia.

E meu pai compreende que, se isso for verdade, o que eu disse sobre ele não receber nenhum dote por mim também deve ser real. Seu rosto está contorcido pelo pânico quando os guardas seguram seus braços com firmeza e o escoltam em direção à porta.

Todos no baile param para assistir ao espetáculo, embora música e conversa não tenham sido interrompidas.

E agora ninguém mais tem nenhum problema para se aproximar de mim. Não quando posso expulsar todos da festa. Não quando os guardas do rei obedecem aos meus comandos. Na verdade, sou cumprimentada por nada menos que dez nobres, quando se aproximam para pegar bebidas e canapés na mesa.

— Uma festa surpreendente. Esses chocolates têm formato de rosa? — Rhouben pega uma flor da mesa e a joga na boca. Depois de engolir, ele acrescenta: — Eu poderia beijar você agora.

— Melhor não fazê-lo em público.

— É sério, Alessandra. Obrigado. Sei que já disse isso, mas vou repetir. Você me libertou de Melita. Ela deixou o palácio, perturbada demais com o rompimento, a rejeição de Eliades e a prisão dele em seguida. Agora sou um homem livre.

E ele nem sabe que também o salvei de se casar comigo.

— O que está achando da vida de solteiro? — pergunto.

— Vou celebrar dançando com cada moça bonita presente no baile de hoje. Isso inclui você. Reserve uma dança para mim, sim?

— É claro.

Ele beija minha mão e o vejo dirigir-se a um canto onde Petros e Leandros riem juntos.

É bom ver Leandros. Fiquei preocupada com a possibilidade de ele não vir.

Como se sentisse meu olhar, ele olha para mim. Oferece um sorriso contido. Respondo com um sorriso largo.

Leandros está vestido inteiramente de preto, como Kallias estava na primeira vez que o vi. Mas Leandros usa uma rosa negra pintada perto da lapela. Quase não vi a flor, que praticamente desaparece no colete. Ao vê-la, sinto um carinho ainda maior por Leandros. Kallias não fala com ele há um ano, e mesmo assim ele comparece em uma festa em homenagem à mãe do rei e usa sua flor favorita. O restante do traje preto faz sua pele dourada parecer ainda mais iluminada e destaca os tons mais escuros do cabelo castanho-claro.

Não importa o que ele veste, é muito bonito e atencioso. Vai fazer alguma garota realmente feliz.

Obrigo-me a desviar o olhar e examinar melhor o salão. Fico satisfeita ao ver que quase todo mundo se apresenta com o traje apropriado. Vejo um grupo de senhoras vestidas como tulipas, com um decote que se levanta na parte de trás e forma uma gola destacada que se curva em torno da cabeça e das laterais do rosto, tomando a forma de pétalas de tulipa. Faixas em torno da cabeça sustentam o estame saliente.

Uma dama é ambiciosa o bastante para tentar reproduzir o que penso ser um narciso. Com um chapéu dourado que copia a coroa da flor, ela parece bem... diferente.

Os homens são previsivelmente sem graça, limitando-se às flores na lapela para acompanhar suas damas.

Vejo Hestia e Rhoda e corro para elas. Rhoda está vestida como a flor de que se origina seu nome. A bainha do vestido forma aglomerados de tecido que lembram rododendros roxos e rosados. Simples, mas elegante.

Hestia é uma maravilha cor-de-rosa. Ela também escolheu rosas, mas, em vez de dar ao vestido todo a forma da flor, simplesmente pediu à costureira que aplicasse um delicado bordado de pedrarias em toda a saia, desenhando emaranhados espinhosos e flores em botão.

— Vocês duas estão lindas — exclamo.

— Obrigada — responde Hestia. — Notou meu xale?

Paro e examino a peça de seda rosa sobre seus ombros.

— Ah, você mesma o costurou, não foi?

É uma tarefa simples, basta costurar a barra para dar ao acessório um acabamento regular, mas sei o quanto Hestia era péssima quando começou a aprender a costurar, mal conseguia manter os pontos em linha reta. E, embora o xale não seja perfeito, já que consigo ver um fio solto pendurado em uma extremidade, a maior parte dos pontos ficou fantástica.

— Ficou incrível.

— Tive uma boa professora — ela responde.

— A decoração está ainda melhor do que você descreveu — Rhoda elogia. — E está humilhando a todas com seu vestido. Como consegue parecer uma flor sem ficar ridícula?

— Dediquei muito tempo a este vestido — admito. Quando não estava com Kallias, estava costurando.

— Falta uma coisa — noto ao examinar Rhoda. — Ah, eu disse para você trazer Galen. Onde ele está?

Rhoda olha para trás, apontando discretamente para um trecho da parede.

Tenho que fazer um grande esforço para enxergá-lo. Procurava um criado vestido com algodão simples e cores discretas. Não estava preparada para um homem fabuloso de brocado roxo e cor-de-rosa. Ele até usou fixador no cabelo, mantendo-o penteado para trás, longe do rosto. Apesar das roupas melhores, o homem parece muito pouco à vontade, o que se vê pelas mãos tensas junto do corpo e pela maneira como olha para os guardas mais próximos, quase esperando ser posto para fora.

— O que ele está fazendo ali? — pergunto.

Rhoda suspira.

— Esperando para me servir.

— Mas não explicou que ele deveria vir como seu acompanhante?

— Expliquei, mas acho que ele me entendeu mal. Só aceitou as roupas que mandei fazer para ele porque sabia que não poderia me servir esta noite se não estivesse vestido de acordo com a ocasião.

— Ah, Rhoda, precisa esclarecer isso com ele.

— Foi o que eu disse — contou Hestia.

— Eu tentei — Rhoda retruca. — Pedi para ele andar comigo, ao meu lado, mas ele insiste que pode perceber se preciso de alguma coisa de seu lugar, nos cantos do salão.

Balanço a cabeça.

— Deixe de ser tão tímida com ele. Às vezes os homens precisam de uma ajuda. Faça alguma coisa que ele não possa interpretar como tarefa de criado.

— O quê, por exemplo?

— Convide-o para dançar.

Ela abaixa a cabeça e brinca com os dedos.

— Que foi? — pergunta Hestia.

— E se ele recusar o pedido? E se estiver tentando me dizer que não está interessado ao fingir que não entende minhas intenções? E se eu o estiver constrangendo? Pior, se ele se sentir *obrigado* a ceder aos meus desejos, quando me faço clara por ser sua patroa?

— Ah, Rhoda — Hestia lamenta. — Toda essa insegurança e esse medo? Isso faz parte de estar apaixonada. Mas, depois que passar por isso, tudo é maravilhoso! É claro que Galen gosta de você. Ele está a seu lado há *anos*. Nenhum serviçal é obrigado a se tornar seu amigo e confidente, mas Galen sempre foi as duas coisas para você. Ele a ama. Está óbvio para todo mundo. Agora vá buscar seu homem.

Rhoda ergue os ombros e caminha na direção de Galen.

Olho para Hestia.

— Conselho sábio.

— Aprendi isso há pouco tempo.

Paro por um momento.

— Como... como você supera esse medo? Como faz valer a pena o que vem depois? O sofrimento?

Ela considera minhas perguntas antes de responder:

— Acho que, quando você gosta de alguém o suficiente, chega um momento em que é muito mais doloroso não ter essa pessoa do que tê-la e correr o risco de perdê-la. Você percebe que o risco compensa. Porque a felicidade, por mais que dure pouco, sempre vale a pena.

Vemos Rhoda alcançar Galen. Ela fala alguma coisa, e ele assente. Ela fala mais alguma coisa, e ele a encara, a cabeça inclinada em sinal de curiosidade. Então, ela joga a cabeça para trás, segura-o pelo braço e o leva para a pista de dança.

No início é desconfortável ver. Rhoda conduz, porque Galen não aprendeu as danças. Por ser um plebeu. Mas, depois de um momento, os braços a seguram com mais firmeza, os pés encontram os passos, e ele só tem olhos para a mulher estonteante diante dele. É a expressão de um homem que acabou de ganhar o mundo.

— Então, isso não vale a pena? — Hestia pergunta.

— Onde está seu Lorde Paulos? — Mudo de assunto.

— Ah, ele disse que viria um pouco mais tarde. Tinha negócios a resolver.

— Os homens estão sempre atrás dos negócios.

— Não o rei. Ele não está ali sentado no trono? Por que não foi para perto dele?

— Ele não veio até mim.

— Você está no comando desta festa. Talvez ele não queira atrapalhar.

— A festa foi toda planejada. Agora só a estou aproveitando. Ele devia estar comigo, aproveitando também. Mas nem olha para mim.

Hestia comprime os lábios.

— Às vezes seria bom podermos saber exatamente quais pensamentos ridículos estão passando pela cabeça deles.

— Concordo.

CAPÍTULO
26

Hestia sai de perto de mim assim que Lorde Paulos chega, pouco depois. Ela se oferece para ficar e conversar, mas eu a dispenso.

O fato de meu homem estar me ignorando não significa que ela deva ignorar o dela.

— Você está linda esta noite, Lady Stathos — diz uma voz atrás de mim.

Lady Zervas não se incomodou em seguir meu tema. Suponho que seria estranho se ela o acatasse. Duvido que alguém alimente mais má vontade em relação à finada rainha do que essa mulher, que disputou com ela o coração do rei. A mulher que perdeu a disputa.

— Não está com o figurino sugerido — respondo, olhando para o vestido verde-esmeralda sem nenhum acessório.

— Estou de verde, não? O que mais pode sugerir? Uma planta?

Não tenho uma resposta para ela.

— Fiquei surpresa quando recebi seu convite — ela continua. — Não pensei que tivesse gostado de nossa última conversa.

— Não gostei, mas quem pode apreciar mais um baile que solteironas velhas e rabugentas?

Ela ri da provocação, uma reação que eu não esperava.

— Gosto de você — admite. — Acho que será uma boa rainha. Em nossa última conversa, só tentei lhe mostrar como se proteger melhor.

— É tarde demais para isso — respondo, falando mais para mim mesma.

Ela assente como se entendesse o que quero dizer e se afasta.

O baile está animado, e meus amigos estão extremamente felizes. Hestia e Lorde Paulos dançam juntos. Rhoda e Galen estão em um canto, conversando e trocando toques discretos. Noto alguns olhares críticos na direção dos dois, mas Rhoda está cega para eles. Terei uma ou duas coisas a dizer se alguém tentar interromper a felicidade de minha amiga.

Petros tem um novo lorde nos braços e, sem dúvida, os dois são os dançarinos mais elegantes do salão. Enquanto isso, Rhouben olha para uma dama por cima da borda da taça. Até mesmo Leandros encontrou um par para dançar, uma bela jovem de lilás.

Os guardas são sentinelas quietos na periferia do salão. Todas as armas foram retidas na entrada.

E Kallias...

Kallias continua quieto no trono, me observando. Não participa, mas se mantém presente. Como tem que viver sua vida.

Suspiro e olho para o outro lado. Suponho que essa será minha vida em tempo integral. Melhor me acostumar com ela. Mas isso não quer dizer que não posso aproveitar meu próprio baile. Rhouben ainda não criou coragem para tirar a dama para dançar, então, no intervalo seguinte entre as músicas, começo a me aproximar dele.

O toque gentil da mão sobre meu ombro me faz parar.

— Dance comigo.

Eu me viro. Kallias me toma nos braços antes que eu possa responder, me segurando diante dos olhos de todos. A música começa, e ele se move ao som dos violinos. Deixa as sombras girarem em torno do rosto, para que todos que o observam saibam que ainda está no controle de seus poderes. Mas seus braços são tangíveis enquanto dançamos, para que ele possa me girar, levantar, me apertar contra o corpo. As mãos enluvadas se movem por minhas costas e braços, enquanto ele me guia pelos passos.

Não estava preparada para a sensação repentina de estar em chamas. Todos os lugares que as luvas tocam queimam. Mal consigo sentir os pés, chego a tropeçar uma vez, tamanha a impressão deixada nos pontos onde seu corpo toca o meu.

Maldição.

— O que está fazendo? — consigo falar, enfim. — Passou a noite toda me ignorando e agora vem dançar comigo?

Ele se inclina para a frente.

— Sua beleza é tanta que machuca.

— Que tipo de resposta é essa?

— Fiquei longe para me impedir de cometer alguma estupidez. Alguma coisa assim. — Ele me puxa para tão perto que é indecente, e é assim que damos os passos seguintes.

Não consigo mais nem ouvir a música. Só escuto as batidas aceleradas do coração de Kallias e a respiração dele em meu cabelo.

Quando me atrevo a fitar seus olhos, descubro que foi a coisa errada a fazer.

Estou queimando. O centro do meu corpo está em chamas. Os olhos dele são famintos, quentes, cheios de *desejo*. O olhar de um homem que não tem contato físico há um ano.

O próprio Kallias disse. Nenhum homem desistiria do poder das sombras, exceto pelo mais profundo e envolvente amor.

Não que eu *queira* que ele me ame.

Ele me conheceu há dois meses.

E antes eu queria matá-lo.

Mas agora tudo é diferente, e eu quero muito mais. Ao mesmo tempo, estou apavorada com a ideia de ter mais e muito feliz por ele não poder me tocar, porque nunca vai conseguir me ferir, já que nunca estaremos próximos o bastante para isso.

A música chega ao fim, mas Kallias mantém uma das minhas mãos na dele.

— Venha comigo — diz.

Ele me leva para a plataforma onde está o trono.

Não.

Não, são dois tronos. Quando o segundo foi trazido?

Ai, deuses. Vai acontecer agora.

A um sinal de Kallias, a música seguinte é interrompida no início. Meus convidados ficam em silêncio, e todos os olhos se voltam para o rei.

Ele me põe sentada no segundo trono, antes de se ajoelhar na minha frente e exibir um anel entre dois dedos.

A joia brilha à luz. Não presto atenção aos detalhes, porque meu olhar está cravado em Kallias. Pequenos gemidos e exclamações ecoam pelo salão de baile.

— Alessandra — o rei fala em um tom que só eu posso ouvir. — Você me fez feliz de novo. Você me deu esperança e tornou-se uma confidente valiosa, a maior das amigas. Uma... mulher que eu poderia amar.

Amar.

Poderia amar. Se eu deixasse. E não vou deixar.

Então ele ergue a voz para ser ouvido por toda a sala.

— Lady Alessandra Stathos, aceita ser minha rainha? Minha igual em todas as coisas? Protetora e governante de Naxos e dos reinos conquistados? Quer se casar comigo?

— Sim.

Aplausos e gritos ensurdecedores explodem entre os presentes, e me delicio com a reação. Com a atenção. Com o pedido de casamento do homem mais poderoso do mundo. Com o fato de ter alcançado meu maior objetivo.

Ele é meu.

No entanto, uma onda de medo me invade quando lembro que alguém quer matar meu rei. E, se capturarmos *esse* assassino, Kallias seguirá sendo um alvo durante toda a vida. Ele pode ser tirado de mim a qualquer momento.

Kallias desconhece meus pensamentos quando põe o anel em meu dedo, uma aliança de prata com um diamante negro cortado no formato de uma rosa.

— Um brinde! — Lorde Vasco propõe de algum lugar próximo. Odeio que ele participe desse momento.

Taças de vinho são servidas a todos os presentes em poucos minutos. Mas esses minutos parecem durar uma eternidade, e o temor cresce em meu peito. Há muita gente no salão. Um assassino poderia se esconder com facilidade.

Ele está em segurança, lembro. Recolhemos as armas na entrada do salão. Todos os convidados foram minuciosamente revistados, o que os irritou. Ninguém pode passar pela guarda que cerca a plataforma.

Os membros do conselho estão abaixo de nós. Criados se espalham pela sala para encher os copos. Kallias agradece à serviçal que despeja o líquido vermelho em sua taça.

— Ao rei e à futura rainha! — brinda Lorde Ikaros Vasco, e a multidão repete as palavras com emoção.

É então que a vejo. Escondida entre os convidados, carregando uma bandeja de pratos sujos que recolheu da mesa de comida.

A garotinha do clube de cavalheiros.

O lugar onde Kallias foi tocado. E agora, noto horrorizada, as sombras desapareceram completamente de cima de sua cabeça.

Ou ele não percebeu, ou não as está usando.

— Kallias, não! — grito. Bato na taça que ele aproximava dos lábios.

Mas é tarde demais. Ele já bebeu.

O rei cai no chão e começa a convulsionar. Fecha os olhos, e vejo a espuma transbordar de sua boca.

Gritos ecoam, e o conselho tenta subir à plataforma.

— Não! — eu grito. — Afastem-se todos.

Os guardas formam uma barreira, impedindo que qualquer pessoa se aproxime de mim e do rei sobre a plataforma. Tento pensar. Preciso impedir que as pessoas toquem nele. Ainda não sabemos quem é o assassino e...

Ah, mas sabemos.

Foi Vasco quem propôs o brinde e mandou encher todos os copos. Sabíamos que um membro do conselho de Kallias devia estar envolvido nisso.

Estou dividida. Tenho que tirar a menininha daqui, mas não quero sair de perto do rei.

Leandros, Petros e Rhouben estão tentando passar pelos guardas.

— Deixem-nos vir — ordeno.

Os guardas se afastam para permitir a passagem dos três homens.

— O que vamos fazer? — pergunta Leandros. — Ele precisa de um médico.

— Não deixem ninguém tocar nele! — grito. — Ninguém! Fiquem aqui com ele!

Pulo da plataforma e chuto as botas de salto para longe, antes de correr atrás da menina. Quando a alcanço, eu a pego nos braços e corro para a saída.

Ela derruba os pratos sujos e se agarra a mim com todas as forças, temendo que eu a derrube. Ela ensaia alguns protestos, mas eu a ignoro.

Corro, corro, corro.

Quanto é o suficiente? Que distância Kallias mencionou? Quinze metros?

Atravessamos a cozinha, desviamos dos criados sobrecarregados, e continuo correndo para a porta do fundo. Tropeço nas pedras e em outros detritos nas ruas, machuco os pés descalços, mas não deixo que isso me faça parar.

Tenho que tirá-la de perto de Kallias. Não estou contando os passos. Estou nervosa demais. Não sei para onde vou, mas não paro até ficar exausta, o que, reconheço, não representa uma grande distância.

Não é comum que eu tenha que me exercitar.

Caímos no chão, e só então percebo que a menina está chorando, segurando meu pescoço com as mãos pequeninas.

— Eu não queria estar lá — ela diz. — Eles me obrigaram. Não sei por quê, mas sabia que tinha alguma coisa errada. Primeiro me fizeram tocá-lo, e depois... depois...

Ela chora muito, ameaça vomitar, e fica difícil entender o que fala.

Não quero ouvir essa menina chorando. Quero verificar se Kallias está bem. Mas não posso deixá-la fugir. Ela deve saber ou ser capaz de apontar quem está por trás de tudo.

— Quem são *eles*? — pergunto. — Quem mandou você ao palácio esta noite? Quem mandou você tocar nele?

Ela não consegue falar. Ainda está muito abalada depois de eu a ter praticamente arrastado da festa e de perto do homem que estava quase morrendo, e de cuja morte ela agora sabe ser parcialmente culpada.

Quero sacudi-la, obrigá-la a me ouvir. Mas sei que isso não vai ajudar. E sei que não é culpa dela, na verdade. A menina foi usada por pessoas mais velhas e mais poderosas que ela. Só quero que ela diga que Vasco está por trás disso e acabar de vez com essa história.

— Alessandra? — É Leandros.

— Aqui. — Paro e olho onde é *aqui*. Estamos em um espaço entre os estábulos e uma trilha que sai da montanha. Quando Leandros aparece, pergunto: — Como ele está?

— Bem, mas perguntando por você.

Olho para a menina.

— Não posso deixá-la.

— Eu fico com ela. A menina vai estar aqui quando você voltar.

Eu a entrego, e a pequena se deixa segurar por mais um desconhecido, embora um pouco relutante.

— Tudo bem — eu a tranquilizo. — Ele é um bom homem.

Ao ouvir isso, ela apoia o rosto em seu peito e começa a chorar de novo.

E eu corro mais uma vez. Dessa vez sinto a dor nos pés a cada passo. O cenário é um borrão à minha volta quando volto pela cozinha e entro no salão de baile, com uma grande mancha marrom na bainha do vestido amarelo.

Kallias está em pé, de costas para a parede e sem nenhuma sombra à vista, e espero que isso seja bom, não ruim. Os membros do conselho tentam comandar os guardas, acompanhando convidados da festa para longe da cena.

— Você está bem? — pergunto.

Ao me ver, Kallias me abraça e puxa para ele.

— Estou. Olhe para você! Está machucada? Aonde foi?

Com o menor número possível de palavras, explico sobre a garotinha e como a tirei do salão. Digo que Leandros está com ela agora.

— Graças aos deuses por Leandros e seus amigos. — Ele aponta para Petros e Rhouben, um de cada lado. — Meus conselheiros continuam tentando se aproximar de mim. Vasco já foi levado para apodrecer na cela até eu me sentir disposto a falar com ele. O melhor amigo de meu pai...

Eu havia esquecido o que isso significa para ele. Não é só pegar a pessoa que está tentando matá-lo. É fazer justiça pela morte dos pais.

— Havia mais alguém — digo. — Não consegui tirar muita coisa da menina, mas ela falou claramente que tem mais de uma pessoa envolvida nessa trama. Vou voltar e interrogá-la assim que terminarmos aqui.

— Outra pessoa pode cuidar disso — Kallias responde, e me estreita entre os braços.

— Não pode ser você. Tem que ficar longe dela. Precisamos pensar no que vamos fazer com essa criança. Mais tarde. Por ora, temos que descobrir o que ela sabe, e são poucas as pessoas em que podemos confiar. Onde estão suas sombras?

— Quando superei o efeito do veneno, quis bater em coisas. No rosto de Vasco, em particular.

Resisto ao impulso de revirar os olhos.

— Você devia subir. Descansar, depois dessa tensão. Eu também vou, assim que conseguir mais informações.

Kallias suspira. Depois olha para os homens dos dois lados.

— Vão com ela. Ajudem com tudo de que ela precisar.

Meu peito se aquece por ele não dizer aos dois para me protegerem. Ele sabe que sou capaz de me proteger. Não precisa nem falar sobre isso.

Eu me sento na plataforma e, apressada, limpo os pés antes de calçar as botas de novo. Agora que não tenho mais pressa, posso usá-las. Em seguida, vamos os três ao local onde deixei Leandros com a menina, que parece ter se acalmado, finalmente.

Ajoelho-me para ficar da altura dela.

— Como é seu nome?

— Drea — ela responde depois de fungar uma vez. — Por favor, eu não sabia que ele era o rei, só soube hoje. Nunca o tinha visto antes.

— Tudo bem, Drea. — Leandros afaga seu cabelo. — Diga a eles o que acabou de me contar.

— Eram dois — ela começa. — Aquele homem, o que anunciou o brinde ao rei e à rainha. E a dama.

— Que dama? — pergunto. *Há uma mulher envolvida?*

— A que está sempre de preto. Mas hoje ela está de verde.

CAPÍTULO
27

Sinto as sobrancelhas subirem até quase encontrarem a linha do cabelo.
— Lady Zervas.

É claro. Veneno é uma arma feminina. Ela odiava o pai de Kallias por não a ter escolhido. Certamente mandou matar o homem e sua esposa. E Kallias. Ela tentou me avisar para ficar longe dele, porque em breve ele não estaria mais neste mundo. Seu ódio deve ser tão profundo que ela desejou matar a prole da união romântica que deveria ter acontecido com ela.

Leandros abaixa a cabeça.

— Meu tio. Sinto muito, Alessandra. Eu nem imaginava.

— Eu sei. Tudo bem. Ele já foi detido, mas preciso alertar os guardas sobre a traição de Lady Zervas.

— Não é necessário. Eu faço isso. Você... pode cuidar dele e dizer que sinto muito?

Toco seu ombro.

— Não tem de que se desculpar.

— Eu devia ter notado alguma coisa. Poderia...

— Pare com isso. Não há mais nada a fazer, esqueça. Hoje você ajudou Kallias. E vocês dois também — acrescento, olhando para onde Petros e Rhouben estão de sentinela. — Vou garantir que o rei se lembre disso. É hora de ele parar de afastar os amigos. Ainda mais agora, com os assassinos dos pais dele finalmente presos.

Ponho a menina em um quarto no extremo oposto aos meus aposentos e de Kallias e encarrego uma das criadas da cozinha de cuidar dela. Vou ter que fazer arranjos mais permanentes depois, é claro, mas agora estou esgotada.

Lady Zervas e Lorde Vasco estão em celas separadas na masmorra. Finalmente consegui dispensar os nobres, suas perguntas e suas felicitações.

Quem estava por trás daquilo?

Minha bebida também estava envenenada? Acho melhor procurar um médico.

Mostre o anel, Lady Stathos!

Vocês formam um belo casal. É claro, minha Clarissa também teria sido uma boa escolha para o rei.

Fecho a porta dos meus aposentos e me encosto nela por um momento, massageando as têmporas.

Administrar pessoas pode ser cansativo, mas ainda não existe nada mais satisfatório do que ver as pessoas fazerem exatamente o que eu digo.

— Sua aparência combina com o modo como me sinto — Kallias fala do meu quarto. Ele está sentado na cama com um pé cruzado sobre o outro.

— Tive que amenizar a preocupação dos nobres.

— Você já é uma boa rainha.

Tiro as botas e deixo escapar um gemido quando meus pés machucados sentem o chão. Andando sobre os calcanhares, me dirijo a uma poltrona estofada e desabo nela.

— Você se machucou.

— Nada que uma imersão em água quente não resolva.

— Vou preparar um banho para você. — Kallias se move de um jeito metódico pelo meu lavatório. Escuto o barulho das torneiras e do apoio onde fica o sabonete, depois a água quente enchendo a banheira.

Ele se aproxima de mim descalço, me toma nos braços e me carrega para a banheira.

— Foi Zervas — conto quando ele não pergunta nada. — Ela estava com Vasco. A menina do clube confirmou a traição dele e apontou a mulher. Mandamos os dois para as masmorras.

Kallias entra no lavatório e me põe sentada na beirada da banheira, com minhas costas apoiadas nele e meus pés na água. Eu me encolho quando os cortes são tocados pela água quente. A bainha do vestido, agora sujo, fica molhada, mas não me importo. Ele já está arruinado.

É muito bom mover os dedos na água quente, e as mãos de Kallias começam a massagear os nós de tensão nos meus ombros.

Estou um pouco preocupada com o silêncio depois da minha revelação, mas dou a ele o tempo de que precisa para processar tudo. Não digo nada. Deixo que se concentre em mim, se é disso que precisa no momento.

— Estou aliviado por tudo ter acabado — ele declara enfim. — De verdade. Mas também estou farto disso.

Engulo em seco e tenho certeza de que Kallias sente a tensão repentina em mim.

— Farto do quê?

Não sei o que vou fazer se ele me contar.

As mãos agora estão no meu cabelo, os dedos deslizando pelas mechas.

— A noite toda, observei você de longe, exceto no fim, quando não suportei mais a distância. E agora? Eu me escondi de uma garotinha por medo de que mais alguém pudesse me tocar. — Ele balança a cabeça. — Não importa que precauções eu adote. Eu poderia me trancar em uma caixa de concreto para que nada pudesse me ferir, mas isso não é vida. Ser rei traz riscos. Estou disposto a assumi-los. No fim, vale a pena. — Ele agora olha para mim. — *Você* vale a pena, Alessandra. Estou cansado de viver separado de todo mundo. Os assassinos dos meus pais finalmente serão levados à justiça. E, mesmo que não fossem, eu ainda faria essa escolha.

— Que escolha?

Ele toca meu rosto, me vira e levanta minha cabeça.

Inspiro de um jeito mais brusco, assustada, e Kallias usa esse momento para tocar meus lábios com os dele. Lambe de leve a pele em volta da minha boca e morde o lábio inferior.

Esqueço os pés machucados. Fico em pé e o empurro com tanta força que quase caio na banheira cheia.

Fecho a torneira e saio pelo outro lado, mantendo a banheira entre nós.

Mas é tarde demais.

— O que foi que você fez? — grito.

— Beijei você — ele responde, com simplicidade.

— Você me *tocou*.

Ele endireita os ombros, aparentemente sem medo de enfrentar essa batalha.

— Não ouviu nada do que eu falei? Cansei disso tudo! Não sou meu pai. Não vou passar a vida toda sozinho para poder chegar aos cem anos. Trezentos. Mil. Não me importo mais com uma vida longa. Não suporto ficar sozinho nem por mais um segundo. Não suporto ficar longe de você nem por mais um segundo. — Sua expressão muda como se ele pensasse em alguma coisa. — Mas, se não sente o mesmo, me desculpe por ter pressionado você.

A água que escorre do vestido forma poças no chão à minha volta, mas eu as ignoro.

— O mesmo — repito. — O que seria o mesmo? O que você sente?

Kallias põe a mão no bolso da calça elegante e pega um papel dobrado.

— Eu escrevi. — Ele desdobra a folha, lê as palavras e balança a cabeça. — Não consigo ler em voz alta. É para você ler. Mais tarde. Na verdade, eu só queria provar que era capaz de escrever uma carta melhor que a de Eliades. Mas vou deixá-la aqui e vou embora.

Ele deixa a carta sobre a mesa de cabeceira a caminho da saída.

— Kallias Maheras, não se atreva a me deixar aqui agora.

Ele para e olha para mim.

— Fale — peço. — Não precisa ler uma carta. Só me fale.

Ele cerra os punhos junto do corpo.

— Eu quero você.

Fico esperando que ele fale mais. Quando isso não acontece, digo:

— Eu sei que pode fazer melhor que isso.

Ele estreita os olhos ao ser desafiado.

— Não quero mais ver você flertando com outros homens. Estou farto disso. Não quero você beijando ou tocando ninguém além de mim.

Continuo séria enquanto deslizo a mão pelo meu outro braço.

— Isso é muito egoísta.

— Fique quieta. Não terminei de falar. Você queria que eu falasse. Então, vou falar tudo. Egoísta ou não. Quando vi você pela primeira vez, fiquei furioso porque nunca olhava para mim. Nenhuma vez durante o baile. Só se dignou a me encarar quando a abordei. E então me insultou. Debochou de mim em todas as oportunidades que teve. Não se curvou nem me adulou como todo ser humano vivo. Você me desafiou. Foi quando eu soube que estava condenado. — Ele dá um passo adiante. — E depois fizemos todas aquelas refeições juntos, separados por uma maldita mesa. E você me contou seus sonhos. Seus medos. E tudo que eu queria era realizar seus sonhos e eliminar seus medos.

Ele dá mais um passo.

— Pediu para passar mais tempo comigo. Era a única coisa que eu achava que não podia dar. Porque, se passasse mais tempo com você, me apaixonaria ainda mais por aquela garota que não dava importância ao fato de eu ser um rei. Mas então você passou aquela noite com Leandros, e percebi que a única coisa pior que não ter você era não ter e ver você com outra pessoa. E então me torturei passando mais tempo com você.

"E você me deixou falar sobre minha mãe. E me ajudou a desafiar o conselho. Resolveu quase todos os problemas do meu reino. Não era perfeita só para mim, era perfeita para Naxos. E eu soube que o que eu tinha que fazer era me casar com você. Pelo bem do reino. Mesmo que isso significasse ser infeliz todos os dias por ter você perto sem *ter você de verdade*.

"Mas a pior tortura de todas foi a noite no clube de cavalheiros, quando senti suas reações aos meus toques. Não sabia se era porque *eu* a estava tocando ou se era porque ninguém a tocava fazia tempo, como tinha me contado.

"Quero uma vida com você, Alessandra, uma vida sem sombras entre nós. E não me importo com a vulnerabilidade. Para isso servem meus guardas. Vou providenciar um provador para evitar envenenamento. Vou viver como outros reis vivem. Não preciso desse dom de viver por séculos, que, na verdade, é só uma maldição.

"E, mesmo que não me queira, vou anular a lei que proíbe as pessoas de me tocarem. Não quero mais isso. Estou cansado de ter uma vida encoberta por sombras."

Kallias está tão perto que seu joelho toca o outro lado da banheira. Não consigo me mover, estou apavorada e desesperada para acreditar nele. Para deixá-lo ser quem quer ser. Para me casar com ele de verdade.

Porque houve Hektor.

Mas...

Kallias sabe que matei Hektor. Ele conhece todos os meus segredos e não se incomoda com eles. Ele me quer, apesar deles. Por causa deles, até.

— Por favor, diga alguma coisa — ele pede.

— Tomou essa decisão antes do ataque desta noite?

Ele confirma com um movimento de cabeça.

— Você me quis... desde o início?

Ele repete o movimento.

E percebo que, se disser que não sinto o mesmo, serei exatamente como ele era: sozinha, por medo de ser vulnerável. Mas posso superar isso, como ele superou agora, e posso ter tudo.

O poder.

O reino.

O homem.

— Venha cá — chamo, porque meus pés ainda doem um pouco, e também não sei se consigo me mover, com ele olhando para mim desse jeito.

Kallias mantém os olhos nos meus enquanto tira as luvas e as deixa cair no chão.

Engulo em seco.

Entre uma piscada e outra, ele está parado na minha frente. Levanta uma das mãos, toca meu rosto. Eu me inclino para esse toque. O toque que desejo há tanto tempo.

Kallias então me levanta, me sustenta com um braço em minhas costas e o outro sob meus joelhos. Passo um braço em torno de seu pescoço e puxo o rosto dele para mim.

— Quero fazer isso desde a primeira vez que vi você — revelo antes de nossos lábios se tocarem.

E então incendeio.

Não há suavidade ou paciência nesse beijo. Para Kallias, é algo que ele esperou durante um ano. E, para mim, é como se tivesse esperado por isso a vida toda.

Ele perde o passo ao tentar contornar a banheira sem interromper o beijo, e dou risada com a boca tocando a dele, antes de ser silenciada por mais um beijo.

Não sei como ele consegue não me derrubar. Mas Kallias percorre todo o caminho até minha cama. Sempre dando total atenção aos meus lábios.

Estou deitada de costas, com ele sustentando o peso do corpo sobre mim, a boca deslizando pela curva do meu pescoço.

— Prometa... — começo, e perco o fio do raciocínio quando ele encontra um ponto na base do meu pescoço e morde de leve.

Ponho as mãos em seus ombros, empurrando-o por um momento enquanto reorganizo os pensamentos.

— Prometa que não vai me mandar embora porque sou eu quem está fazendo você mortal. Prometa que não vai mudar de ideia mais tarde e decidir que não valho o preço da mortalidade.

Ele respira com dificuldade, mas consegue se concentrar.

— Juro, Alessandra. Você não vai a lugar nenhum. Você é minha.

Ele se ajoelha e começa a desabotoar a camisa.

Sigo seus dedos com os olhos, vendo cada centímetro da pele perfeita dele ser revelado.

Não gosto de estar em situação inferior, por isso também me sento. Ele tira a camisa e a joga no chão, e eu entendo.

Apoio a mão aberta em seu peito, e ele fecha os olhos. Há muito tempo não é tocado. E o que ele quer no momento, o que precisa, é ser tocado.

Minhas mãos percorrem seu peito, depois as substituo pelos lábios, sinto cada músculo, cada curva, cada superfície suave e áspera.

Eu o deito de costas, subo em seu corpo e o deixo sentir meu peso. Meu cabelo roça seu rosto quando beijo a barba que nasce em seu queixo, depois o pescoço, a orelha, mordo o lóbulo e o toco com a ponta da língua.

E, como se não pudesse mais suportar, ele rola, inverte nossas posições e me prende sob seu corpo. Meu vestido sobe, e uma de suas coxas se encaixa entre minhas pernas, vai subindo...

Deixo escapar um gemido, mas ele engole o som.

Não consigo pensar. Não consigo respirar. Não consigo...

Kallias me beija mais devagar. Desfruta de cada conexão entre nossos corpos de um jeito quase perigoso, como se tivesse todo o tempo do mundo.

Meus sentidos retornam, e simplesmente aprecio as sensações, o calor dele, o jeito como os lábios se movem sobre os meus.

O Rei das Sombras é o homem mais paciente do mundo. Ele me beija durante horas. Brinca comigo, às vezes beijando mais depressa, às vezes mais devagar, como se quisesse testar quando pode se levar à beira da perda de controle, antes de se acalmar.

Ele não tira a calça. Não tira meu vestido. Nem chega a tocar lugares mais íntimos.

E fico apavorada pensando que ele pode mudar de ideia. Que vai me mandar embora. Que vai decidir que não me quer mais, como Hektor decidiu, e por isso não tento induzi-lo a nada. Por mais que o queira, deixo que ele controle o ritmo e a velocidade em que avançamos.

Só hoje. Quando as coisas são novas e aterrorizantes.

Talvez seja disso que ele precisa. Lembrar aos poucos como é *sentir*.

Quando acordo, tento me apegar aos resquícios de um sonho delicioso. Eu estava com Kallias e...

Abro os olhos e o vejo na cama comigo, com um braço sem camisa e sem luva repousando sobre o meio do meu corpo.

Não foi um sonho.

É uma bela realidade.

Meu Rei das Sombras.

Ele abre os olhos e olha para mim, só olha, como se estivesse assustado. Em seguida, se recupera.

— Vou levar um tempo para me acostumar com isso.

— Ver outro rosto ao acordar?

— Ver um rosto que não é o focinho de Demodocus. Amo aquele cachorro, mas prefiro você. — A mão sobe até meu rosto, e ele me puxa para um beijo doce.

Mais ou menos uma hora mais tarde, ele vai se vestir no próprio quarto, mas não fecha a porta de comunicação para podermos continuar conversando.

— Vou mandar trazer suas coisas para cá — diz.

— Para onde? Seu quarto?

— Nosso quarto. Vamos derrubar essa parede. Fazer um quarto grande. Não me importo. Mas você vai dormir comigo. Não vai ter essa bobagem de minha cama e sua cama. — As palavras seguintes são abafadas, como se ele falasse enquanto veste a camisa pela cabeça. — A menos que faça questão de ter seu quarto... — É como se fosse muito custoso falar.

Sorrio e não respondo ainda, porque isso vai deixar o rei maluco. Finalmente, digo:

— Não preciso do meu quarto.

— Que bom. Vou pedir à criadagem para trazer suas coisas agora mesmo. Vamos chamar os construtores para derrubar essa parede enquanto estamos fora em lua de mel.

— Vamos viajar em lua de mel?

Ele aparece à porta, sem se preocupar em perguntar antes se estou vestida.

— E vai ser uma *longa* viagem.

Consigo colocar o vestido, mas é impossível amarrá-lo às costas.

— Pode me ajudar ou devo chamar uma criada?

Ele não diz nada, mas no instante seguinte sinto seus dedos afastando meu cabelo e colocando-o sobre meu ombro. Kallias trabalha nas fitas das costas do vestido, parando a cada uma que amarra para beijar minha nuca. Quando termina, pego minhas luvas, mas Kallias as arranca da minha mão e joga longe.

— Nada de luvas. — E entrelaça os dedos nos meus.

— De repente você se tornou muito mais exigente.

— E acho que você adora — ele retruca, e me puxa para perto a fim de deslizar o nariz por meu pescoço.

Ah, eu adoro.

Um batalhão inteiro de guardas nos acompanha até a masmorra.

Acho que vai levar algum tempo para ajustar a quantidade necessária de guardas no castelo agora que Kallias está constantemente vulnerável a ataques, como qualquer homem normal.

Quando passamos por uma porta grossa com uma abertura protegida por grades no alto, fico feliz por não ter usado nenhuma das minhas criações hoje. O chão é imundo, tão sujo que suspeito que nunca tenha sido limpo.

Cada passo ecoa alto, e tochas acesas brilham em arandelas. Os fios elétricos não devem ter sido instalados aqui embaixo. Por que seriam? Criminosos não precisam de luz.

— Primeiro Ikaros — ordena o rei, e um homem encorpado com uma argola de chaves nos leva por um labirinto de celas antes de abrir a porta de uma delas, ocupada.

Lorde Vasco – só Vasco, agora que será destituído de seu título – está de costas para as grades, olhando para um canto vazio. No outro canto há um balde, e não quero pensar na utilidade dele.

Também não há encanamento nas masmorras, pelo jeito.

— Só quero fazer uma pergunta — diz Kallias. — Por quê?

Vasco não se vira, não faz movimentos para indicar que ouviu nossa aproximação. Continua olhando para o canto vazio como se visse ali a coisa mais interessante do mundo.

— Meu pai e minha mãe... — Kallias para, engole a saliva. — Eles amavam você. Tinha o respeito deles. Por que fez isso?

De novo, nenhuma resposta.

— Queria o poder, é isso? Sem a linhagem Maheras, pensou que poderia governar no lugar deles? Bem, não teria reinado. Tenho primos de terceiro grau. Eles tomariam o trono antes de você sequer se aproximar dele. Então, por quê?

Vasco não se move, e Kallias grita:

— POR QUÊ? — O som ecoa nas paredes, e resisto ao impulso de cobrir as orelhas com as mãos. Continuo ao lado de Kallias, segurando a mão dele e oferecendo apoio. Essa questão é pessoal. Vou respeitar o rei e deixar que lide com isso como achar que deve.

Quando o eco morre completamente, Kallias tenta de novo.

— Pensou que seria fácil me controlar? É isso? Achou que eu seria seu rei fantoche? E, quando descobriu que tinha se enganado, decidiu se livrar de mim também?

Ainda nenhum movimento.

Kallias se vira e me leva com ele de volta ao corredor, mas fala por cima de um ombro:

— Tem três dias para pensar nisso. Depois desse prazo, vamos recorrer a meios menos agradáveis para arrancar as informações de você. — Ordena para o guarda: — Agora Zervas.

— Seus pais não eram quem você pensa que foram — diz uma voz fria atrás de nós. Kallias para, mas não se vira. — Você nunca devia ter sido o rei — Vasco continua. — Seu pai mereceu o que aconteceu.

Kallias segura meus dedos com mais força, e eu envolvo seu braço com a mão livre.

— Vamos à cela de Lady Zervas — informo ao guarda. E deixamos Vasco para trás.

Somos levados por outro corredor, e, se a cela de Vasco era silenciosa como um túmulo, a de Zervas é dominada por música.

Ela está cantando.

Não consigo entender a letra com aquele eco horrível entre as celas, mas deve ser alguma canção que cantavam para ela quando era criança.

Bem, as pessoas precisam passar o tempo de alguma maneira.

Ela silencia ao ouvir nossos passos e nos observa quando aparecemos. Seu suspiro é dramático.

— Vieram me soltar?

— Não — Kallias responde.

— Bem, então me avisem quando vierem me soltar. — E volta a cantar.

Mas que diabos?

— Você está presa por *assassinato* — informo. — Devia levar isso mais a sério.

A cantoria é interrompida de novo.

— Não sou a responsável pela morte do rei e da rainha. Nunca levantei a mão contra Kallias. Quando o verdadeiro assassino atacar de novo, eu serei libertada.

— A descrição se encaixa perfeitamente na sua.

— Quem fez essa descrição?

Kallias e eu não ousamos revelar que foi uma criança.

— Ou foi uma fonte em que não se pode confiar, ou alguém que estava envolvido nisso. Alguém que quer convencê-los de que fui eu para fazê-los baixar a guarda. Honestamente, a pessoa que está por trás do ataque tem todo o meu respeito. É um álibi perfeito. Eu tenho os meios e os motivos. Mas, embora quisesse que seu falecido pai sofresse como sofreu, não fui eu que o matei. E não tenho motivo nenhum para querer matar *você*. No seu lugar, eu tomaria muito cuidado. E, francamente, talvez deva prestar mais atenção *nela*. — Demoro um momento para entender que ela está falando de mim. — Afinal, o amor é um excelente motivador para matar.

E ela volta a cantar.

CAPÍTULO 28

Kallias e eu nos juntamos aos nobres para almoçar no grande salão. Precisamos apresentar uma imagem de força e união para todos na corte. Kallias não se alterou com o atentado contra sua vida. Continua forte como sempre. E todos estão aqui para ver isso.

Exceto Vasco, Zervas e Orrin, é claro.

Eu me inclino para a frente na cadeira.

— Rhoda, onde está Galen? Por que não se juntou a nós?

Rhoda olha para o homem parado junto da parede, com os outros serviçais. Depois olha para mim com ar desolado.

— Ele não vem. Disse que isso atrairia muita atenção para mim e me colocaria sob forte pressão. Acredita nisso? Está preocupado comigo!

Kallias levanta os olhos do prato.

— Está interessada em seu criado? Um interesse romântico?

Rhoda encara Kallias sem nenhuma vergonha.

— Estou. — E leva um pouco de comida à boca.

Kallias assente.

— Ajudaria se eu o fizesse lorde? Se desse a ele terras e um título?

Rhoda engasga.

— Parece que sim — digo.

Rhoda bebe o líquido de sua caneca.

— Majestade, eu jamais poderia pedir tal coisa.

— Se é algo que vai fazer Alessandra feliz, considere feito. — Kallias muda o garfo para a mão esquerda. A direita desaparece embaixo da mesa.

Toca minha perna.

Tento manter a expressão neutra ao sentir o peso repentino.

— Oh, senhor, obrigada! Tenho terra suficiente para nós dois. Ele não precisa disso. Mas um título! Ficaríamos honrados em aceitá-lo!

— Nesse caso, vou tornar a oferta oficial, e meus homens cuidarão de tudo. Daremos o título a ele em público para ajudar a afastar suspeitas que possam existir sobre vocês dois.

Rhoda deixa a mesa de repente e corre para Galen. Ela o segura pela mão e o leva para fora da sala.

Enquanto isso, a mão de Kallias escorrega para a parte interna de minha coxa. Não sei como ele consegue fazer isso enquanto come. Quase derrubo a colher quando seu polegar massageia um ponto especialmente sensível. Fico feliz por ter escolhido um vestido com saias finas para hoje.

Embora isso me impeça de prestar atenção ao que Hestia está dizendo.

Alguma coisa sobre me convidar para ir com ela visitar a propriedade de Lorde Paulos. Ou talvez...

A mão de Kallias sobe um pouco mais.

Ah, que homem perverso.

— Com licença — peço, e me levanto da mesa —, não estou me sentindo muito bem. Acho que vou me retirar para os meus aposentos.

Saio praticamente correndo, esperando esconder o calor no rosto e a respiração arfante. Nem olho para Kallias.

⚜

Quando chego ao meu quarto, dispenso os criados, que começaram a levar minhas coisas para os aposentos de Kallias. Eles já tiraram tudo da penteadeira e do lavatório, mas não chegaram ao guarda-roupa.

Talvez eu deva tomar um banho frio.

Ouço as batidas na porta e a vejo se abrir em seguida. Kallias, é claro.

— Não se sente bem? Por que não disse...

Eu me atiro em seus braços e beijo sua boca. Estou pegando fogo. Embora se assuste com a reação, em pouco tempo ele retribui. Lavanda e menta invadem meus sentidos, e sua boca tem um sabor suave de vinho.

Eu o empurro contra a parede mais próxima, colando nossos corpos enquanto empurro sua jaqueta de cima dos ombros.

— Estou bem — respondo, e recuo para lidar com um botão que impede meu progresso. — Mas você está em apuros.

— Por quê? — ele pergunta, inocente.

— Por me distrair a ponto de eu não ter conseguido comer.

Ele nos gira, *me* gira, e a parte da frente do meu corpo é pressionada contra a parede. Viro o rosto para um lado a fim de olhar para ele.

— Isso não está certo — Kallias reclama. — Tudo que fiz foi...

E ele se inclina e levanta minhas saias, traçando o mesmo caminho que sua mão percorreu embaixo da mesa, mas agora sobre a pele nua. Enquanto isso, os lábios passeiam pela minha nuca, e estou encurralada, incapaz de fazer qualquer coisa além de sentir seus dedos subindo, subindo cada vez mais.

Quando não consigo mais suportar, me afasto da parede e me viro de frente para ele. Seus lábios encontram os meus, e seus dedos estão no meu cabelo, removendo os grampos que usei para prendê-lo hoje de manhã.

Levo as mãos às costas, tentando alcançar as fitas que mantêm o vestido fechado. Preciso tirá-lo. Agora. Tem muita coisa entre meu corpo e o dele.

Quando percebe o que estou fazendo, ouço:

— Não. — E dá um passo para trás. — Não — repete.

Acho que vou gritar se ele tentar parar agora, se...

— Eu cuido disso — ele diz.

Em segundos meu vestido se foi, e estou diante dele vestida apenas com a chemise.

Ele olha para mim devagar, para a pele que consegue ver embaixo do tecido transparente.

— Se eu fosse um homem melhor, mandaria você embora — pondera o rei. — Minha vida é perigosa. Tem sempre alguém tentando me matar. Mesmo que tenhamos lidado com essa ameaça, outras virão. Pode se machucar ficando perto de mim.

— Que bom que não é um homem melhor. — Tiro sua gravata e começo a desabotoar a camisa. — Por quê? — pergunto. — Por que não me tomou ontem à noite?

— Não sabia se você realmente queria. Ou se queria esperar o casamento. Você não...

— Eu quero. — Arranco o último botão quando ele escorrega entre meus dedos pela segunda vez.

E então ele me leva para a cama.

Pelo visto, valeu a pena esperar pelo Rei das Sombras.

A saleta de estar da falecida rainha agora é *minha* saleta de estar. Ainda pretendo redecorar o espaço, mas por ora é o lugar perfeito para Rhoda, Hestia e eu termos algum tempo só para nós.

Especialmente quando tenho tantas coisas para contar.

— Como foi? — Hestia quer saber. — Estar com um rei?

— Foi... melhor que tudo que eu poderia ter imaginado — digo. — Mas não creio que tenha alguma coisa a ver com o fato de Kallias ser rei.

É a paciência, a capacidade de se conter até o momento certo que fazem dele um amante tão bom.

— E você e Lorde Paulos? — pergunto. — Vocês dois já...?

— Não — ela responde, com simplicidade. — Pedi para esperarmos até depois do casamento.

— Ele a pressionou? — De repente, sinto necessidade de proteger minha amiga.

— Ah, não. Ele foi maravilhoso. Você pode pensar que sou boba, mas só quero esperar até ser esposa dele.

Seguro sua mão.

— Não tem nada de bobo em esperar, se é isso que quer. Não deixe que ninguém diga o contrário. O corpo é seu, você faz com ele o que quiser.

Ela sorri para mim, e me preocupo ao pensar que posso ter sido a primeira pessoa a dizer isso a ela.

Esperar. Não esperar. Um amante. Uma centena deles. Não deveria haver julgamento. Uma mulher não é definida pelo que faz ou não faz no quarto.

— E você, Rhoda? — pergunta Hestia. — Quais são as novidades com Galen?

— Por mim, eu teria me deitado com ele depois do baile — Rhoda confessa. — Galen quer esperar. Disse alguma bobagem sobre preservar minha virtude. Mas querem saber? Ele quer esperar até estarmos casados para eu não poder mudar de ideia. Como se tivesse algum motivo para se preocupar!

— Talvez você tenha que ser um pouco mais convincente — sugiro.

— Estou aceitando ideias.

— Já tentou esperar na cama dele à noite?

— Sim!

— Nua?

Ela abre a boca. Faz uma pausa.

— Não.

— Ele não vai resistir. — E acrescento, em tom mais prático: — Achei que ele pudesse ser um pouco mais grato, depois de ser feito lorde. Devia estar idolatrando você.

— É verdade. — Rhoda suspira.

E eu olho para minhas duas amigas. Minhas primeiras amigas de verdade. Pensava que as mulheres seriam sempre minhas concorrentes, pessoas de quem devia sentir ciúme. Como estava enganada.

Estamos todas muito felizes. Espero que isso dure para sempre.

A porta da saleta é aberta com um estrondo, quase arrancada das dobradiças.

— Lady Stathos, sua presença imediata é exigida pelo rei. — A ordem é anunciada por um guarda comum. Ele é acompanhado por outros dois homens que usam o brasão do rei.

— Kallias está bem? — pergunto, e me levanto de repente.

— Levem-na — diz o primeiro guarda, e os dois se colocam um de cada lado, cada um segurando um de meus braços, e começam a me puxar para a porta.

— O que pensam que estão fazendo? — Rhoda grita atrás de mim. — Essa é a futura rainha. Tirem as mãos dela imediatamente.

Mas ela é ignorada, e sou levada escada acima, em direção à biblioteca que Kallias e eu usamos para fazer nossas refeições em particular.

Depois de um tempo, paro de resistir e apenas suporto a humilhação. Vou lidar com esses três homens assim que estiver na presença de Kallias. Ah, eles vão pagar caro.

Isso é algum engano. Eles devem ter entendido mal as ordens do rei. Não consigo imaginar o que ele pode ter dito para dar aos guardas a impressão de que devo ser tratada como prisioneira.

No entanto, quando finalmente me soltam, descubro que Kallias está sozinho na biblioteca, de costas para a porta.

— Esperem lá fora — ele ordena aos guardas. Os dois me empurram na direção do rei sem nenhuma cerimônia.

— Kallias, o que é isso? Deuses, estou com hematomas deixados pelos guardas!

Ele se vira e olha para meus braços, avaliando o estrago. Depois, como se se lembrasse de alguma coisa, desvia o olhar e endurece a expressão.

— Por que veio para a corte? — pergunta em voz baixa.

— Porque você me convidou! — Agora estou furiosa.

— Não. Qual era seu verdadeiro propósito? Por que estava no baile, um evento organizado pelos meus conselheiros especificamente porque queriam que eu escolhesse alguém para cortejar? Por que me ignorou, praticamente me forçou a ir até você?

O medo se instala em meu peito, mas como... como ele poderia saber?

— De onde vêm essas perguntas? Fiz alguma coisa errada? Kallias, sou *eu*.

Zervas destilou mais algum veneno sobre eu estar envolvida nos ataques contra ele?

— Os criados terminaram de levar suas coisas para o meu quarto. Isto foi encontrado no seu guarda-roupa.

Ele segura o frasco de minalen, o que roubei da curandeira e joguei no fundo do armário há eras.

Tinha esquecido completamente.

— Kallias...

— Você é suspeita de traição. E vai me tratar como *Vossa Majestade* durante esse procedimento.

Algo em meu coração se torce, se quebra, se dissolve. Deixa em seu lugar uma ferida aberta. Preciso de uma mentira. Uma mentira convincente. Depressa. Agora.

Mas eu, a estratégica, ardilosa Alessandra Stathos, não consigo pensar em nada para dizer quando ele olha para mim com tanta aversão.

— Por que isso estava no seu guarda-roupa? Já pedi que um dos meus curadores examinasse o conteúdo. É o mesmo veneno que foi encontrado em minha caneca depois do seu baile.

Ah, uma horrível coincidência.

Abro a boca.

— Não creio que já tenha mentido para mim, Alessandra.

Não menti. Não mesmo.

— Você me enganou, é claro, em relação a Hektor e o barão. Mas não acredito que alguma vez tenha me contado uma mentira. Acha que eu seria capaz de saber se você mentisse? Vamos descobrir. Diga-me, para que usou isto?

Volto o olhar para meus dedos e descubro que estão tremendo.

— Olhe para mim!

Eu olho. Qualquer hesitação de minha parte só daria a impressão de que estou tentando inventar uma mentira. Então, a verdade começa a transbordar de mim.

— Eu... — Tusso e me obrigo a manter uma expressão calma. — Fui àquele baile com a intenção de atrair seu olhar — começo.

— Não preciso da história completa. Só quero que me diga para quem era o veneno e por quê. — Ele estuda o frasco. — Não foi aberto, e não te ajudaria em nada me matar antes de nos casarmos. Estava trabalhando com Vasco? Ele pôs o plano em ação cedo demais sem você? Ou trabalhava para ele? Estava me distraindo para que eu a tocasse e ficasse vulnerável para ele?

— Não! Não estava trabalhando com Vasco de jeito nenhum. Não tive nada a ver com o que aconteceu no baile.

— Então, para que o veneno, Alessandra?

Uma lágrima rola pelo meu rosto.

— Para você. Era para você.

O homem cruel na minha frente desaparece por um breve momento. O rosto de Kallias entristece, a dor suaviza seus traços. Mas em seguida o vilão está de volta.

— Por quê?

— Eu tinha um plano. Eram três passos simples. Eu ia encantar você. E me casar com você. E depois...

— E depois *o quê*?

— E depois ia matar você e tomar o reino para mim.

Um sorriso amargo distende seus lábios.

— É algo que combina com você.

— Mas eu abandonei esse plano há semanas, Kallias. Não quero mais matar você, porque eu...

— O quê? Você *o quê*, Alessandra?

Agora as lágrimas correm abundantes. Não posso olhar para ele enquanto falo. Não *quero* dizer isso, mas minha vida está em risco.

— Eu me apaixonei por você.

Ele ri. O som não é bom, e o espaço vazio onde meu coração um dia esteve agora queima de dor.

— Durante todo esse tempo, me preocupei com velhas ameaças, quando também devia estar atento às novas. Suponho que um rei nunca possa ter amigos ou amantes. Não quando todas as pessoas do mundo querem alguma coisa de mim.

— Não foi nada disso. Não é mais. Juro. Nunca menti para você. Nunca fingi nada com você. Não precisei. Não percebe?

— Não quero ouvir mais nada.

— Kallias, por favor.

Ele olha para mim.

— Já disse. Não tem mais permissão para usar meu nome, Lady Stathos.

A dor é profunda, mas a raiva também é.

E aquela noite com Hektor passa por minha cabeça.

Minha faca está na bota, é claro. Sou capaz de puxá-la mais depressa do que Kallias poderia sacar o florete. Especialmente porque ele está de costas para mim.

Mas, apesar de minha raiva ser intensa e crua, não tenho vontade de pegar a faca.

Eu nunca, *nunca* poderia desejar mal a Kallias.

— Você vai embora — ele diz. — Não quero saber para onde, desde que não tenha que vê-la nunca mais. Se voltar aqui... se eu tiver que olhar para sua cara de novo, eu mesmo acabo com sua vida.

Enxugo as lágrimas que ainda caem. Tento organizar os pensamentos, mas a dor no peito me consome.

— Vá embora! Antes que eu mude de ideia. — Ele marcha em minha direção, e penso que vai me pôr para fora do aposento com as próprias mãos se eu não sair antes.

E eu corro.

— Esteja fora do castelo antes do anoitecer! — ele avisa. — Não quero saber se vai ter que deixar seus pertences.

Essa é a última coisa que escuto. No corredor, vejo Hestia e Rhoda esperando por mim. Elas trouxeram meus outros amigos, Leandros, Rhouben e Petros. O que pretendem fazer? Suplicar por mim? Eles não sabem o que fiz. Kallias vai contar a eles?

— Alessandra — Rhoda começa, mas eu a ignoro. Passo correndo por eles e subo a escada sem dar atenção aos olhares dos criados que veem meu rosto vermelho e molhado de lágrimas.

— Eu vou atrás dela — escuto alguém dizer ao longe. — Vocês falam com o rei. — No entanto, mal consigo entender o que acontece. Tudo é um borrão através do véu de lágrimas. Tento girar a chave na fechadura três vezes, antes de abrir a porta. O espaço está completamente vazio.

É claro. Fui transferida para o quarto dele.

As lágrimas começam a correr mais uma vez quando me dirijo à porta de ligação. Olho para o quarto que foi preparado para acomodar as coisas dele e as minhas. Nossos guarda-roupas lado a lado. Travesseiros extras na cama. Minha penteadeira colocada contra uma parede antes vazia, perto do lavatório que ainda tem o cheiro do sabonete que ele usou hoje de manhã.

Olho para tudo, para a evidência da vida que poderia ter tido com *ele*, e caio no chão em meio a um mar de saias, a cabeça apoiada nas mãos.

Quanto tempo falta para o anoitecer? Não sei. Não me importo. Não quando tudo está arruinado.

Não sei quanto tempo fico ali sentada, antes de ouvir as batidas suaves.

— Alessandra? Posso entrar?

Não respondo. Tento enxugar as lágrimas com as mangas.

Ele se aproxima mesmo assim.

Leandros. Parece ter tomado banho recentemente, pois ainda tem o cabelo úmido. O cheiro de rosas me envolve. Ele deve ter colocado pétalas na água.

— Céus — diz ao me ver. Depois se abaixa e me toma nos braços, apoiando minha cabeça em seu peito. Uma das mãos afaga meu cabelo, enquanto a voz faz ruídos relaxantes.

Mas já chorei até secar. Não há mais lágrimas.

— Quer conversar sobre isso? — ele pergunta.

— Não há nada a ser dito. Ele me mandou embora. Tenho até o anoitecer para arrumar minhas coisas. — Minha voz é rouca.

Leandros me abraça mais forte.

— Como ele pôde mandar você embora? O que foi que você fez?

— Nada. — É verdade. Fui pega com o frasco de veneno, mas não usei a substância. Não fiz nada. Não ia fazer nada. Por que peguei esse frasco?

— Então ele é um idiota. — Leandros recua só o suficiente para olhar para mim, enxugar a última lágrima em meu queixo. — Sei que está magoada, mas vai superar tudo isso. Vai ficar tudo bem.

E, enquanto estou ali sentada, olhando para Leandros, sou dominada por uma urgência repentina.

A urgência de ferir Kallias.

Ele me fez gostar dele e depois me mandou embora. Ele me deixou de lado, como já havia acontecido comigo antes.

Como se atreve?

Eu me inclino e beijo Leandros. Ele não corresponde. Fica rígido como uma tábua na minha frente, por isso uso as mãos para chegar mais perto, antes de deixá-las envolver seu pescoço. Prendo seu lábio inferior entre os dentes, e isso arranca de sua garganta o ruído mais delicioso.

E Leandros corresponde.

Ele beija muito bem, mas não é como Kallias.

Não me importo.

Minhas mãos sobem para seu cabelo, ainda um pouco úmido. Tem uma nota de algum outro aroma nele, mas não consigo identificar o que é. Combina bem com o cheiro de rosas.

Queria que Kallias entrasse. Queria que ele viesse ver se estou arrumando minhas coisas. Queria que ele mudasse de ideia e me pedisse para ficar. Implorasse meu perdão. Que se ajoelhasse e...

— Você está bem? — Leandros pergunta, e se afasta. — Parece distraída.

Tantos anos de prática com meus amantes anteriores facilita a encenação.

— Tenho dificuldade para pensar quando estou perto de você.

Ele sorri.

— Você é bom demais para mim — aponto. — Como pode ser tão generoso, se o rejeitei? Leandros, me desculpe. Não devia ter dito não.

Ele se inclina para a frente e beija a ponta do meu nariz.

— Não pense nisso. Eu sabia que acabaria vendo minhas qualidades.

Sorrio quando meus olhos notam a luz na janela. O sol está começando a se pôr. Tenho que ir. Ele ordenou que eu partisse antes do pôr do sol.

— Não se preocupe. Não vai ficar longe por muito tempo.

Pego o que consigo encontrar. Uma bolsinha de dinheiro. Meu casaco favorito para me proteger do frio.

— Você viu como ele estava bravo.

— Preciso de um tempo para conversar com ele. Você vai voltar à corte, dessa vez pelo meu braço, e não vai demorar.

Sinto enjoo. Não, é só infelicidade. Kallias nunca vai permitir que eu volte à corte, e, mesmo que permita, eu não suportaria estar aqui e não estar com ele. Beijei Leandros, e para quê? Isso não me fez sentir melhor. Não enfureceu Kallias. Só serviu para dar falsas esperanças a Leandros.

Talvez não inteiramente falsas. Não posso voltar para a casa de meu pai. Ele vai me pôr para fora, imagino, como fiz com ele em meu baile. Minha melhor chance é um casamento rápido. Talvez consiga convencer Leandros a me fazer uma proposta e me levar para sua propriedade no campo.

— Vou escrever para você — digo.

— Eu vou buscar você — ele responde. — Quando chegar a hora.

Tão otimista. Como ele consegue ser assim o tempo todo? Deve ser exaustivo.

CAPÍTULO 29

A CARRUAGEM SACOLEJA PELA RUA, DESCENDO A ENCOSTA DA MONTANHA E ME levando para uma hospedaria localizada na base.

No meio de todo o meu sofrimento, deixei de perceber uma coisa. Tenho sorte por estar viva. Kallias tinha todo o direito e a autoridade para ordenar minha morte imediata. Ele poderia ter me enforcado com Vasco e Zervas.

Mas me mandou embora.

Por quê?

Por que ele faria isso?

Não consigo pensar em nenhuma razão.

O cenário me deixa enjoada. Lembro de quando Kallias e eu subimos a montanha juntos. Quando caí em cima dele. Quando ele me contou seus segredos. Quando se manteve um cavalheiro quando fomos nadar.

Ontem à noite ele foi tudo menos um cavalheiro.

Meu coração parece se partir de novo quando lembro o tempo que passamos juntos. Quando penso em seus toques e beijos. Quando penso nas coisas que ele sussurrou em meu cabelo.

Ah, mas eu o amei.

Ele foi cruel ao me obrigar a fazer essa confissão. E, quando disse que o amava, ele riu na minha cara.

Aquela pessoa não é o Kallias que conheço.

Tenho mais três horas na carruagem, pelo menos, por isso tento ficar confortável e apoio as pernas no banco da frente.

Ele não pode fazer isso comigo. Conosco.

Fomos perfeitos juntos. Fomos feitos um para o outro. Como regentes. Como amantes. Não há motivo para não estarmos juntos.

Cerro as mãos. Preciso fazê-lo enxergar isso. Preciso convencê-lo. Mas vale a pena arriscar minha vida? Ele jurou que me mataria pessoalmente se eu voltasse.

Como posso convencê-lo de que não queria fazer nenhum mal a ele? Como posso convencê-lo de que desejo a vida que ele planejou para nós?

Meus ombros relaxam e eu abro as mãos. Uma nova onda de dor me inunda quando vejo o anel de Kallias em meu dedo, mas depois noto uma coisa abaixo dele.

— Eca. — A parte mais baixa de minha mão está suja. Tento limpar a mancha no assento da carruagem. A carruagem de Kallias.

Não sai.

Esfrego a mancha com o nó de um dedo, e, quando isso também não funciona, molho um dedo com a língua e esfrego a mancha com ele.

Mas a sujeira não sai.

Hesitante, aproximo a mão do nariz e a cheiro.

Aquele aroma de antes, o que se misturava à fragrância de rosas em Leandros.

Conheço esse cheiro. Como conheço esse cheiro?

Minhas mãos. Estavam no cabelo de Leandros quando o beijei.

Sim, cabelo! Existe um produto usado para colorir o cabelo das damas. E tem esse cheiro.

Mas por que Leandros pintaria o cabelo?

Sentada ali, lembro da insistência de Lady Zervas ao declarar sua inocência, ao afirmar que vai ser libertada quando os verdadeiros assassinos aparecerem.

Vasco é culpado. Disso tenho certeza, mas ele teria conseguido convencer o sobrinho a ajudá-lo?

Não, Leandros nunca faria isso. Por que faria? Ele era amigo de Kallias. Veio para a corte depois da morte do irmão do rei. Por que Leandros teria algum motivo para prejudicar Kallias?

Mas então lembro o que ele disse, que eu voltaria ao palácio em breve e de braço dado com ele. Mesmo assim, por que ele haveria de querer prejudicar Kallias?

Olho para a mancha em minha mão.

Ele veio para a corte depois da morte do irmão do rei.

Quando Kallias e eu fomos disfarçados ao clube de cavalheiros, notei que Kallias ficou parecido com Leandros ao usar o cabelo mais claro.

O que Leandros teria a ganhar prejudicando Kallias, a menos que...
Diabos!

— Vamos voltar! — grito, e o condutor para o veículo de repente. Quase caio no banco da frente.

— Milady? — O cocheiro está confuso.

— A vida do rei está em risco. Temos que voltar imediatamente.

— Eu... devo levá-la embora. Ordens do rei.

Ponho a cabeça para fora pela janela para poder encarar o homem simples.

— E o que acha que vai acontecer quando o rei morrer e eu disser ao conselho que você poderia ter evitado?

Ele ainda parece hesitar.

— Tenho cinquenta necos na bolsa — anuncio.

Ele manobra os cavalos, e subimos a montanha novamente, agora em velocidade vertiginosa.

Não sei o que estou fazendo.

Kallias vai me matar. Assim que ele me vir, estou morta. Não faz muito tempo eu não teria hesitado em me salvar, mesmo que alguém tivesse que morrer por isso. E ainda é assim, exceto por Kallias.

Eu o odeio.

Mas o amo ainda mais.

Ele precisa saber a verdade. Ainda que me mate por isso. Ele precisa saber quem matou seus pais. Não foi Zervas, e não foi Leandros. Nem Vasco, embora deva estar envolvido de algum jeito. Ainda não consegui deduzir todo o cenário.

Mas sei o suficiente.

Salto da carruagem assim que voltamos ao palácio. Amaldiçoo as saias que me impedem de correr. Se tivesse usado calça hoje... mas não pensei que precisaria correr para algum lugar. Só me lembrei do que Kallias fez na última vez que usei saias...

O sol se pôs há muito tempo; o palácio está silencioso como um túmulo. Guardas vigiam cada entrada, mas suspeito de que ainda não tenham sido informados sobre minha traição. Nenhum deles me impede de entrar, e, felizmente, não vejo os três que me levaram à biblioteca para ouvir a sentença do rei.

Estou ofegante quando chego ao corredor. Nosso corredor.

— O rei está nos aposentos dele? — pergunto aos guardas.

— Não, Lady Stathos. Ele ainda não se recolheu.

Minha voz se torna um grunhido.

— Onde ele está?

— Não fomos designados para a guarda pessoal. Não tenho essa informação.

— A vida do rei está em perigo. Preciso saber onde ele está agora! — Mas gritar não ajuda. Não traz de repente as respostas que quero. Eu me viro e corro de volta à escada, desço voando. Quando ouço os guardas me seguindo, grito:

— Não, fiquem aí, para o caso de ele aparecer. Não saiam de seus postos.

Onde ele estaria tão tarde da noite? Se não tem nenhuma reunião, aonde pode ter ido?

Kallias estava na biblioteca na última vez que o vi, e é para lá que eu vou. Mas sigo um palpite e mudo de direção na metade do caminho; vou para a sala de estar da rainha.

O aposento que a mãe dele usava durante todo o dia.

Praguejo contra minha idiotice ao ver que não há nenhum guarda do lado de fora da porta. Mas e se Kallias dispensou sua guarda?

Entro na sala correndo, e a porta bate na parede quando a empurro com força. Dois braços me amparam antes que eu caia no chão.

— Alessandra?

Empurro Kallias e me livro de seus braços, ainda com medo depois da maneira como ele me tratou em nosso último encontro.

— Você está vivo!

Ele olha para mim como se eu estivesse maluca.

— Sim.

— Onde está sua guarda? — disparo, ofegante.

— Dei folga para todos esta noite. Agora que lidamos com todas as ameaças contra mim, inclusive *você*, devo acrescentar, pensei em passar um tempo longe deles. E o que está fazendo aqui de novo? Eu...

— Está sozinho? — eu o interrompo.

— Não, eu também estou aqui — diz Leandros, saindo da alcova onde estava até então. — Estávamos colocando a conversa em dia. O que faz aqui?

Olho para Kallias.

— Você precisa fugir. Agora. Vá chamar seus guardas. Corra para os que estiverem mais perto.

— Por quê? Vai tentar me matar de novo? — ele pergunta, com um sarcasmo amargo.

— Eu nunca tentei matar você e não sou eu quem representa uma ameaça contra sua vida. É ele! — Aponto para Leandros, que arregala os olhos ao ser acusado.

— O quê? Leandros não ajudou o tio. Ele me protegeu quando Ikaros tentou se aproximar de mim, depois que bebi o veneno.

— Ele não protegeu você — digo, porque estou entendendo tudo. — Ele aproveitou a oportunidade para tocar em você. Conseguiu invocar suas sombras depois que entrou nesta sala?

— Não tentei, e elas não vão responder com você aqui. Agora saia! — Kallias segura meu braço e tenta me pôr para fora.

— Ele não é quem diz ser! Lorde Vasco não tem sobrinhos!

Kallias hesita ao ouvir essas palavras, e eu puxo meu braço e me solto.

— Do que está falando? — ele pergunta.

— Também quero saber — intervém Leandros, e a voz dele agora está muito mais próxima.

Sem pensar, me enfio entre os dois homens, usando meu corpo como um escudo para Kallias. Não perco a coragem nem mesmo quando vejo a espada sobre o quadril de Leandros.

— Olhe para ele, Kallias. Olhe bem para ele. Você o conhece.

— Sim. Ele é meu melhor amigo. Ou era, até que eu...

— Não, você o conhece há mais tempo, antes disso. Ele era diferente, tinha o cabelo preto como o seu e um nariz que não era quebrado. A mente vê o que ela quer ver quando não consegue entender mais nada. Seu irmão morreu; então, como ele poderia voltar disfarçado de outra pessoa?

Nesse momento, Leandros, ou *Xanthos*, olha para mim com as pálpebras meio baixas.

— O que aconteceu com você? — pergunto. — Apanhou, isso é óbvio. Mas por que forjar a própria morte? Por que voltar, matar seus pais e tentar matar seu irmão? Isso não faz sentido.

Xanthos olha para Kallias por cima da minha cabeça.

— Acho que ela se sente culpada. Ela me beijou hoje à noite, sabia? Depois que você a mandou embora.

— Pare com isso! — grito, envergonhada e furiosa ao mesmo tempo. Mas não ouso olhar para Kallias. Não posso desviar o olhar de Xanthos, da ameaça. — Eu estava magoada — tento me explicar. — Não justifica, mas foi isso que me mostrou sua traição.

Levanto a mão acima da cabeça, mostrando a mancha para Kallias.

— Tinta de cabelo. Desbotou na minha mão. Ele me encontrou logo depois de usá-la. Imagino que quisesse me acompanhar até a porta. Ter certeza de que poderia encontrar você realmente sozinho pela primeira vez, sem ninguém para testemunhar o assassinato.

A sala é invadida pelo silêncio.

— Não — Kallias diz enfim. — Não, ele não pode ser Xanthos. Eu amava meu irmão, mas ele era um provocador. Cruel. Leandros tem sido...

— Um ator — concluo. — Um assassino disfarçado.

Silêncio de novo. Um silêncio que se estende por tanto tempo que acredito que vou acabar virando de costas para não ter que suportar a dor de não poder ler a expressão de Kallias.

Então o calor diminui atrás de mim quando Kallias recua.

— *É* você.

Xanthos revira os olhos.

— Ótimo, Alessandra. Parabéns. — Ele saca a espada. — Estou trabalhando nisso há quatro longos anos, e você tinha que vir e estragar tudo.

— Foi você quem estragou tudo — respondo, e mostro a mancha marrom na minha mão.

— Pensei em tirar mais uma coisa do meu irmão, a última. Ele tinha tudo que deveria ser meu. O reino. O império. As sombras. A única coisa realmente dele era você, e eu queria pegar isso também.

Recuo ao sentir a mão de Kallias no meu ombro. Me puxando para si.

— O assassino nos jardins — afirmo. — Estava lá seguindo suas ordens.

Eu tinha visto Leandros antes de Kallias aparecer. Não acredito que não fiz essa associação mais cedo.

— Ele foi contratado como pajem por uma semana — diz Xanthos. — Estávamos só esperando o momento certo. Quando não houvesse guardas em volta. Quando Kallias recolhesse as sombras.

— E a carta? — pergunto. — O clube de cavalheiros?

Xanthos balança a cabeça.

— Não, isso foi Vasco. Eu nunca teria concordado com um plano tão estúpido e complexo. A sorte dele foi ter reconhecido Kallias no disfarce. E não ter sido visto no clube.

Meu peito fica apertado.

— Deixei você com ele sobre a plataforma na noite do baile. Pedi que cuidasse dele!

— E ele teria morrido se Petros não me visse tocando o rei. Ele achou que foi por acidente, mas ordenou que eu me afastasse para Kallias poder se recuperar.

— Xanthos — Kallias diz finalmente, como se ainda não pudesse acreditar, como se não tivesse ouvido a conversa que acabamos de ter. — O que aconteceu com você? Por que não me contou que era você? Eu teria...

— Teria *o quê*? — Xanthos perde a paciência. — Desistido de ser rei? Entregado o título de boa vontade e feliz? Nós dois sabemos que não. Não depois de ter sentido o gosto do poder. Além do mais, eu não podia me revelar até que nossos pais estivessem mortos. Até você estar morto, para que ninguém pudesse ficar do seu lado e contestar meu direito ao trono.

— Ah — digo quando entendo tudo. — Você não tinha a habilidade. As sombras. Seu pai não queria que você fosse rei. Você o envergonhou, não foi?

Xanthos levanta a espada e pressiona a ponta contra meu pescoço.

— Se eu fosse você, ficaria em silêncio.

— Deixe-a fora disso. — Kallias me puxa para longe do alcance da espada. Ele se coloca entre mim e o irmão. — Não entendo. Nosso pai ordenou que você fosse surrado?

As narinas de Xanthos dilatam e seu rosto endurece.

— Ele mesmo me espancou. Quase até me matar. Tenho certeza de que era essa a intenção dele. Ele me deixou na beira da estrada, perto de uma carruagem que ele obrigou seus homens a tombar, para criar a impressão de que foi um acidente. E foi embora sem culpa nenhuma.

— Foi quando Vasco o encontrou — adivinho.

— Quando soube o que meu pai tinha feito, ele jurou lealdade a mim. O verdadeiro rei. Cuidou de mim. Ajudou com o disfarce, jurou me ajudar a recuperar o trono. Ele contratou aqueles homens para entrar no palácio, colocar toda a propriedade em isolamento. Matei meu pai antes mesmo de ele saber o que estava acontecendo. Foi muito rápido. Ele devia ter levado uma surra primeiro, como eu levei. Mas eu sabia que não tinha muito tempo.

Kallias arfa.

— E quanto a minha mãe? — ele pergunta, com a voz embargada.

— Não tinha certeza de que ela não estava envolvida naquilo. Foi mais difícil matá-la, mas eu sabia que era necessário. Ela já estava começando a suspeitar de quem eu era.

Isso foi demais. Kallias se atira sobre Xanthos, se esquivando da espada e jogando-o no chão. A espada voa da mão dele, e eu corro para pegá-la. Depois recuo, assisto à luta entre os dois homens.

Kallias está no comando da briga.

Ele caiu sobre Xanthos. Está em cima dele, e seus punhos acertam várias vezes o homem caído.

— Ela era minha mãe. — Ele acompanha cada palavra com um soco.

Xanthos projeta a cabeça para cima e acerta o nariz de Kallias. Depois o empurra para o lado, libertando-se do irmão mais novo.

Em seguida o chuta. Kallias cai.

— Você não era o único que a amava — diz Xanthos. Ele puxa as abotoaduras da camisa quase sem notar, e me lembro de que ele gostava de usar um par em forma de rosas. A flor favorita da mãe. — Quase me matou ter que acabar com ela. Mas você? Você eu vou ter prazer em matar.

Kallias rola para o lado e consegue ficar em pé, mas um fio de sangue escorre de seu nariz.

Eles se agarram de novo, voltam a lutar. Trocam socos e se esquivam. Não posso fazer nada além de olhar. E se eu acertar o homem errado com a espada? Devo correr e chamar os guardas?

Não, se não quiser correr o risco de Xanthos ganhar a briga.

— Como foi desfrutar do meu direito de herança, Kallias? Gostou de governar por trás do conselho? Gostou da suíte do rei? Sentar-se à cabeceira da mesa de jantar?

— Gostei — Kallias responde. — Jamais teria desistido disso. Não por um covarde fraco, patético, um matricida como você.

Xanthos grita e se atira contra Kallias. Eles rolam no chão, e dessa vez é Xanthos quem para em cima do irmão.

Kallias leva um soco na boca, no olho esquerdo, na garganta.

Xanthos vai matá-lo, tenho certeza disso.

Eu me aproximo com a espada, encaixo a lâmina na frente do pescoço dele.

— Saia daí. Agora.

Ele me ignora, tenta afastar a espada com os dedos, e eu deixo a lâmina deslizar por sua pele e desenhar uma linha de sangue.

Isso chama sua atenção. Ele se levanta quando repito a ordem e recua, se afasta até as costas encontrarem uma parede.

— Saia de perto de mim, Alessandra! — berra.

— Não.

— Ele a mandou embora! Disse que a *mataria* se você voltasse. — Ele ouviu nossa última conversa? — Por que o defende?

Encolho os ombros.

— Porque me deu vontade.— Não vou declarar meu amor de novo, não enquanto Kallias puder me ouvir.

— Ele não quer você. Salvar a vida dele não vai mudar isso. Saia de perto de mim. Agora.

— Não.

— Se quer me deter, vai ter que me matar. E nós dois sabemos que não tem essa coragem.

Quando ele tenta se mover, empurro a ponta da espada até rasgar sua pele e continuo empurrando até encontrar a parede.

Xanthos arregala os olhos, e um som estrangulado brota de sua garganta. O sangue jorra de seu pescoço.

— Você nunca me conheceu de verdade — digo. — Se me conhecesse, saberia que já matei por amor uma vez.

E ele cai para a frente, preso à parede como uma tapeçaria macabra. Morto.

Olho para Kallias e descubro que ele observa do chão, os olhos turvos e meio fora de foco.

Então corro para ir buscar os guardas.

CAPÍTULO 30

Assim que soube que Kallias estava seguro, que uma curandeira cuidava dele e um batalhão inteiro de guardas garantia sua segurança, fui embora. Sabia que ele me expulsaria de novo assim que tivesse forças para isso. A menos, é claro, que decidisse me matar.

Eu o salvei, mas continuo tão infeliz quanto antes.

Talvez Zervas estivesse certa. É muito melhor saber que ele foi meu antes de morrer do que saber que ele vai ser de outra pessoa.

Soco o travesseiro antes de apertá-lo contra o peito e apoiar o queixo nele.

Rhoda vai me deixar ficar na propriedade dela pelo tempo que eu quiser. Ela vai ficar fora com Galen, em alguma hospedaria na área rural, muito longe das fofocas e de todos que os conhecem.

Tento não ser amarga em relação à fuga romântica do casal. Como posso ter inveja disso, se tenho a gloriosa propriedade da duquesa à minha disposição?

Sozinha.

Rejeitada.

Ameaçada de morte pelo homem que amo.

Amava.

Não posso gostar dele depois de tudo que fez. Faz uma semana que ele me expulsou do palácio. Desde o duelo na sala de estar. Uma semana dormindo até muito tarde todas as manhãs, ou até de tarde, para ser sincera. Uma semana vendendo os presentes que ganhei de Kallias para juntar algum dinheiro. Uma semana andando pelos vastos salões dessa residência, conhecendo tudo (mas evitando os jardins). Saio para andar a cavalo todas as tardes. Como a comida deliciosa preparada pela cozinheira habilidosa de Rhoda. E tento decidir qual será meu próximo passo.

Não preciso mais me casar. Tenho todo o dinheiro de que posso necessitar e um lugar para morar indefinidamente, sem nenhuma despesa.

Não preciso planejar nada. E, neste momento, não tenho nenhum interesse por homens.

Hestia me escreveu perguntando se pode vir me visitar. Ela também mandou um convite de casamento.

Não sei se suporto ver meus amigos e sua felicidade agora.

O que preciso é me sentir no controle. Talvez compre uma propriedade. Dê ordens aos meus empregados. Isso me faria feliz.

Chamo uma criada para me ajudar com as roupas e o cabelo. Depois vou ao estúdio de Rhoda e me sento à escrivaninha. Vou me informar sobre terras à venda. Ou talvez verifique se a propriedade de Vasco está disponível. Ele a perdeu junto com o título quando foi sentenciado.

Depois de algum tempo, chega uma carta de minha irmã. Ela suplica por meu pai, revelando que ele deseja desesperadamente que eu volte para casa. E pede desculpas por ter passado tanto tempo afastada de mim.

Se eu tivesse ficado perto de você para dar o exemplo... Talvez você não estivesse sozinha e sem perspectivas. Quer vir passar um tempo comigo e o duque? É claro, enquanto estiver por aqui, não vai poder se comportar como antes.

Você era muito nova quando mamãe morreu, e, como sua irmã mais velha, eu deveria ter cuidado melhor de você. O papai e eu certamente não a culpamos por ter se tornado uma vadia. De que outra maneira poderia ter se entretido enquanto eu ia a festas e bailes?

— Não sou uma vadia — anuncio para a sala vazia. — Sou uma mulher sexualmente empoderada, e não tem nada de errado nisso.

Como ela se atreve a discutir moralidade comigo? Por *carta*. E como meu pai teve coragem de recorrer a ela para me convencer a voltar para casa? Ele só quer um dote, se conseguir me casar. Sem mim, ele vai ter que encontrar sozinho um jeito de salvar sua propriedade.

Que bom, eu penso. O problema é dele, não meu. Ele nunca devia ter tentado me usar. Valho muito mais que isso. Queria que ele tivesse me tratado de acordo.

Volto à carta que estou escrevendo, porém sou mais uma vez interrompida pela entrada de alguém.

— Gostaria de não ser mais incomodada com a correspondência — digo sem levantar a cabeça. Sem olhar para o criado, rasgo a carta de minha irmã e jogo os pedaços de papel no chão para alguém limpar.

— Pode receber um visitante, então?

Eu me levanto bruscamente, abalada com o som da voz que, para mim, se tornou mais doce que qualquer música.

— Receio ter forçado os criados a permitir minha entrada sem me anunciarem antes — diz Kallias. — Tive receio de que me mandasse embora sem me dar uma chance de vê-la.

Alguns hematomas amarelados ainda não desapareceram de seu rosto. Não há mais inchaço no olho e no lábio, mas algumas casquinhas persistem nas bochechas e na testa. Mas ele está vivo e bem.

— Você ainda não se curou. Com suas sombras. Vou me retirar. E então você pode...

— Quero me curar disso tudo do jeito mais demorado. Fiz por merecer a dor que acompanha estes ferimentos.

O silêncio invade o estúdio de Rhoda. Quando não consigo mais suportar, pergunto:

— Mudou de ideia?

Ele parece um pouco confuso com a pergunta.

— Sim, é claro.

Assinto e abaixo a cabeça.

— O que vai acontecer, então?

Ele fica em silêncio por um momento.

— Pensei em voltarmos na carruagem.

— E depois?

O silêncio se prolonga por tanto tempo que levanto a cabeça.

— Então? — insisto, impaciente. — Como vou morrer? Enforcada? Arrastada e esquartejada? Vai me empurrar de um penhasco? Ou me estrangular com as próprias mãos? O que vai ser, Kallias? — Mas me lembro do que ele falou antes e me corrijo: — Quero dizer: Majestade. — Se eu for educada agora, talvez ele me submeta a uma morte rápida.

Uma expressão de horror domina seu rosto, antes de ele percorrer a distância entre nós. Kallias cai de joelhos na minha frente e segura minhas mãos entre as dele, agora nuas. Seu polegar toca o anel em meu dedo. O anel dele. Que não tive coragem de tirar. Ele o encara por um momento, antes de responder:

— Você não entendeu. Quando disse que mudei de ideia, estava me referindo a mandá-la embora. A destruir nossa vida juntos.

Fico paralisada; acho que meu coração pode parar de bater.

— Você podia ter me deixado morrer — ele aponta. — Podia ter deixado Leandros... quero dizer, Xanthos me matar, e depois governar com ele como rainha. Mas não foi o que fez. Você o matou. Matou por mim.

"Mas eu já sabia antes disso. Estava magoado, sim, mas ia atrás de você pouco antes de Xanthos me procurar. Estava na sala de estar de minha mãe porque tentava imaginar um futuro no qual aquela sala não seria sua e não conseguia.

Ele se levanta, mas continua segurando minhas mãos.

— Eu estava com medo. Assustado demais para confiar em alguém, e a magoei por isso. Disse coisas que não devia ter dito. E lamento muito, Alessandra.

Antes que eu consiga responder, ele solta minha mão e pega alguma coisa no bolso da jaqueta.

Em uma demonstração incomum de nervosismo, derruba a carta no chão e se abaixa para pegá-la.

— Você nunca leu isto. Comecei a escrevê-la depois daquela noite em que li a carta de Orrin para você. Percebi que pode ser muito difícil encontrar as palavras quando se fala de improviso. Mas escrever? Isso me dá tempo para articular o que sinto. Fui covarde demais para ler esta carta para você antes. Mas vou ler agora.

"Minha Alessandra,

"Todos os poetas do mundo podem escrever odes à sua beleza. Você é adorável, dona de uma beleza estonteante. Até um tolo pode ver.

"Mas não foi isso que me atraiu para você. Foram seus olhos. Quando não olhou para mim, percebi que era especial. Não olhou para mim como se eu fosse um rei, alguém a ser respeitado e idolatrado. Olhou para mim como homem. Um homem que diz coisas tolas e toma decisões terríveis. Você me fez lembrar o que é ser humano.

"Eu havia esquecido. Depois de um ano inteiro sem tocar ninguém, sem conversar com ninguém, foi você quem me lembrou como é estar vivo.

"Seus olhos falam de uma mente que ama provocar e ama vencer. Mas eles também me mostraram seu coração. Ele podia ser reservado, mas estava pronto para me amar, se eu merecesse.

"Não mereci. Nunca merecerei. Posso passar um milhão de anos tentando adorá-la e ainda não serei digno de você.

"Mas sou desesperadamente apaixonado por você mesmo assim. E, embora não tenha um milênio para viver, quero dar a você os anos de vida que tiver. Porque a amo. Amo a mulher que me salvou. E, embora ela não precise de mim, eu a quero. Violentamente.

"Todo o tempo do mundo é nada, se não puder passá-lo com você.

"Para sempre seu, Kallias."

Quando termina de ler, Kallias dobra a carta de maneira metódica, sem pressa, com medo de levantar a cabeça, penso.

— Por que demorou tanto para vir me procurar? — pergunto, mantendo a voz livre de emoção.

Ele dá de ombros e ri com evidente desconforto.

— Eu estava péssimo. Achei que teria mais chances com você se não aparecesse com o rosto todo marcado.

Toco seu rosto.

— Eu não poderia me importar menos com sua aparência.

Sinto o pulsar do músculo quando seus lábios se contraem.

— Mesmo?

— Gosto de seu rosto quando está saudável e lindo, mas não é por isso que amo você.

Ele quase para de respirar, antes de dizer:

— Dinheiro e poder também ajudam.

— Foi o que me atraiu no início, mas sempre acabo perdendo o interesse em tudo mais cedo ou mais tarde. Tudo menos você. Porque em você encontrei minha metade. Em você encontrei meu igual.

Kallias, meu Rei das Sombras, me toma nos braços.

— Eu amo você, Alessandra. O que posso dizer para me perdoar e me aceitar de volta?

— Palavras têm significado limitado. Atitudes são mais eloquentes, não acha?

— Acho.

Ele abaixa a cabeça e beija meus lábios.

E começamos uma vida nova juntos. Para nunca mais estarmos sozinhos.

AGRADECIMENTOS

Vamos tentar ser breves desta vez! Tenho muita gente para agradecer pela ajuda com este aqui!

Rachel Brooks: obrigada por ser você! Você está à frente de tudo o tempo todo. Eu não poderia ter desejado uma agente melhor. Fico muito feliz por me amparar em cada etapa do processo!

Holly West: obrigada por ter ficado tão empolgada quanto eu com este projeto quando o propus pela primeira vez! Você me ajudou a transformá-lo no que é agora. Eu não teria feito nada sem o seu entusiasmo.

Jean Feiwel: nunca nos encontramos pessoalmente ou conversamos, mas obrigada por permitir que Holly continue comprando meus livros! (E minha especial gratidão por ter aprovado esta ideia!)

Nekro: obrigada por mais uma capa incrível! Ainda estou babando pelo seu trabalho!

Liz Dresner: obrigada pelo design mágico que coloca em meus livros!

Erica Ferguson e Starr Baer: obrigada por todas as revisões!

Charlie N. Holmberg: obrigada por ser meu parceiro crítico! Fico muito feliz por ter você. Fico mais tranquila sabendo que você lê meu trabalho antes que eu o mande para qualquer pessoa.

Cale Dietrich: você é a melhor! Obrigada por ler esta obra no início e por oferecer um feedback útil!

Caitlyn Hair e Mikki Helmer: obrigada pelos almoços e pelos brainstormings! Sou muito grata pela nossa amizade!

Bridget Howard: você é uma excelente incentivadora, amiga e fotógrafa!

Taralyn Johnson: desculpe por ter eliminado os trechos sensuais, mas obrigada pela leitura mesmo assim.

Minha família: mãe, pai, Becki, Johnny e Alisa, obrigada por continuarem me apoiando e aparecendo nos meus eventos literários. É sempre bom saber que estão lá torcendo por mim.

Meus fãs: obrigada por continuarem comigo em mais um livro! Se este é seu primeiro contato com meu trabalho, obrigada por se juntar a nós! São vocês que me permitem continuar escrevendo. Um milhão de vezes obrigada! Vou ver se consigo criar mais cenas de beijos no próximo livro só para vocês.

Leia também:

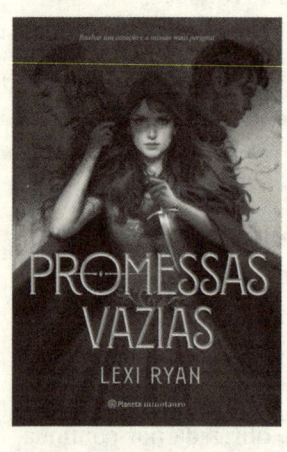

Brie odeia os feéricos e se recusa a se envolver com eles, mesmo que a consequência disso seja passar fome. Mas, quando sua irmã mais nova é vendida para o sádico rei da Corte Unseelie como forma de quitar uma dívida, Brie fará o que for necessário para resgatá-la – até mesmo firmar um acordo perigoso com o próprio soberano.

O plano é se infiltrar na corte inimiga, a dos Seelie, para então roubar uma série de artefatos desejados pelo rei. Sua única chance é se candidatar à noiva do príncipe dos Seelie, Ronan, mas ela logo se dá conta de que o jogo de sedução está afetando seus próprios sentimentos. Para piorar, Brie precisa contar com a ajuda do líder de um grupo rebelde, tão sedutor quanto misterioso, e acaba percebendo que sua missão pode se tornar ainda mais difícil do que parece.

Dividida entre duas cortes perigosas e com a vida da irmã em risco, Brie precisará decidir quem será o merecedor de sua confiança.

E de seu coração.

Nikolai Lantsov, o deslumbrante rei de Ravka, sempre teve o dom de fazer coisas impossíveis. Ninguém sabe exatamente o que aconteceu com ele durante a guerra civil, antes que ele subisse ao trono – e o próprio rei prefere que continue assim.

Agora, inimigos se aproximam por todos os lados, e Nikolai precisa encontrar uma maneira de encher os cofres de Ravka, forjar novas alianças e proteger o exército Grisha de ameaças. Porém, a magia sombria que se esconde dentro dele parece cada dia mais forte, ameaçando destruir tudo o que ele fez e vem fazendo por seu povo.

Acompanhado de um jovem monge e de Zoya Nazyalensky, Nikolai viajará para os cantos mais longínquos de Ravka, onde a magia profunda ainda existe, em busca da cura para o terrível mal que está dentro dele.

O Rei Demônio. Enquanto o gigantesco exército de Fjerda se prepara para invadir Ravka, Nikolai Lantsov terá que evocar todo o seu charme e a sua perspicácia – e até mesmo a contar com a ajuda do seu monstro interior – para vencer a luta. Mas uma ameaça sombria aparece em seu caminho e vai desafiar o jovem rei.

A Bruxa da Tempestade. Zoya Nazyalensky perdeu coisas demais para a guerra. Ela viu seu mentor morrer e seu maior inimigo ressurgir das cinzas e, agora, se recusa a enterrar mais um amigo. No entanto, a situação extrema exigirá que ela abrace seus poderes e se transforme na arma de que seu país precisa. Custe o que custar.

A Rainha do Luto. Infiltrada em terras inimigas, Nina Zenik arrisca sua vida ao promover a guerra contra Fjerda. Mas ela está tomada pela sede de vingança, e isso pode significar o fim da pequena chance que o país tem de ser livre e impedir que seu coração enlutado se recupere.

Rei. General. Espiã. Juntos eles devem encontrar uma maneira de criar um futuro em meio à escuridão. Ou assistir à queda de uma nação.

**Acreditamos
nos livros**

Este livro foi composto em Century Old Style Std e impresso pela
Gráfica Santa Marta para a Editora Planeta do Brasil em julho de 2024